D1425178

QUINZE ANS APRÈS

Alexandre Jardin est né en 1965 d'un père irréel et d'une mère héroïne de roman. Auteur, mari, père émerveillé et cinéaste, il croit scandaleux de mener une existence plausible. L'art d'être contradictoire le passionne.

ALEXANDRE JARDIN

Quinze ans après

ROMAN

GRASSET

© Éditions Grasset & Fasquelle et Alexandre Jardin, 2009.
ISBN : 978-2-253-15672-7 – 1re publication LGF

À Emma, la sœur de mes enfants.
Un cœur de haut niveau !

I
Refaire l'amour

Alexandre avait perdu l'habitude d'aimer comme les autres hommes : séduire l'ennuyait ; ce qu'il aimait désormais, c'était aimer tous les jours. Ce rêve pugnace l'obsédait à présent. Toqué de vie domestique, il se sentait le cœur infatigable. L'effritement des passions, l'atterrissage du désir, il n'y croyait plus. À mi-parcours, ce furieux était affamé d'aventures casanières.

D'une main gauche volontaire, encore libre de toute alliance, Alexandre alluma son ordinateur. La poudre d'électricité se répandit. Il lui fallait envoyer un mail d'excuse. Alexandre en avait soudain besoin : l'écriture lui était toujours un exercice de clarification. Les doigts avides, il pianota avec sûreté, comme si ses idées lui venaient d'une coulée. En français of course. Tant pis pour les nuances qui échapperaient à sa destinatrice britannique. Comme pour la muflerie dont il allait, inévitablement, se rendre coupable.

A : georgia.macgill@royallondonhospital.uk
Objet : Toujours ? Non, tous les jours.

« *Dear* Georgia,
hier soir, nous devions dîner près de Kensington et sans doute aussi faire l'amour avec effusion. Ma

dérobade soudaine tient à un écœurement qui a
mis longtemps à parvenir jusqu'à moi : je hais les
commencements d'une passion ; cette saison qui eut,
jadis, dans mon esprit le parfum fatal d'une religion.
La manie puérile qu'ont les couples de se payer de
mots dans leurs premiers transports me fait gerber.
Hier, si je vous avais rejointe, vous m'auriez offert
des *toujours* trop sucrés. Nous nous serions, je le
crains, livrés aux bobards gazeux de la séduction
en proférant des paroles gagées sur du néant. Des
junk bonds (bien pourris) du sentiment ! Le cimetière de mes amours est rempli de ces minauderies
appliquées qui prennent le futur à témoin. À quoi
bon l'augmenter d'un cadavre de liaison supplémentaire ? De grâce, oubliez-moi !
Longtemps, chère Georgia, j'ai été un adepte de la
cour durable et fignolée. On m'avait même homo-
logué fleur bleue ; voire saint de vitrail de l'église
des néoromantiques. Mais je ne communie plus
dans cette paroisse-là. À présent, je rêve d'une
déclaration d'amour qui ne tromperait personne.
Je cherche des mots *cash, bankables*, non gagés sur
un hypothétique demain, affermés à des pratiques
amoureuses pleines de stratégie. Aux orties les
chèques en bois du blablabla ! J'espère des mots en
or, bien plantés dans des habitudes qui resteraient
des nouveautés.
Pourquoi le cacher ? Vous êtes la cause directe de
ma métamorphose. L'examen neurologique auquel
vous m'avez soumis le mois dernier, au Royal
London Hospital, m'a réveillé. J'étais venu pour des
troubles de la vision, je suis ressorti de votre cabinet les yeux grands ouverts. Votre diagnostic a – en

trois minutes – liquéfié mes attentes : de nouveaux rêves se sont engouffrés en moi. Dans ma situation, un autre eût sans doute été saisi d'une fringale de coucheries. Vos paroles ont, bien au contraire, ravivé ma soif de monogamie aventureuse.

Désormais, je ne veux plus être aimé toujours par toutes mais tous les jours par la même. À l'année longue. À trop dépriser l'intendance d'une passion, elle se venge. Comment comptiez-vous prendre appui sur les tâches ménagères inévitables pour éperonner sans cesse notre faim de câlins ? De quelles habitudes domestiques inouïes auriez-vous orné notre contrat ? Dribble-t-on l'ennui conjugal avec des gants de ménage en caoutchouc rose ? Faire lavabo commun peut-il éviter de faire un jour rêves à part ?

De tout cela, vous ne m'avez soufflé mot, rêveuse Georgia.

Pendant nos six semaines d'aventure, vous avez clairement omis de m'indiquer par quelles méthodes nous aurions pu rendre à la vie commune tout l'éblouissement qu'elle réserve parfois. L'amour vrai est constitué de beaux détails, de faits mineurs rendus majeurs. C'est au pied de la machine à laver et devant un robot multifonctions que je vous attendais, avec des désirs impatients et téméraires ; pas pour effeuiller des roses sous un ciel étoilé au son d'une cornemuse.

Seul le défi du quotidien amoureux me fait bander. Voilà pourquoi j'ai fui, ma chère Georgia. En une seule consultation, j'ai bien changé. Oui, en bien. Même si ce bien vous fait du mal.

Alexandre »

Vidé de ses convictions, en règle avec sa conscience à vif, Alexandre expédia son mail. Avec quelques regrets (sa neurologue possédait de jolies fesses d'amphore) ; mais sans repentirs. Il ne se voyait plus multiplier les promenades sentimentales sous des ciels trompeurs, au bras d'une Anglaise ou de quelque autre ; ni pactiser avec les faux-semblants de la galanterie. Le seul désir, ça lui semblait toujours trop court. Alexandre préférait aimer.

Mais où était donc l'unique femme qui eût pu comprendre sa soudaine conversion ? Cette Fanfan qui, autrefois, lui avait adressé des propos de même étoffe, des exhortations à l'équipée du mariage qu'il n'avait pas su entendre ? Cette authentique magicienne du quotidien qu'il fuyait encore au fond de l'Angleterre ? À Paris, lui avait-on dit. Son désir de faire des obligations domestiques un jeu plein d'étincelles – en devenant une sorte de Jean Cocteau ménager – s'était-il émoussé ? Quinze ans après leur trop brève collision, avait-elle l'annulaire encore libre ? Combien d'enfants avaient métamorphosé sa silhouette dansante ? Avait-elle conservé le talent de déranger ? Croyait-elle encore que le grand amour est la forme intelligente de la passion ?

Mais tout à coup, craignant une reprise de son attachement ancien, Alexandre se roidit et se contraignit à ne plus songer à Fanfan. Ces deux syllabes répétées ne devaient plus résonner en lui. Se taire résolument sur quelqu'un, n'est-ce pas une façon de l'éloigner ?

2

Oh ! quelle terrible chose que la vérité ! pensa Fanfan, le cœur en compote. Empourprée, elle marchait sans flânerie sur un quai parisien. Il neigeait des flocons trempés. Elle se faufilait à l'abri d'un parapluie blanc qui surnageait dans une mer formée de parapluies noirs.

La quadragénaire arracha un gant clair et tenta d'ôter son alliance ; mais l'autre main de toile n'obtenait rien : son annulaire avait grossi. Malgré ses efforts répétés, le doigt gardait son cercle d'or. Depuis que Fanfan avait su le secret de son mari, elle ne tolérait plus cette attache. Il s'était même formé une fine couronne d'eczéma sous le métal jaune ; allergie claire à l'éternité. La dermatologie amoureuse est implacable !

A vingt ans et des poussières, Fanfan avait cru que la passion naît, s'épanouit et fane ; à quarante, elle le savait. L'automne d'un couple, elle n'en voulait plus. Après l'épisode avorté d'Alexandre, deux ruptures – dont elle gardait deux filles – l'avaient laissée patraque, amputée de ses éclats de rire. Et décharmée de la vie commune. Le mariage, qui semble être la règle des amours durables, n'en était que la punition. Voilà ce que Fanfan se figurait à présent. Elle aurait dorénavant la méfiance pour point d'appui et la réticence comme garde-fou. Jamais plus Fanfan – jadis si bouillante de tout – n'entrerait dans l'irrévocable d'un grand amour.

Les hommes à chambardements, elle en avait soupé.

Telles étaient les pensées grises de la fille à crinière qui remontait le boulevard du Palais. D'un pas hâtif, Fanfan allait divorcer encore. Ce choc lent fêlait son aplomb. On sentait cette ex-rêveuse froncée, au faîte de l'accablement de la quarantaine. Une fatigue intime lui pendait aux membres.

Le ciel de janvier était crevé d'averses blanches et drues. Les sautes de vent giflaient les quais, ployaient les silhouettes des passants. En plein après-midi, l'obscurité empiétait sur la capitale. Une neige collante canardait les trottoirs, mitraillait cette foule de parapluies malmenés. Celui de Fanfan, blanc nacre, résistait. Tandis que déferlaient des nuages affolés qui donnaient à tout un caractère de méchanceté spéciale, il sinuait dans le demi-jour jusqu'à la grande grille du Palais de Justice.

Approchons-nous : luttant toujours contre son alliance, comme pour s'acquitter, Fanfan était absorbée par une douleur ; pas celle de son nouveau divorce, non, une plus dure encore : l'horreur de rompre ce jour-là avec l'idée même d'un amour réellement habitable. Aucun homme ne rassurerait plus son âme. En elle, la désillusion prenait ses quartiers pour longtemps. Ses yeux fixes – émouvants de feu sombre – le disaient ; comme le sourire d'aube qui traînait sur ses lèvres. Les fiascos réitérés avaient ouvert dans sa confiance en la vie une saignée fatale.

Mais, même si un cœur boiteux lui battait dans la poitrine, cette femme avait toujours la chair triomphante, et une taille d'adolescente vigoureuse, et une chevelure brune flammée. D'une élégance complète, de l'être, du vêtement, du geste, elle était restée aussi captivante qu'une actrice en pellicule et en os. Ce qu'elle avait pris en âge, Fanfan l'avait gagné en fraîcheur. Sa peau mate et satinée valait tout ; une chair qui remerciait le soleil. On n'aurait pas dit d'elle : « Qu'elle est encore jolie ! » On pensait en la voyant filer : « Qu'elle est jolie ! » D'une beauté nette qui ne devait rien à l'artifice ni au trompe-l'œil. Les capilotades, finalement, lui réussissaient assez bien. Rien de défleuri chez elle. Mais une certaine réserve soudaine conférait à son visage un charme de mystère. On la devinait creusée de doutes. De sa silhouette claire émanait donc cette grâce très particulière du chagrin chez une personne allègre.

Auprès d'elle, dans son sillage neigeux, on distinguait son amie et plus proche voisine, Faustine, qui dissimulait sa jubilation sous un chapeau cloche. Elle venait de rejoindre Fanfan. D'une blondeur accrocheuse, cette tête légère avançait d'un grand pas de pur-sang féminin. Pétillante et élégante par l'attitude, le dégagé du cou, on la sentait disposée à rire de tout. Aucun sérieux excessif n'avait jamais corrodé l'esprit de Faustine d'Ar Men ; héritière de la lignée de naufrageurs qui, en réparation de leurs crimes, firent bâtir le phare majeur de Bretagne, celui qui préside aux ouragans atlantiques. Sa poitrine rehaussée et sa crinière croulant jusqu'aux fesses constituaient une sorte de panoplie du sex-appeal. De toute évidence, Faustine était une femme au mollet et au nombril frivoles. Son rouge à lèvres affichait un éloquent sens interdit. Pire que jolie, dotée d'un petit nez impertinent, Faustine exsudait le venin le plus raffiné sous des dehors veloutés. Ses deux yeux innocents, enchâssés dans sa figure de porcelaine, étaient le plus parfait des mensonges. Chez elle, n'était vrai que ce qu'elle ne disait pas. Cette garce exquise était un lys né d'un oignon.

La mine compatissante, feignant à merveille la gravité, Faustine pénétra avec Fanfan dans le vaste hall du tribunal à l'haleine de caveau. Elle exultait par en dessous. Ce dernier divorce – inespéré, jouissif, auquel elle avait œuvré avec la lenteur sadique du lierre et l'efficacité de la ciguë – signait dans Paris la défaite du symbole de la conjugalité radieuse. Et rien ne pouvait combler davantage Faustine d'Ar Men que d'avoir contribué à abattre un tel emblème.

Quelques années plus tôt, Fanfan avait fondé – avec l'appui financier de sa grand-mère Maud – un lucratif négoce d'organisation de mariages de haute volée. Son slogan acidulé – « *Mettez du mariage dans votre vie* » – avait électrisé les *modeuses* de Paris. Dans le marigot de la presse, Fanfan avait joui d'une ferveur unanime. Virtuose, elle condensait dans un vrai talent, à la fois décoratif et de ciseaux, ceux de la mise en scène étourdissante et de la haute couture nuptiale. Sur le tard, elle avait délaissé ses premiers intérêts : journalisme exotique, études en parfumerie et apprentissage de l'acrobatie. Mais en elle demeurait le goût de l'extraordinaire ; héritage direct des chapiteaux de cirque où, dans sa vingtaine, elle avait perfectionné sa fantaisie. Prompte à enflammer son public, Fanfan était parvenue à mettre en vogue jusqu'à Londres et

Milan – sous les vivats de la presse féminine – une idée intrépide : porter quotidiennement des robes de mariée dites *de ville*, de son trait bien entendu. Chacune de ses robes possédait ce petit truc soufflant qui fait dire d'une coupe magicienne, d'un envol de matières ou d'un voile : *c'est divin*.

Habile, Fanfan avait su exciter le commerce par les médias.

Elle s'était mise à porter journellement ses *robes de ville* de mariée, composant un personnage public aussi nettement dessiné que celui d'un Karl Lagerfeld avec son catogan gris perle. La robe blanche de Fanfan, c'était le teint nicotiné de Serge Gainsbourg ou les névroses à tiroirs du grand Woody Allen : sa *griffe*, en quelque sorte. D'où la robe neigeuse que Fanfan portait cet après-midi-là en remontant les marches du Palais, ce flot de lingerie moussante sur sa poitrine qui s'échappait d'un corsage de velours opalin. Sa silhouette hanchée formait un spectacle de luxe, un peu extravagant en pareille circonstance. Fanfan était – en cette heure de débâcle comme tous les jours – l'aboutissement de l'élégance la plus polie.

C'était donc un vivant symbole du mariage heureux que sa fausse amie Faustine d'Ar Men accompagnait au tribunal. Joli coup de fusil ! Faustine ne s'était insinuée dans l'existence de sa *chère Fanfan* que pour en dissoudre les réussites privées, commerciales et publiques ; en catimini, bien sûr.

La révélation d'un faux secret, le matin de ce divorce, était bien dans les méthodes de Faustine. Cette fine gâchette aimait loger une balle dans la nuque de chaque sérénité. Saboter le présent des couples ne la comblait pas ; il lui fallait aussi se donner la satisfaction de raboter leurs souvenirs. Sa *très chère voisine* avait ainsi fait croire à Fanfan que Tony – son ultime mari – avait écoulé sur des sites Internet pas très nets des photos d'elle dénudée, charnelle en diable ; alors que c'était elle, Faustine, qui s'y était employée avec délices. Tout en se drapant de vertu. Enfreindre une intimité la distrayait. Salir un sentiment la faisait jouir.

Chroniqueuse phare de la culture à la télévision, Faustine possédait les qualités d'un bacille de méchanceté. Et le génie de museler les troupiers de sa rude équipe qu'elle commandait par bourrades. Elle n'avait pas mené sa carrière éclatante malgré ses travers, mais grâce à eux. Devant elle, les cogne-petit du parisianisme courbaient leur fierté ; comme les malabars de la chaîne publique qui se flattait de l'accueillir. Il faut dire qu'elle avait l'ironie fumante. Et l'humour dégommeur. Ses formules – accompagnées de célèbres croisés de jambes nues – valaient leur pesant de paires de claques. Le nom du programme populaire qui l'auréolait ? *A ne pas lire & À ne pas voir.* Tout le masochisme de notre époque s'y reflétait. À vingt-deux heures tapantes, Faustine d'Ar Men confondait chaque soir chroniquer un roman (lu ou pas) et tirer à la mitraillette ; ou commenter un film et en célébrer les obsèques. Acharnée à pilonner dans ses tenues sexy, elle voyait du néant en toute création et un fumiste en chaque créateur. Son verbe déferlait. Le Louvre ? Un bouge malfamé et très surestimé. Les maisons d'édition ? Des fabriques d'imposteurs. Dans une autre vie, elle avait dû être videur à l'entrée d'une librairie. Elle affûtait ses chroniques laconiques, souvent drôles et toujours sadiques, avec le stylo de Beria offert par Brejnev à Georges Marchais qui en avait fait don à Aragon, de qui elle le tenait. Gamine, cette héritière dorée médisait déjà de ses poupées Barbie ; qu'elle tabassait ou écorchait. Adulte, elle n'arrosait ses roses que pour donner à boire aux épines. Ayant toujours vécu à et de Paris, cette manœuvrière exercée, fort répandue, connaissait le fil des plus attrayantes intrigues : les inavouables. Aux yeux de Faustine, toute l'électricité de la vie était dans le verbe tromper ; et dans ses adorables synonymes : berner, duper, falsifier, leurrer… Face au mal, on ne trouvait dans son âme aucune pudeur ; que de la hâte gourmande. Sa vieille mère avait-elle souffert d'un récent veuvage ? Elle l'avait aussitôt bannie dans une maison de retraite, sélectionnée juste après avoir vu à la télévision un reportage sur la maltraitance des grands vieillards ; là même où le scandale était dénoncé. Rêveuse, Faustine se disait parfois que le diable était bien optimiste de croire qu'il pouvait rendre les humains plus pitbulls qu'ils ne le sont.

Mais la critique du talent d'autrui n'était pas la seule mauvaise action à sa portée.

Un peu mariée, Faustine avait toujours pratiqué une séduction scélérate et omnivore (hommes, femmes pieuses, très vieilles personnes), avec cette indifférence majestueuse qui signale les grandes garces, les salopes chevronnées. Sa spécialité ? Les amours à haute tension, insalubres si possible, avec le petit-fils chéri d'un amant par exemple ou la sœur abhorrée d'une ennemie. Elle ne trouvait l'acte sexuel propre que dans la transgression. Le guingois moral l'excitait et allumait ses yeux ardoise. Faustine avait cependant le sens de

la modération. Elle n'avait pas fait l'amour avant l'âge
de douze ans ; en se donnant la distraction de baiser
son beau-père, histoire d'améliorer ses relations avec
sa maman. Par la suite, n'ayant jamais eu d'honneur à
défendre, Faustine d'Ar Men n'avait pas manqué de
joie à donner. Que faire contre sa beauté ? Faustine
n'ouvrait son lit que par haine. Cet ogre sexy réser-
vait depuis toujours ses tendresses aux êtres qu'elle
exécrait et son amitié souriante à ses futures victimes.
Cajoler jusqu'à l'étouffement la ravissait. Mais elle se
considérait comme pure puisqu'elle avait la sincérité
de ses vices. Candidate à toutes les trahisons, elle ne
supportait pas la concorde entre époux. Seules les ruptures atroces lui laissaient le cœur comblé. Au fond,
Faustine n'aimait que les mécomptes. Adolescente,
cette bonne Mme de Merteuil lui avait procuré par ses
« Liaisons… » tant de bonheurs vivifiants qu'elle se
sentait à jamais son obligée, voire un peu sa légataire.
Le spectacle des gens heureux lui donnait l'impression
d'une erreur à corriger sans délai, scrupuleusement et
surtout *sans flancher* (son verbe !).

La dernière satisfaction ironique de ce barracuda ?

Que sa très chère Fanfan, martyrisée par cet énième
divorce mais tenue par ses obligations professionnelles,
fût désormais contrainte de vendre ses robes chargées
de rêves et d'organiser des noces, *en n'y croyant plus*.
Risible, n'est-ce pas ? Du travail d'orfèvre.

Lorsque Faustine l'avait rencontrée quelques années
auparavant, en voisine, Fanfan était heureuse, bronzée
comme il faut, exagérément fidèle à un Tony brillant,
embellie d'enfants délicieux, et fortunée. Rien qu'en
lui serrant la main, Faustine avait eu l'envie de se sui-
cider. Heureusement, les choses s'étaient gâtées… La

panade n'avait pas trop tardé ; précipitée par d'habiles
manœuvres hypocrites. Comme l'abeille pollinise l'or-
chidée, Faustine détraquait les couples unis. En devenant la commensale, l'amie utile et meublante. Rieuse,
facétieuse et cordiale, on ne la soupçonnait pas maléfique. Avisée, elle avait eu le temps d'intriguer pour
jouer le rôle pittoresque de témoin à leur mariage ;
civil et religieux, car Faustine tenait au double nœud.
Quoi de plus excitant que de bénir une union solide
que l'on s'attachera à disjoindre ?

La hargne de Faustine à l'encontre de Fanfan avait
de l'ancienneté. Cette proie de choix, notre Fanfan,
occupait depuis longtemps dans la capitale le rôle
d'icône de la candeur que Faustine tenait en exécra-
tion. Quinze ans auparavant, on le sait, Alexandre
avait aimé Fanfan à l'ombre d'un grand rêve. À la
fois ambitieux et cramponné à des vues inquiètes sur
l'amour, ce garçon avait formé le projet de lui faire
une cour sans fin ; de manière à ne connaître avec elle
que le prétendu meilleur de la passion, les préludes.
Cet irrégulier vivait déjà à contre-époque, au rebours
de tout. La poltronnerie amoureuse n'avait jamais pris
sur son âme. D'emblée, Faustine avait haï ce Valmont
dévoyé, car Alexandre n'avait eu de cesse de démon-
trer par ses actes que le bonheur se trafique comme
le malheur ; en utilisant à contre-emploi les ruses et
l'artillerie du vice. Sept mois durant, ce joueur sincère
avait bâillonné ses instincts et excité les frustrations de
Fanfan, en lui offrant l'une des plus enivrantes cours
que l'on ait vues depuis les dérobades de la Princesse
de Clèves. Ils s'étaient éludés tout en se recherchant.
À coups de surprises, Alexandre l'avait conduite loin

vers le désir ; sans même verser l'acompte d'un baiser. Fanfan, tracassée de sensualité, avait eu beau le rappeler aux inconvenances, Alexandre avait tenu bon, s'occupant toujours d'exacerber son attente.

Mais un tel paroxysme ne se soutient pas.

Après l'erreur – fatale à ses yeux – de la première embrassade, Alexandre lui avait fait l'hommage d'écrire leur histoire en intitulant son roman *Fanfan*. Une ode au délire d'être jeune et à une certaine manière de dorloter l'amour. Dans la foulée de ce succès de librairie, l'exalté en avait tiré un film populaire – homonyme du roman – joué par Sophie Marceau et Vincent Perez. Les deux comédiens leur ressemblaient étrangement, en mieux bien entendu. On le devine, cette fureur d'optimisme ne pouvait durer. Le coup de grisou n'avait pas tardé. Leur période jointive ne dépassa pas six mois. Alors qu'Alexandre écrivait le scénario du film à Rome – via Appia, dans la villa du producteur italo-français –, il avait matraqué Fanfan d'initiatives fleur bleue un peu folles, irrespirables ; Faustine avait soudain respiré. Leur passion devait être le lieu de la palpitation suprême et, surtout, ininterrompue. Alexandre refusait à l'usure le dernier mot. Chaque soir, à l'époque, le couple se rendait dans un *drive-in* malfamé, sur la plage d'Ostie, où ils se goinfraient de grands films italiens ; des histoires chaotiques dont ils tentaient de reproduire l'action le lendemain. Antonioni, De Sica, Pasolini leur chuchotaient des idées, des vertiges inédits, et leur suggéraient des tenues pour Fanfan qui se déguisait en Monica Vitti.

Vite épuisée par ce pêle-mêle de dingueries, Fanfan avait quitté Alexandre après un mariage manqué ; la veille du premier jour du tournage du film *Fanfan*. Faustine en avait été bien aise ; mais déjà juchée sur une chronique télévisée – comme on tient un mirador –, elle n'avait pas même daigné honorer Alexandre d'une rafale. Rancunière vétilleuse, Faustine avait ensuite ignoré ce plumitif un peu cinéaste pendant presque dix ans. À la télévision, son silence hautain valait déjà demi-insulte. Mais la belle Fanfan avait retiré de cet épisode fugace et très notoire un parfum d'égérie sentimentale qui, par la suite, ne cessa jamais d'écœurer Faustine.

Ce n'était qu'une mise en bouche.

Lorsque Fanfan avait soudainement paru sur la scène publique en ouvrant son commerce blanc visant à « *remettre du mariage dans la vie* », Faustine avait vu rouge. Intimement provoquée, elle s'était juré d'écrabouiller sa voisine montmartroise et son personnage propret par tous moyens. D'abord en lui logeant dans le cerveau que le mariage est une manière de mourir sur place, une ménopause de l'amour ; ensuite en la faisant divorcer avec un maximum de publicité, de manière à ruiner sa réputation de *wedding-planner*. Et à discréditer l'idée même d'une passion au long cours. Faire de Fanfan une catin viendrait plus tard, comme un luxe.

Faustine s'était toujours donné la profonde joie de punir les autres d'avoir un cœur.

On imagine donc la suavité de son bonheur quand, marchant au côté de Fanfan dans le vaste hall du tribunal de Paris, cette dernière lui demanda – enfin ! – de l'aider à ôter son alliance. Moment de victoire, tant espéré, fantasmé mille fois. Suffoquant de bonheur

convulsif sous des dehors contrits, Faustine lui indiqua aussitôt les toilettes publiques.

Face à un lavabo sale, elle appliqua du savon liquide
au doigt gonflé de Fanfan qu'elle débagua en un tour
de main : la corolle d'eczéma apparut. Puis, sans
trembler, Faustine lança l'anneau en direction de la
cuvette des toilettes avec un rire de gorge hennissant.
L'alliance vola, comme au ralenti, et tomba là où l'on
se vidange.

— Qu'est-ce que tu as fait ? demanda brusquement
Fanfan.

— Avec ce que ce Tony t'a flanqué comme déceptions, cet anneau ne mérite pas mieux que les égouts,
ma chérie ! répliqua Faustine de sa voix creuse et
soufflée.

Sans flancher, Faustine tira gaiement la chasse d'eau
pour évacuer l'alliance. Vivifiée par l'horreur de son
geste, elle étouffa une satisfaction quasi orgasmique
et poussa Fanfan jusqu'au bureau du juge des affaires
familiales. Sous le choc, le cœur navré, la pauvre
avança d'un pas titubant dans sa robe de mariée de
ville en se répétant, une fois de plus, que la passion est
un sévice de l'amour sur les femmes. Son avocat maître
Philard – recommandé par Faustine pour embrouiller
la procédure – l'accueillit au débouché d'un couloir
qui baignait dans un jour de cave :

— Que voulez-vous, Fanfan, en amour l'erreur est
humaine !

— Ou inhumaine ! rectifia Faustine qui s'y connaissait en supplices.

Tony, son futur ex-époux, parut à cet instant au
rendez-vous fixé par le tribunal. Voûté, les yeux frois-
sés, présentant une mine de cadavre commencé et un

nez cuit par les bordeaux, il portait un carton fatigué
sous le bras. On le devinait à l'automne de tout ; même
si son regard filtrant trahissait une belle intelligence.
En le voyant aussi défait, Faustine ne put réprimer un
frémissement de délectation, nerveux. Témoin à leur
mariage, elle avait expressément tenu à l'être aussi
pour le duel final. Écrasé d'alcool, jamais cet habitué
des celliers et des galeries d'art moderne ne s'était
senti aussi las d'exister.

Leur amour s'était fêlé à son insu. Fanfan lui avait
fait jadis tutoyer la perfection amoureuse. Ensemble,
ils avaient pisté des options érotiques sauvages ;
l'espace de quelques étés, elle s'était montrée une
amante captivée par la chair, cédant à des goûts crus
et enivrants. Épanouie, Fanfan avait même voulu de
lui un enfant de plus, comme pour étendre leurs fron-
tières charnelles. Tony – en époux avisé – s'était figuré
qu'une telle échappée belle les prémunirait du grand
dévissage qui frappait tant de leurs contemporains.
Une cible idéale pour Faustine que cet homme-là :
ingénu à souhait, ridiculement confiant et avec ça incapable de flairer le mal.

Adroite et madrée, profitant de sa proximité de
voisine, Faustine était parvenue à friper leur jeune
bonheur, à faire apparaître Tony aux yeux de Fanfan
comme un businessman jauni dans les affaires, un
songe-creux pépère pratiquant en catimini des amitiés alcoolisées. En réalité, ce n'était pas un boitout.
Tout juste pouvait-on le classer parmi les trinqueurs
motivés. Puis, empruntant d'ignobles sinuosités,
Faustine les avait amenés à rompre sans cris. Il fallait
que *Fanfan fût déçue par un type remarquable*. Par des
pentes insensibles, ces deux-là avaient mis dix-huit

mois à rouler vers l'absence partagée. Peu à peu, les dénigrements de Faustine s'étaient mis à rebondir dans les propos amers de Fanfan : ventriloquisme par capillarité. Quand Fanfan disait le prénom de Tony, elle s'était mise à prononcer deux syllabes ; rien de plus. Un matin, elle s'était aperçue – avec le concours de sa fidèle amie – que son existence n'était plus dans ses gestes, sa sérénité dans sa maison, son désir dans ses draps. La volupté brutale, entre eux, avait épuisé sa ressource. Où son moi était-il ? En elle justement, plus en eux.

— Au fond, avait conclu Faustine faussement navrée, le goût du mariage t'a passé. Ton désir n'est plus à la fête. Tu as fini d'aimer ton mari, tu en as seulement l'habitude.

Cet amour-là n'était plus une vie, tout juste une mort anticipée ; cette formule avait naturellement été soufflée par Faustine. Leur histoire confinée et infectée de silence n'avait-elle pas la patine d'une charentaise usée ? Autre interrogation suggérée par sa *bonne amie*, sa très chère Faustine qui ne cessait de la choyer. L'idée d'être encore à cet homme était alors apparue à Fanfan comme une inconvenance, voire une incongruité. Tout ne dissonait-il pas dans leurs échanges ? Leur lien était entaché de compétition sourde, de possession étouffante. La solitude éclatait entre eux depuis trop longtemps. De cet amour ridé et cossu, elle ne connaissait plus que l'amertume. Soudain, Fanfan ne s'était plus rappelé volontiers combien le père de sa dernière fille avait été mêlé à ses préoccupations. Ah, de quelle puissance d'embêtement semble parfois doté le mariage ! avait-elle pensé à voix haute devant Faustine qui avait eu l'astuce de tempérer sa joie. Doucereuse, elle avait seulement murmuré, pour faire bonne mesure, que *le mariage n'était à tout prendre qu'une permission légale de rouiller ensemble.* Fanfan n'avait rien soupçonné de la duplicité sadique de son amie intime : elle ne connaissait pas les visages du vice flamboyant, seulement ceux de la franchise. En elle, la vivacité se substituait parfois au jugement.

Voûté au milieu du couloir, sous une verrière qui distillait une lumière chiche, Tony adressa à Fanfan un signe de la tête. Il ignorait encore de quelle nouvelle noirceur – fictive ! – Faustine venait de l'accabler. Un huissier impavide finit par les prier de s'installer dans le bureau du juge ; mais il refoula Faustine d'Ar Men, au motif que l'audience avait lieu à huis clos.

Mortifiée de ne pas pouvoir déguster ce naufrage jusqu'à la lie, elle recula d'un pas pour laisser entrer les avocats et leurs clients.

Le juge apparut. Un sourire ténu. Son visage lisse et minéral participait de l'impersonnalité du bâtiment. Pour ce magistrat à la lippe seigneuriale, c'était un divorce ; pour Fanfan, le démembrement d'un rêve. Où l'homme de loi voyait par un jugement le passé nettoyé, Fanfan voyait l'avenir compromis. On allait prononcer la dissolution d'un contrat mais surtout dissiper une naïveté. Jamais plus Fanfan ne pourrait croire aux engagements d'amplitude. D'autant que ses deux filles – Clara et Milou – avaient souffert ces derniers mois. Mère de talent, Fanfan ne s'imaginait plus les engager à la légère dans un nouveau couple.

Seule dans le couloir, frustrée, Faustine se souvint alors qu'une fois dans sa vie, elle avait été vraiment toquée d'un homme : Dizzy, l'éditeur d'Alexandre. Ce volage avait emporté son cœur de vive force. Lui seul avait su la priver de vengeance en rompant le premier ; lui seul avait eu le front de la faire jouir, alors que Faustine, déterminée, s'était toujours promis de ne tirer *aucun plaisir* du sexe adverse. Cette saleté d'éditeur longiligne et racé avait osé arracher un orgasme à sa chair gelée. Jamais elle ne le lui avait pardonné. Et soudain, par un effet extraordinaire du hasard, elle vit son nom – ou plutôt son surnom bizarre saturé de *z* – qui s'affichait sur l'écran de son téléphone portable. Accrochant un sourire frais sur son minois, Faustine prit la ligne et, sans avoir eu le temps de chuchoter allô, essuya une bordée d'injures du meilleur style.

Il y était question de sa dernière intervention télévisée.

Dizzy était fort mécontent qu'elle eût tabassé la veille au soir, en termes iniques, un livre publié par ses soins : « *Solahütte, le paradis de l'enfer.* » Cet ouvrage érudit, flamboyant à souhait, pervers et glacial présentait pourtant assez de qualités dépressives pour lui combler l'âme. Le verbe massacrant, du début jusqu'à la chute de sa chronique, Faustine s'était montrée au mieux de sa férocité : lyncheuse. Alors que ce bouquin faisait partie du quota d'ouvrages nauséeux que Dizzy publiait par nécessité (environ un sur dix, des livres qui répondaient à l'air vicié de l'époque). Faustine, respectueuse du mal et des travers de son temps, n'avait jusqu'alors jamais agressé les auteurs de ce quota maudit.

L'action de ce roman copieux, assez fort et frémissant de bisexualité, se situait à Solahütte, un coquet centre de vacances pour SS méritants sis à une vingtaine de kilomètres d'Auschwitz ; au cœur de la riante campagne polonaise. Les dimanches, les bourreaux corrects de 1943 s'y révélaient d'excellente compagnie, volontiers espiègles auprès d'accortes SS-Elferinnen (auxiliaires administratives féminines servant dans les camps de la mort) et étonnamment oublieux de leur sanglant labeur de la semaine. Il fallait bien dételer un peu, après tant de dévouement. Les joies saines des longues promenades bocagères réveillaient le teint de ces joyeux drilles ; comme la pratique cordiale de l'accordéon. Le tout agrémenté d'une jactance vacancière, en ne lésinant pas sur les traits d'humour. Le bonheur bucolique en Silésie, quoi. À chaque page, l'allégresse suintait, le rire puait et les bonnes manières terrifiaient.

— Mais j'ai beaucoup aimé ce livre taquin, répliqua Faustine étonnée. Un précis de sauvagerie policée. La *morale nazie* y apparaît dans toute sa tonicité.

— Mais alors… bredouilla Dizzy dérouté.

— Je voulais seulement voir si mon pouvoir est suffisant pour cramer un chef-d'œuvre, s'expliqua-t-elle avec délices. Nous verrons bien…

Au téléphone, Dizzy rétorqua d'une voix de coq égorgé :

— Arrête de t'acharner sur tout ce que je publie !

— Tout ? Mais j'ai toujours épargné ton petit Alexandre, l'aurais-tu oublié ? Et puis, dois-je te rappeler que je ne suis ni fair-play ni loyale ? Je n'ai aucune prétention à la bonté, moi !

Avec le sourire, la bouche en cerise, Faustine ajouta sur le ton de la frivolité :

— Le mot *tuer* conserve, je dois le dire, une force invocatoire sans limite ! Hi hi… Et je possède en moi des profondeurs que je n'ai pas encore exploitées.

— Cette fois, tu échoueras ! tonna Dizzy en bouscu-
lant le couturier malingre qui mettait la dernière main
à son habit vert d'académicien fraîchement élu.

— Peut-être… soupira Faustine désinvolte, mais
aujourd'hui je ne bouderai pas mon mérite. Figure-toi
que Fanfan divorce en ce moment même. Délicieux
symbole ! Je me trouve au Palais de Justice, avec vue
sur le désastre. Sache mon cher lapin que je ne suis
pas pour rien dans cette faillite, qui permettra de
rameuter notre adorable Fanfan à la cause de mes
idées saines. Hi hi hi… Désormais, la pauvrette saura
que la cantine du mariage n'est pas une succession de
dîners de gala !

— Salope !

— On se calme, lapin. Ce n'est pas parce que la
charité n'est pas ma qualité première qu'il faut tout de
suite distribuer des compliments.

Dizzy raccrocha en grommelant. Inquiet, il hous-
pilla le couturier qui le harcelait d'aiguilles dans sa
boutique étroite. Dizzy, long, fin, vertical, ligneux,
très lévrier, n'avait pas de bonnes manières mais de
grandes manières. Né pour les cénacles chics, l'écha-
las possédait même parfois – surtout avec Faustine –
un peu de mauvaise éducation, juste ce qu'il faut,
mais point trop, car en lui revivait l'éclatante galanterie française. Néanmoins, ce féodal en cachemire de
l'édition avait pour habitude de pousser le bouchon
un peu loin avec ses conquêtes. Il existe un très vieil
usage de civilité amoureuse qui veut que l'on quitte
les femmes en les en informant. Dizzy ne s'y pliait
pas. Une amante d'une nuit lui donnait-elle rendez-
vous par téléphone ? Il répliquait *oui, à tout de suite* ;
et il ne venait pas. Rappelait-elle avec étonnement ?

Il promettait d'être là *dans la minute*, en bafouillant mille excuses, et ne reparaissait pas. Au troisième coup de fil, la malmenée désertait le déserteur. Jamais Dizzy n'aurait eu la muflerie de contrarier une femme de face. L'éditeur tenait à bâcler ses amours comme Musset ses poèmes : par principe. On comprendra donc que Faustine lui en eût gardé quelque rancune.

Mais Dizzy avait raccroché net pour une autre raison : ce flegmatique tenait en horreur l'acrimonie. L'éditeur avait l'ironie gaie, un peu libertine, de son terroir parisien, celui de la Rive Gauche. Les affaires d'ego le faisaient bâiller ; et, soudain honteux de ses aboiements contre Faustine, il s'était senti glisser vers le terrain vulgaire de la vendetta. Gavé de lecture, Dizzy ressentait un invincible ennui dès qu'il pensait à lui-même, aux étroites questions de fierté ; même s'il avait, très jeune, attrapé la Légion d'honneur en baisant la femme d'un ministre. Mais ce jour-là, le lévrier argenté était heureux de son élection inattendue Quai Conti, à une déroutante et amicale majorité.

Dizzy était de ces gentilshommes de la littérature pour qui l'Académie française reste le surnom affectueux du paradis. Les gros goûts du public le faisaient se pincer le nez. Dans son esprit élitaire et affiné, les mots – dont il faisait commerce – étaient des dieux tout-puissants. À raison, le perspicace Dizzy pensait que c'est le mot rose qui donne leur parfum aux roses.

Au sortir du bureau du juge, Fanfan était pâle et dévitalisée. En elle, chaque cellule déçue, chaque particule fâchée avec la passion, la torturait. Trop de divorces dans les pattes. L'âme désaffectée et l'échine lasse, elle se sentait en désordre. À force de démariages et d'abdications, elle redoutait soudain de finir en mégère érotiquement sinistrée, tortillant du popotin dans un appartement puant la solitude. Jamais plus elle ne se laisserait aller à un mariage propret, avec géraniums aux balcons. Ses sens affinés lui interdisaient à présent le chemin des illusions. À quoi bon se laisser dévaster ?

Feignant de s'affecter pour Fanfan, Faustine éloigna maître Philard d'un regard péremptoire – elle le payait en sous-main – et lui prit le bras pour la tirer vers la sortie. Fanfan avança d'un pas d'automate, un pas décroissant qu'il fallait remonter à chaque foulée.

À l'extérieur du tribunal, la tempête grognait. L'orage, plein de préparatifs, avait pris possession de l'horizon. Fissuré d'éclairs, le ciel se fendit soudain avec vacarme. La pluie neigeuse se fit rude. Au moment de s'engager dans les grands escaliers détrempés, Tony les rattrapa et tendit à Fanfan le carton qu'il avait apporté :

— Tiens, je n'en ai plus besoin.

— Qu'est-ce que c'est ?

— Notre passé, puisqu'il faut y renoncer.

— Notre passé…, répéta-t-elle, surprise.

— Toutes nos photos, et celles des filles bien sûr !

Sur ces mots prononcés avec une féroce tranquillité, Tony ouvrit son parapluie noir et décampa, au milieu des ondées turbulentes. En un instant, il disparut dans l'indistinct.

Déconcertée, Fanfan s'abrita sous le parapluie blanc que tenait Faustine, ouvrit sans réfléchir le carton et vit alors l'impensable : Tony avait déchiré en minuscules morceaux l'intégralité de leurs souvenirs.

Notamment les clichés des premières années des filles. Son sang se retira d'elle. Toutes les photos argentiques prises depuis la naissance de Clara et Milou se trouvaient là, broyées, poinçonnées, pilées. Avec barbarie, Tony lui renvoyait la violence de son éviction.

Épatée par ce cran, Faustine réprima un gloussement d'aise.

Chancelante, morte à elle-même, Fanfan glissa alors sur une marche au moment où la spirale d'une bourrasque enveloppait sa robe de mariée. La rafale en souleva la corolle. Le carton se renversa et, en un instant, les confettis de son histoire partirent à tous vents. En formant une manière de tourbillon, au ralenti. Fanfan se trouva prise par une neige de papier photo – mêlée à la vraie – qui fouettait son visage d'un puzzle d'images en provenance de son passé.

La séduction des hommes ne l'agiterait plus de longtemps.

Pour elle, la question du couple était réglée.

3

Le lendemain matin, Dizzy eut le soulagement d'apprendre que la chronique acide de Faustine n'avait pas restreint la diffusion de *Solahütte*. Le retournement qu'elle avait escompté ne s'était pas produit. Ses anathèmes avaient même excité la curiosité du large public : les sorties de ce roman festif et glauque en avaient été triplées. Ce qui confortait le désir de Dizzy d'éditer des auteurs en phase avec une époque qui ne porte pas la bonté en haute estime. Et dont les curiosités mènent chaque jour davantage au tout-à-l'égout de l'âme humaine.

En consultant ses mails du jour, Dizzy reconnut l'ingénieuse perfidie de Faustine. Elle venait d'expédier un courriel – soi-disant par erreur – à tout son carnet d'adresses électronique, afin de répandre largement dans Paris la nouvelle du divorce de Fanfan. Tout de suite, Dizzy devina que ce message affûté par Faustine avait pour but d'affaiblir les intérêts matériels de Fanfan. C'était bien dans ses manières offensives : après le cœur, le tiroir-caisse. Comment Fanfan pourrait-elle continuer à commercialiser le rêve du mariage idéal alors que la presse ne bruirait que des détails malodorants de son propre divorce ? Le mail, hilarant et compatissant, adressé à Fanfan et prétendument diffusé par mégarde, contenait assez d'informations croustillantes, présentées comme confidentielles, pour exciter les gazettes. Tous les bavards et journalistes de Paris l'avaient reçu ; la longue liste des *en copie* l'attestait. On eût dit un articulet de la presse people conçu tout exprès pour le copier-coller. Naturellement, Faustine avait dû se confondre en excuses mirobolantes auprès de Fanfan (des larmes de glycérine), en excipant de sa maladresse, avec ce qu'il fallait de culpabilité mimée et de protestations d'amitié touchantes.

Cette friponne n'était pas de mauvaise foi, elle était *la* mauvaise foi.

Mais l'essentiel était ailleurs, dans le fait que Fanfan eût à nouveau l'annulaire disponible. Éditeur et ami d'Alexandre depuis toujours, Dizzy espérait beaucoup de cet événement inopiné. Voilà pourquoi il se rendait d'excellente humeur au bar de l'hôtel Raphaël pour rejoindre Darius Ponti, le producteur des films d'Alexandre, tous adaptés de ses propres romans.

Darius était une légende de Paris. Ce farfelu génial, grand brasseur d'excès, s'obligeait à la gravité, de peur de mourir. Son cardiologue, inquiet de son engraissement constant, lui avait strictement défendu le fou rire ; les siens tenant du séisme apoplectique. Darius Ponti vivait donc au bord de la crise de nerfs depuis sept ans, craignant par-dessus tout de s'esclaffer ; en se méfiant énormément d'Alexandre qui, assidu à le faire glousser, le poursuivait de sa drôlerie.

Dizzy pensait que la liberté retrouvée de Fanfan pouvait fort bien susciter une étape majeure dans la renaissance de son auteur, enlisé dans le piège de l'autofiction. Depuis quelques années, Alexandre

avait quitté sa meilleure veine, son romantisme radi-
cal, rétro et prosélyte, pour paonner dans des romans
familiaux mal fréquentés, écrits à la diable, fatigants
d'orgueil et surtout inadaptables au cinéma. Lors
de sa première période, Alexandre s'était menti –
éhontément – pour mieux se persuader de ses propres
délires passionnels. Dizzy se répétait que l'heure avait
sonné pour son ami *d'intégrer son œuvre passée dans
son œuvre présente.* Il était depuis toujours convaincu
qu'un écrivain doit à toute force fabriquer une œuvre
ramifiée et non des livres orphelins. Des saisons ?
Soit, mais à la condition qu'elles finissent par composer un climat.

Dans la vie d'Alexandre, Darius et Dizzy occupaient
un rôle considérable. Le premier lui faisait ses films, le
second ses livres. Sans eux, il aurait été presque vide,
ou trop plein de lui ce qui revient à la même chose.
Tous deux fourraient dans les pattes de son petit
talent ce qu'ils voulaient ou espéraient. Ayant l'oreille
d'Alexandre, ils tiraient et poussaient à leur discrétion le verrou de son imagination. Il faut dire que ces
deux-là étaient les deux grands débrouilleurs de la
vie des artistes parisiens. L'éditeur et le producteur
savaient combien ceux-ci sont prompts à s'éloigner
d'eux-mêmes et à quel point il peut être nécessaire de
les arroser pour qu'ils fleurissent.

L'un était long, l'autre court. Des lignes, des
courbes. Des os, du ventre. Dans Paris, on les sur-
nommait Zig et Puce. Darius était un nain grommelant qui vivait avec un chihuahua sur l'épaule gauche,
comme greffé sur sa brève anatomie. Déçu d'être né
différent, il se consolait par le cinéma qui est la patrie
des différences. Tom Pouce de l'industrie tricolore,
bien qu'il fût d'origine romaine, acceptant souvent

le rôle de coqueluche des Césars, on lui mangeait sur la tête. Producteur hors normes à tout point de vue, ce mondain exigu était bilieux, parfois luisant, colérique toujours, blême au quotidien ; comme si le sort l'avait constamment gratté à contre-écaille.

Lorsqu'il était jaloux de la célébrité de ses stars, Darius Ponti payait (chichement) des figurants pour le harceler d'autographes à la sortie des restaurants chic de la capitale. Admirateurs factices contre lesquels il pestait grossièrement. Seuls le cinéma et la mangeaille dissipaient son ennui. Le reste de la vie réelle creusait ses rides ; et motivait sans cesse sa râlerie. Quand Darius ne réfléchissait pas à un film, il avait des larves d'idées, des vices lents. Mais sa cervelle s'affinait aussitôt qu'il pensait pellicule. Apte soudain à toutes les coquineries, ce poitrinaire avait alors des rugissements dans l'âme et des agilités financières inouïes. Ses chiquenaudes devenaient baffes de géant.

Difficile d'imaginer deux êtres plus dissemblables que Dizzy le magnifique et Darius le minuscule. Ce dernier, de faible altitude mais râblé comme un catcheur baraqué, était d'une trivialité énorme. Ses gestes volubiles amplifiaient ses paroles (un reste d'Italie bavarde ?). L'autre, écrivain de vieille roche, avait des manières altières qui, de chaque immobilité, faisaient une attitude racée. Pansu et catholique, Darius possédait une tête gonflée, contractée, spectrale et chauve, à laquelle le gras bourrelet faisant saillie sous l'occiput ajoutait un horrible poids ; alors que Dizzy, hâlé en toutes saisons et gracieux, était né pour hypnotiser les femmes. En pratiquant un panthéisme de bon aloi. Darius avait l'accent d'un courtier en viandes sur pied. Il prononçait les mots : amour, passion, rupture, comme il aurait dit : chèque en bois, petite monnaie ou taux d'intérêt. Dizzy, lui, avait l'accent du Quai Conti, un phrasé d'Immortel qui aurait eu une fille remarquée par Jean d'Ormesson. Il articulait les mots : amour, passion ou rupture comme il aurait dit : Proust, Emmanuel Berl ou Yourcenar. Dizzy représentait le bon goût, le dandysme échevelé. Darius se représentait lui-même ; avec déception. Dizzy causait sans remuer les lèvres, en effleurant les mots. Darius semblait les sucer de ses grosses lèvres. Son regard était celui d'un joueur de poker en perdition, celui de Dizzy d'un amateur de badminton. Le petit tonnait de sa voix de bronze : je veux. Le haut perché susurrait : j'adorerais, j'aurais tant aimé. Darius disait : la vie. Dizzy disait : la littérature. Darius lâchait froidement avec son curieux accent italien : moi, roi de Paris. Dizzy disait par avance : nous autres sous la Coupole. Darius vous regardait de bas en haut, Dizzy de haut en bas. Le premier se tenait toujours pour diffamé, l'autre s'imaginait applaudi. N'ayant pas été heureux enfant, Dizzy se rattrapait tous les jours. Darius, lui, tenait au caractère indélébile de sa mélancolie. Véhémentement imaginatif, Dizzy voyait le réel comme il n'est pas, en mieux ; quand Darius, réaliste et sépulcral, voyait le réel en pire. L'un madrigalisait sur l'esthétique de la stérilité, l'autre – le petit – gouaillait avec tendresse pour célébrer son unique amour : sa fille chérie, Angelica. Et pourtant, ces deux antonymes se voyaient tous les jours au petit déjeuner, à l'hôtel Raphaël, où ils s'affrontaient sur l'art de manger un œuf à la coque : gros bout ? petit bout ?

Cependant, la même notion de caducité des choses humaines les réunissait. Et puis, seule leur inimitié assidue les consolait des médiocrités artistiques dont le siècle s'empiffre. Au fond, tous deux – foncièrement originaux – détestaient les œuvres applaudies par le public; surtout Darius qui, derrière sa grossièreté revendiquée, saupoudrait ses soirées d'orgueilleuse solitude de lectures de livrets d'opéra, l'unique passion aristocratique à laquelle il sacrifiât. Ou alors il se passait en boucle les chefs-d'œuvre produits par son oncle Carlo Ponti (comment diable le neveu d'un tel seigneur de la pellicule pouvait-il se montrer si grossier?). Dernier point d'accroche entre ces deux pôles : leurs regards – fixes pour Dizzy et clignotants chez Darius – qui ne s'arrêtaient que sur les jeunes femmes. Ou les putes, qu'ils consommaient par troupeaux; sans craindre de faire du chiffre. C'était comme s'il n'y avait pas eu d'hommes dans les lieux qu'ils honoraient de leur présence.

En arrivant au Raphaël, transi d'hiver, Dizzy chercha tout de suite son chétif confident. Dissimulé derrière lui, occupé à guetter les filles décoratives – ou coûteuses – du lieu, Darius lui tendit une poignée de main poissée et furtive. Comme toujours, ses regards mangés de tics cherchaient moins à fixer son interlocuteur qu'à le fuir. Darius rencontrait comme on prend congé; sans cesser de manipuler un chapelet béni par Jean-Paul II lui-même. Ce jour-là, le petit homme était moins vêtu qu'empaqueté dans une robe de chambre d'intérieur fourrée. Son chihuahua, bouturé sur son épaule, surélevait sa silhouette en l'augmentant fallacieusement d'un bon tiers. C'était Dizzy qui le lui avait offert, en le baptisant Pasolini; car ce chien était obstinément gay.

— Comment allez-vous, mon cher Darius?

— Qu'on m'offre un bonsaï afin que je puisse me pendre à une branche accessible ! lâcha-t-il avec un accent gras et rustique.

— Toujours aussi optimiste… répliqua Dizzy.

— Toujours aussi sélectif dans mes motifs de joie, corrigea le nain. Que voulez-vous, je suis d'humeur baissière, comme les bourses ce matin… Marre de ces trous d'air. Moi qui n'aime qu'une chose : le réconfort d'un bon *happy end*… soupira-t-il navré en rangeant son chapelet.

Dans un recoin, à l'ombre de tentures de velours frappé, Zig et Puce examinèrent tout de suite la nouvelle du jour : le cœur de Fanfan à nouveau sur le marché. Les compères l'imaginaient embarrassée de solitude, en quête de bras accueillants. Tous deux ignoraient qu'en elle l'envie d'amour était moribonde. Désenchantée de l'idée même du couple, Fanfan serait bien la dernière en Europe à retrouver le dynamisme du désir ; et à se laisser déborder par le trouble.

— Vous n'êtes pas sans savoir, murmura Dizzy, qu'Alexandre n'a plus foulé le sol français depuis sa rupture avec Fanfan. Depuis lors, il a interdit de prononcer son nom ! Comme pour neutraliser sa mémoire. Cet excessif a même dispersé sur le globe l'intégralité de ses souvenirs d'elle, jusqu'aux feuillets du tapuscrit de son roman *Fanfan* divisé en quatre parts !

— Les chutes du film ont également été éparpillées, ajouta le lutin en caressant son chien.

— L'obsession de Fanfan le saisit encore, articula Dizzy soudain saisi d'une fièvre de parler. On ne fuit que ce que l'on craint. D'autres femmes, bien sûr, ont tenté de *l'agrafer*, comme vous dites parfois de manière si… pittoresque. Alexandre a même eu quelques rounds sérieux, notamment avec la mère de ses enfants, la pauvrette qui avait cru le récupérer, Laure de Chantebise. Mais notre idéaliste reste en jachère.

Amateur de laconisme, Darius étouffa un soupir en levant ses gros yeux de batracien au ciel ; et en ressortant son chapelet avec nervosité. Il craignait plus que tout la volubilité de Dizzy lorsqu'il lui prenait des fringales de paroles.

— Je ne l'ai pas encore vu en condition d'en aimer une autre, poursuivit le longiligne. Ni même de revoir Paris au bras d'une poule… Quand il a connu Fanfan, il s'est cru arrivé sur la terre ferme. Les amourettes bas de plafond, le fond de gamelle de la sexualité, ça n'a jamais été son truc, même si…

— Coupez ! tonna le producteur, la lippe lasse, alors qu'il attaquait son œuf à la coque par le gros bout.

Et il ajouta :

— Où voulez-vous en venir ?

— Il faudra bien un jour qu'une femme le réveille, n'est-ce pas ? Et que la seconde partie de son œuvre féconde la première.

— Pourquoi ça ?

— Pendant ses cinq premiers romans, un peu aquarellés, Alexandre a voulu que l'amour n'en finisse pas de commencer. Puis sont venues ses confessions autobiographiques, ses archives intimes. Il s'est aperçu que son logiciel familial de dingue s'accordait mal avec ce rose-là. Il s'est alors débarbouillé de ses niaiseries. Je souhaite qu'il revienne à sa première période *avec ce qu'il a appris de la seconde*. Avec cette vérité-là ! En épaississant sa folie.

— J'ai surtout hâte que notre gagneuse retourne sur le trottoir, grogna le producteur.

— J'ai ici la preuve qu'Alexandre attend encore Fanfan. Tenez !

Dizzy tendit à Darius une photo sur laquelle on voyait Alexandre devant l'entrée d'un cinéma de plein air un peu vieillot ; un *drive-in* de plage où, au sortir de Rome, les jeunes couples pratiquent depuis des lustres une cinéphilie flirteuse. Au-dessus de lui, on devinait l'affiche pluvieuse de *Nous nous sommes tant aimés* d'Ettore Scola, en version originale (*C'eravamo tanto amati*).

— Pépère fait du tourisme du côté de chez moi, et alors ? releva Darius.

— J'ai su par notre agence de voyages qu'Alexandre se rend secrètement sur la plage d'Ostie, à deux pas de votre Rome, depuis quinze ans, le 18 juin. Avec Fanfan, ils s'étaient donné rendez-vous dans ce *drive-in* mal fréquenté, chaque année, le jour anniversaire de leur mariage loupé, *lorsqu'ils seraient prêts.*

— À quoi ?

— À se baguer, pardi.

— Pourquoi là ?

— Ils ont dû rêver ensemble là-bas, il y a quinze ans. Ce cinéma de bord de mer programme des *love stories* italiennes de bonne facture, en noir et blanc, avec un petit côté ciné-club : *L'Avventura, Huit et demi, Una giornata particolare…*

— Le catalogue de mon oncle, je sais.

— Tous les routards du monde vont y baisouiller dans les voitures, en dégustant des gelatti. Vous ne le saviez pas ? s'étonna Dizzy.

— Vous êtes sourd ou quoi ? éructa le nain en bombant son torse de volatile de combat. Je vous dis que je connais l'endroit.

— Eh bien moi j'y étais à Ostie, en juin dernier, pour lire les *Poèmes oubliés* de Pasolini sur cette plage où, vous le savez, Pier Paolo a été assassiné.

— Le 2 novembre 1975, précisa le producteur sans hésitation.

— Sur ce *drive-in* donc, une Chilienne d'excellente famille me suçait dans une Alfa Romeo. D'une main je tenais le recueil et de l'autre j'ai pris ce cliché d'Alexandre… sans qu'il me surprenne.

— Ah… mmh… *buonissimo* ! s'exclama le nain en palpant la photo. Il était donc au rancart, le coquin…

— Qu'arriverait-il si Fanfan et Alexandre se recroisaient enfin ? hasarda Dizzy en décapitant son œuf par le petit bout. Quinze ans après !

— Un roman sans doute, un film peut-être… murmura Darius, le sourire persistant et la prunelle allumée.

— Le destin, parfois, se plaît à des coïncidences, n'est-ce pas ? Seriez-vous mon associé pour lui forcer un peu la main ? Le livre sera pour moi, l'adaptation pour vous.

— Êtes-vous en train, mon cher Dizzy, de me proposer de jouer aux échecs ? demanda le gnome brillant en se défrognant soudain.

— Aux dames plutôt. Vous avez une… une première piste ?

— Fanfan jacasse beaucoup avec Angelica.

— Avec qui ?

— Ma fille ! tonna Darius. Elle lui a dit qu'elle voulait changer d'air, foutre le camp de Paris. Fanfan a même émis le souhait d'utiliser un truc gratos, un site d'échange d'appartements.

— Tiens tiens…

— Je m'occupe du pion Fanfan, vous de ce cheval fou d'Alexandre ! suggéra Darius en suçant ses lèvres et en frottant machinalement son chapelet.

— Cette répartition des âmes me va.

— Parlons poésie, maintenant : combien va-t-on gagner ?

4

Le malheur, ce n'était pas le genre d'Alexandre. Sur le mur de son bureau étaient punaisées des coupures de presse – britanniques et françaises – qui portaient toutes un regard réjoui sur la crise ; comme si la focale de son esprit n'avait fait le point que sur la face tonique et prometteuse de ce désastre plein de saccades. Une vendange d'optimisme obsessif, sur fond de crash planétaire. Le globe, entré en convulsions, n'était plus qu'un sanatorium bondé mais lui le voyait tout en rebonds. Dans l'esprit d'Alexandre, défaitisme et morosité étaient toujours illégitimes ; même en cas de mouise historique.

En examinant son courrier du soir, il s'arrêta sur une lettre attendue du Royal London Hospital qu'il décacheta avec entrain : son bilan neurologique enfin complet. Alexandre le consulta en buvant un verre de volnay à moitié plein.

À quarante ans et des poussières, ce faux désinvolte – nettement moins costaud que Vincent Perez – dissimulait très bien sa mélancolie originelle. Il était plus que jamais la joie profuse. Une émulsion de bonne humeur volontaire ; bien qu'il possédât désormais des traits mats d'aventurier, amples, voire durcis, qui attendaient le fusain. Et un robuste coffre où loger son souffle. Où avait-il bourlingué ? Nul ne le savait exactement. En Italie, en Grande-Bretagne et dans des contrées exportatrices de fanatismes. Une vie de carte à jouer, d'audaces empilées, murmurait-on. Lucide, cet homme au passé poisseux de panades refusait désormais de croire au tragique des choses ; au risque assumé de paraître frivole. Sa profondeur, il la mettait à paraître gai. Frotté d'expériences sévères qu'il taisait, Alexandre pensait que nous ne souffrons pas de nos infortunes mais de l'opinion trop étroite que nous en avons. L'adversité n'avait pas entamé sa faculté de jouissance ; envers et contre tout. Aucune déperdition de sève chez ce timide. Son cerveau lui procurait sans cesse l'illusion que chaque écueil a sa solution, toute douleur son remède ; mirage qui lui avait été souvent favorable. Tout ce qu'abhorrait Faustine, cette grande admiratrice du *Titanic*. De là l'indéfectible certitude, chez Alexandre, que l'amour était un malentendu bénéfique et l'extinction des passions un accident corrigible.

L'irréparable, il avait décidé d'en rire.

L'auteur de *Fanfan* était effectivement méconnaissable : côté cœur, Alexandre ne croyait plus en l'importunité des ans depuis son premier rendez-vous au Royal London Hospital. Quelle volte-face ! Toujours en croupe de nouveaux enthousiasmes, il raillait désormais les maximes désabusées sur la passion : elles ne le recruteraient plus. À ses yeux, le temps était un atout maître, non un attentat au ralenti. Il se figurait que le jour où le mariage, qui est une routine, deviendrait une stratégie, la fidélité aurait le goût de l'épopée.

Alexandre rayonnait d'idées hautes ; Faustine s'en trouvait donc offusquée, à distance. Elle endurait mal sa trop bonne humeur et sa confiance excessive en l'imagination. Quand on n'est fait que de nuit, comment pardonner à la lumière ? Tout opposait ces deux pôles : la victoire de l'un signifierait la capitulation de l'autre. Il avait la gaieté dépensière ; elle l'avait pingre. Elle croyait aux venins, lui aux sérums. En ses voyages, il avait contracté le goût des valises et des pays désagrégeants ; elle demeurait sédentaire, vissée à son Montmartre propret, suspendu au-dessus de la capitale en crise. Alexandre fonctionnait à l'étourdissement, à la fraternité ; elle à la froideur méditée. Faustine applaudissait les mariages viciés dont l'indifférence est le fossoyeur. Alexandre vomissait les amours décroissantes, et vaincues par l'immobilité.

C'est donc en homme pressé, adepte des postures de combat, qu'il termina ce soir-là de relire son bilan neuronal. Durant deux jours, sous la houlette de Georgia, on avait scruté son cerveau. Ce document tonifiant acheva sa mue.

Et termina de faire de lui un torero de la fidélité.

Traversé d'étranges vertiges d'effusions, Alexandre eut soudain envie de danser et de pleurer. Prêt à flamber sa vie, en sueur, il décida d'oser tous azimuts. Son existence durant, il avait aimé s'évader des fatalités. En plongeant dans les piscines vides ; pour mieux en hâter le remplissage. Le sort, généreux, l'inclinait de nouveau à vivre ainsi ; car ce procédé, s'il ne réussit pas toujours, revigore quand il fonctionne.

L'âme rêveuse, méditant une riposte, Alexandre se mit alors à déchirer en petits morceaux la lettre de l'hôpital dans le silence de sa maisonnette anglaise ; une ex-écurie pelotonnée dans un jardinet de Notting Hill. Ce minuscule édifice, dont le premier étage était jadis réservé aux cochers, lui tenait à présent lieu de bureau-tanière. Un *mews*, comme on dit outre-Manche. Son œil brun, encastré dans une figure bourrue, fixait exagérément le monticule de confettis : ce qui restait du courrier. Sa pupille trahissait une pensée lancée à plein galop. Ne pas bouger lui apparut soudain comme une espèce de mort. Dans la foulée, il monta le son de la bande originale du *Livre de la jungle*, composée par le jubilatoire Sherman (celui qui ouvrit au cinéma la bonde du vrai bonheur). Il fallait à ce glouton une rasade de jazz.

Les fils d'Alexandre – Jean et Pascal – déboulèrent, rieurs.

Sur une attaque brusquée de cuivres, il accueillit ses jumeaux par un lancer de confettis ! Ceux de Fanfan avaient été sinistres sur les marches du Palais de Justice ; les siens annonçaient une bamboula.

En arrivant chez Alexandre à la nuit bien tombée, sous une neige légère, Dizzy l'aperçut au travers des vitres de son bureau : une ombre chinoise derrière ses rideaux tirés. Il dansait avec ses garçons sur la musique de l'ours Baloo – *il en faut peu pour être heureux !* Souple et délié, le trio pétillait de fantaisie. Alexandre gardait dans le rythme une sorte d'enfance débridée, abusant des éclats de rire. Une pure sève s'épanouissait en lui.

La façade de la maisonnette de brique dessinait une paire de rectangles de lumière blanche : les fenêtres symétriques. L'allégresse de cette famille en jaillissait. Désarticulé par la mélodie, l'explosif papa avait l'air d'une bonne nouvelle. Sa silhouette trébuchait dans les notes, déchargeait l'électricité du bonheur. On eût dit une débâcle de gestes qui disloquait la banquise de sa retenue coutumière.

Cet aventurier avait désormais des façons à la Fred Astaire. Désuni à l'arrêt, Alexandre ne s'harmonisait que par le souffle des rythmes, même sans musique, sur un quai de métro ou ailleurs. Dès qu'une brise pop flottait dans les rues de Londres, ingambe et bondissant, il dansait avec tout, les rombières en goguette, les lampadaires, les ficus des échoppes, un Bobby de service. Quand une radio swinguait dans un pub, il n'hésitait pas à sauter sur les tables, farandolait avec les serveuses, cueillait les vieilles ladies, s'annexait les beautés trop sages. Marchait-il dans le frais matin de Notting Hill ? Il esquissait un pas ailé en hommage à Gene Kelly. Tournait-il à l'angle d'un square ? C'était pour toupiller autour des panneaux de sens interdit. Une mélodie réveillait sa silhouette. En reprise de volée, il s'entortillait en elle, entrait sans frein dans le rythme des musiciens, en suivait la syncope. Alors ce soir-là, escorté des deux enfants qui le continueraient un jour, il dansait à tort et à travers, l'âme déridée, dans une allégresse folle. *Il en faut peu pour être heureux...*

L'air innocent, Dizzy sonna.

Un Baloo rayonnant lui ouvrit : l'ombre chinoise avait pris chair. Dans la présence inattendue de l'éditeur aux airs de trotteur léger, blanchi de flocons, il y avait de l'apparition. Aucun coup de fil n'avait annoncé sa venue. Étonné, Alexandre le laissa pénétrer dans son bureau où il posa deux grosses valises.

— Que me vaut cette surprise ?

— Une surprise, justement !

Sur ces mots, et profitant de ce que les jumeaux s'étaient éloignés, Dizzy ouvrit les valises sans attendre. Ce geste valait coup de poing au cœur. Les deux

bagages contenaient tout ce dont Alexandre avait
voulu se séparer aux quatre coins du globe, réuni dans
un vrac exhaustif : le tapuscrit rassemblé du roman
Fanfan, des liasses de photos de leurs vingt-cinq ans,
les lettres pleines de privautés qu'il avait reçues d'elle,
des reliques fripées de leur liaison, l'intégralité des
chutes du film *Fanfan*, un lot de cadeaux symboliques
qu'elle lui avait offerts autrefois, un DVD du film
accompagné d'une macédoine de coupures de presse.
Quelle cinglée !

Le visage creusé d'ombres, entre stupeur et regrets,
Alexandre eut un haut-le-corps.

Et puis ce retour de boomerang surgissait le jour
même de la réception du courrier du Royal London
Hospital. Comment ne pas y voir un coup de cym-
bales ? La Providence avait-elle des intentions sur lui ?
Sonné, Alexandre recula d'un pas lourd et s'efforça
de se dominer.

D'émoi, Dizzy pâlit à son tour : il ne s'attendait pas
à pareille réaction.

Eût-il vu un fantôme qu'Alexandre n'aurait pas
vibré davantage. Pris au dépourvu, le quadragénaire
trouva enfin le temps de souffrir. Quinze années de
rétention de son chagrin s'abattirent sur lui. Toutes
les digues qu'il avait construites crevèrent. Ses yeux
se mouillèrent. Il trembla. Rien n'avait pu abolir
ses vieux rêves d'une amplitude intacte. Pourtant,
Alexandre avait opiniâtrement fui le piège des visions
nostalgiques, cette forme de submersion lente qui
engloutit tout l'être si l'on n'y prend pas garde. À
vingt-cinq ans, Fanfan était venue le réveiller, le jeter
en haut de l'amour. Loin d'elle, en Angleterre et
ailleurs, il avait par la suite fait un songe solitaire peu-

plé de femmes accidentelles, et il lui fallait soudain se replonger dans ce passé mal cicatrisé. Le soir même de la lettre déchirée !

Pendant des années, ouvert à la variété, surtout après sa rupture avec Laure, Alexandre avait bourré ses journées de joies sensuelles hâtives. Ses nuits voltigeuses avaient été constellées d'étoiles aux noms charmants : Ada (une diablesse du 69), Katinka (sournoise en ses réveils), Keïko (lunaire, inquiétante de souplesse), Reina (naïve et pressée, une rareté), Manette (pétulante et sonore)... Des résidences secondaires, hélas. Il n'avait jamais eu d'amour pour ces bras de rencontre ; du goût peut-être, de l'intérêt sans doute, mais pas même de la fièvre. Certes, il avait essayé de l'enthousiasme pour une Anglaise aux joues pommelées de taches de rousseur. Il avait vécu avec cette Sally, c'est-à-dire avec personne. Puis il s'était enlisé dans la compassion pour une fleur de maison close. Enfin il y avait eu l'éclaircie de la fameuse Georgia ; sa neurologue mielleuse – rousse également – qu'il avait aimée une demi-heure. D'autres levers de rideau l'avaient diverti. Mais il était allé aux femmes comme on va à l'alcool, pour s'absenter. Sans jamais voyager. Dans le pêle-mêle de ces amusettes d'occasion – à tout point de vue –, Alexandre s'était gaspillé. Il avait été un aveugle insuffisamment ébloui.

Fanfan seule était demeurée au centre de son esprit.

Il faut dire que – après leurs chastes préludes – elle avait eu pour lui des baisers irréparables ; et une manière décisive de le culbuter à en casser les sommiers. Rien à voir avec le bas plaisir. Dans cette possession farouche, sans cesse renouvelée, elle l'avait converti au culte de sa peau mate. Le tempérament de cette fille, demeurée sauvage, s'assouvissait dans la joie que ne procurent pas les instincts domptés.

Face à cet amas de souvenirs épars sur son parquet, Alexandre avait beau fouiller sa mémoire, aucun visage féminin ne lui revenait comme celui qu'il avait cherché sur tant de minois. L'éclat de certaines brunes à crinière léonine ne l'avait accroché que par la ressemblance qu'elles offraient avec Fanfan. Renouer avec la prévisible Laure de Chantebise n'avait été qu'une façon pathétique de faire machine arrière, de biffer l'année folle et érotique de ses vingt-cinq ans ; en vain. Malgré l'embellie de jumeaux magnifiques, nés de Laure. Chaque année, le cœur nostalgique, Alexandre n'avait pu se retenir de filer en douce à Rome le 18 juin, sur la plage d'Ostie où il lui avait demandé sa main, *leur plage* en somme. Pour y déguster – au milieu d'une jeunesse roucouleuse – les films qui les avaient tant fait rêver.

Si Fanfan l'avait quitté, Alexandre, lui, ne l'avait pas oubliée.

Soudain, essuyant ses yeux devant ces valises béantes, chamboulé par le regret, il s'avisa qu'une forte dose d'amour braque circulait encore dans ses veines. Certains sentiments, les plus indurés, ne connaissent pas d'inflexions. On ne sort pas des grandes indivisions.

— Je suis au courant de ses succès, mais je ne sais rien de sa vie. Qu'est-elle devenue, ma chère Fanfan ?

C'était la première fois qu'Alexandre reprononçait son nom.

— Je l'ignore totalement, mentit Dizzy avec la rondeur d'un homme habitué aux falsifications bienfaisantes.

— Vraiment ?

— Tâche de ne jamais l'apprendre.

— Pourquoi ?

— Qui deviendrais-tu si elle te décevait ? lança Dizzy en faisant briller sa prunelle bleue.

— Pourquoi m'as-tu apporté tout ça ?

— J'ai mis un an à rassembler ce que tu ne voulais plus voir. Je n'ai rien trouvé d'autre pour arrêter ta fuite.

— Qu'espères-tu ?

— Un livre refoulé, avoua-t-il en sortant. Un bouquin où tu perdrais pied. J'aimerais que tu écrives enfin le roman qui ne procéderait pas de ta volonté. Des pages qui ne parleraient pas de toi mais où chaque paragraphe serait ton portrait craché. Décolle, bon sang ! Aie la joie du mot ! Cesse de *bien écrire*, en visant connement l'estime des critiques-sentinelles. Pour le reste…

— Tu as besoin de ce roman ?

— Je ne te cacherai pas que le tripot de la finance mondialisée a ravagé la librairie. Le commerce ces temps-ci, en petite forme, réclame du rêve, des airbags contre la dureté des jours. Ta spécialité…

— En somme, tu me passes commande d'un livre instinctif. Et tu voudrais que je t'obéisse spontanément. Que je pisse d'un coup un texte hautement commercial, archi-personnel et farci de dévoilements dissimulés ?

— En quelque sorte.

— Bon… Tu pars déjà ?

Désinvolte, en homme qui avait coutume d'enjamber les hémisphères, Dizzy lâcha :

— Une jeune femme m'attend au Chili. Et puis dans notre duo je ne suis que l'éditeur : *écris la suite*. C'est toi le drogué d'illusions, pas moi !

5

Sitôt les jumeaux endormis, Alexandre voulut revoir le film tiré de sa jeunesse, *Fanfan*. En solitaire, avec la hâte emportée d'un jeune lecteur de Musset. Il semblait animé par l'élan d'un sursitaire cravaché par le destin. La lettre de l'hôpital l'avait rendu à sa fougue.

La descente électrique de l'écran géant de son bureau était en panne. Agacé, Alexandre tira ses rideaux blancs de manière à former un à-plat acceptable ; puis il orienta le projecteur vidéo dans leur direction. Il désirait retrouver grandeur nature celle qui avait joué le rôle de sa Fanfan, en lumière et en os. Sensation bizarre d'assister de manière impromptue au spectacle filmé de leur mémoire partagée. Il n'avait pas revu cette comédie faussement légère, pétrie de panique sensuelle, depuis sa sortie en salles. L'œil palpitant, Alexandre se rencogna dans le volumineux fauteuil anglais qui se prélassait dans son *mews*. Ainsi calé, physiquement et moralement, il allait franchir quinze années en appuyant sur la télécommande.

Tout de suite, Alexandre se laissa porter par le courant du film, engainer dans ses obsessions. Rien dans son esthétique intemporelle ne se ressentait d'une époque fanée. Fanfan – à travers le visage fulgurant de

Sophie Marceau – lui fut aussitôt rendue à vingt-cinq ans, tiède et fondante. Dieu qu'elles se ressemblaient ; même si, on s'en doute, la véritable Fanfan n'avait pas les traits aussi parfaits que ceux de la comédienne. Marceau – qu'il aperçut fugitivement en double – était si solaire qu'elle semblait ne pas posséder d'ombre. La cour sans fin, à perdre haleine, qu'Alexandre avait bricolée autrefois, ressuscita en couleurs vives. Puzzle de scènes féeriques, rehaussées par l'éclat mirifique de Sophie Marceau, qui se télescopaient : une virée un peu artificielle dans la Vienne très kitsch des Habsbourg, reconstituée dans les anciens studios de Boulogne où il les avait fait valser ; une échappée miraculeuse au bord de la mer qui permettait à Fanfan – l'héroïne du film – de se réveiller sur une plage au matin, comme dans un songe, après avoir bu la veille un somnifère dans un café parisien.

Malgré toute l'amitié profonde qu'il nourrissait déjà pour le cinéma, Alexandre avait commis des erreurs pataudes de mise en scène, des gaucheries de jeunesse manifestes, mais ce n'était pas ces boiteries qui le tracassaient ; c'était plutôt l'affrontement qui se faisait en lui entre une adhésion complète aux idéaux du jeune héros qui palpitait sur l'écran et un désaccord entier avec ses méthodes. Ce film d'hier l'interpellait au vif, comme si la copie n'était pas encore sèche.

À quarante ans révolus, Alexandre n'avait pas abdiqué ses ambitions d'amant ; mais l'homme qu'il était devenu se sentait absolument étranger aux trouilles contre lesquelles ses vingt-cinq ans avaient lutté : la sainte terreur de voir l'amour défleurir en le cueillant, sa vieille peur devant la précarité du désir. Comment avait-il pu par ce long métrage – et son bref roman –

contribuer à diffuser l'idée sotte selon laquelle la passion s'use en se frottant aux habitudes ? Désormais, il ne voulait plus se contenter de grandes choses avec une femme ; il rêvait plus haut : de petites choses exécutées chaque jour avec grandeur et, si possible, dinguerie. De détails amplifiés par l'amour. Tout est quotidien, même la guerre. Alors pourquoi pas la passion ? Défroqué de ses rêves anciens, il ne pensait plus que la quotidienneté voilât la vraie vie, bien au contraire. Et s'il se trouvait des couples fossiles, leur nullité sentimentale les déshonorait sans émousser l'amour. Les tennismen mal classés ne condamnent pas le tennis ; pas plus que les amants patraques ne discréditent la volupté. Ou les ivrognes les grands crus.

Au fond de son fauteuil, Alexandre se sentait en grand pétard contre le culte si répandu *des débuts de la passion* ; dévotion grotesque et pubertaire, il faut bien le dire, qui inspirait chaque plan de ce film. Tant de nitrate d'argent dépensé pour le contrarier ! Ah, s'il avait pu d'un coup de baguette démonétiser le prestige de la rencontre amoureuse… et redorer celui de l'érotisme durable.

Comment tant de grandes voix d'outre-tombe avaient-elles pu prêter leur talent littéraire – ou autre – pour accréditer l'idée gnangnan que seules les aubes ont des charmes inexprimables ? se demanda-t-il. La religion du troupeau… Depuis des siècles, on les trouvait subitement engourdies, ces voix, dès qu'il s'agissait d'évoquer les ivresses matrimoniales. Et alertes ou acérées dès qu'il fallait peindre un coup de foudre ou une rupture. Entre les deux, pour vanter le plat de résistance, l'amour fou de tous les jours, les artistes avaient eu le stylo sec et le pinceau discret depuis

deux millénaires. Pas un grand opprimé de la sensibilité n'avait eu le cran de célébrer la féerie d'un beau
lien synonyme de jeu perpétuel. Les yeux d'Elsa, on
savait désormais comment Aragon les avait regardés.
Quant aux chapitres élégiaques de Bourbon-Busset,
expert en sage fidélité, on s'y emmerdait à en bâiller.
Pas un n'avait osé décrire le mariage comme une
sublime adolescence, une échappée belle qui dure-
rait autant que la vie ; une sorte d'ébahissement pro-
longé. Des déserteurs ! À croire qu'ils s'étaient tous
donné le mot. Le pilori qu'ils infligeaient à la vie de
couple révoltait la conscience d'Alexandre. La littérature régnante, droguée de rencontres *forcément nouvelles*, l'insupportait. Hélas, le prestige des prémices
amoureuses continuait à déferler dans le cinéma pour
classes moyennes et les séries télévisées de grande
consommation. Comme si épouser c'était forcément
s'alourdir, raciner, se coller un excédent de bagages,
se fâcher avec le mouvement. Et renoncer aux fêtes
sexuelles ! L'époque laissait toujours s'infiltrer dans le
mot mariage un peu de répugnance quand on le prononçait, une sorte d'alarme de la pureté. Qu'il était
bête de se figurer que l'institution possédât en elle-
même le pouvoir de transformer l'affection pure en
compromis. À présent il y voyait une ascèse, un vaccin
contre la médiocrité, une piste d'envol.

Rageur devant ce film chimérique qui lui était soudain étranger, il maudissait plus que jamais la littérature dite romantique, inquiète et délétère, qui l'avait
suscité. Au fond, il haïssait les classiques qui vouent le
mariage à la déception obligatoire. La banalité qui gît
dans ce pessimisme l'écœurait. Pourquoi le franc bonheur sentimental avait-il fini par devenir tricard dans

les lettres françaises ? Pourquoi l'existence à deux était-elle l'objet d'un tel décri ? C'était partout la sape organisée du quotidien, une frénésie de reproches adressés à la conjugalité, une manie de dérision jetée sur toutes les habitudes de la vie commune ; comme si les bonnes valaient les mauvaises. À croire que le chagrin était le passe-temps des grands écrivains, toujours en bisbille avec le rose de la vie. Stendhal, Shakespeare, Balzac, Flaubert, Cohen et Jouhandeau s'y étaient mis sans vergogne, avec la manie d'enfiler les chefs-d'œuvre acides. Ras-le-bol de leurs épopées du cafard amoureux, de toutes ces impuissances qui blessent nos rêves ; et de leur manie de raconter toujours l'outrage que la vie leur a fait, avec des chagrins immodestes. Qu'ils aillent purger leur déprimisme ostentatoire ailleurs que dans des fictions ! Salauds de grands posthumes ! avait-il envie de hurler. Leur vision négative du couple laissait croire que le désamour tiendrait de la fatalité. Comme si la réalité du cœur obéissait à des lois sadiques, objectives et intangibles ! Gravées sur un bloc de marbre planqué on ne sait où… Guéri de ce panurgisme, Alexandre était convaincu du contraire : l'amour n'est pas un bal tragique. Nos idées, tonitruantes ou infestées de lâchetés, fabriquent nos romances ; telles des *prophéties autoréalisatrices*. L'érosion du désir, le démaillage des sentiments, ne sont que des hypothèses auxquelles nous finissons par donner corps pour ratifier nos croyances débiles. Et non des faits qui ressortissent à l'ordre des choses. Il pensait à l'emporte-pièce : la passion ne souffre pas de la vie de couple mais de l'idée trop sage que l'on en a. Comment avait-on pu ne pas s'en aviser plus tôt ?

La véhémence de ses rêveries de jeune homme ne l'avait pas quitté. Devant ce film conformiste, qui résonnait de tous les poncifs littéraires dont on nous bassine, Alexandre, ulcéré, se répétait en boucle : *la passion naissante n'est que la forme mineure de l'amour.* Sa mutinerie bouillante contre le héros monta encore d'un cran quand une scène termina de l'exaspérer.

Désireux de vivre avec Fanfan sans qu'elle le sût – pour échapper aux *inconvénients* supposés de la vie commune –, l'Alexandre du film remplaçait le miroir mural du studio de Fanfan par une vaste vitre sans tain ; comme il l'avait fait lui-même dans la vraie vie. Hâtivement, Vincent Perez aménageait ensuite dans le studio contigu, juste derrière le miroir, un logement singulier qui se présentait comme le symétrique exact de celui de Fanfan. Les deux lits, quasi jointifs, n'étaient séparés que par le miroir (transparent à ses yeux) ; ainsi que leurs deux baignoires presque accolées. Tout était scrupuleusement inspiré de leur histoire. Lorsque Sophie Marceau plongea nue dans sa propre baignoire, le personnage d'Alexandre – joué avec entrain par Perez – fit de même de son côté, avec une synchronicité quasi parfaite. En s'émerveillant de cette intimité distante. C'en était trop dans le refus maladif des charmes de la vie commune ; comme si prendre un bain *ensemble* n'avait pas été l'un des pics de la volupté ! Outré, Alexandre appuya alors sur le bouton *pause*, figeant l'image à l'instant précis de ce bain partagé sans l'être.

Dans un crescendo de colère, prêt à ferrailler contre la meute des classiques auxquels il avait cru sans méfiance, Alexandre attrapa un paquet de cigarettes et s'avança vers les rideaux qu'il écarta d'une main brusque pour fendre l'écran ; ce qui lui fit traverser le miroir sans tain du film.

Exalté, il se retrouva alors sur son balcon enneigé. Moment étrange où cet homme fait plongeait dans son souvenir cinématographique qu'il récusait. Appuyé sur le balcon, Alexandre alluma sa cigarette et souffla une bouffée de fumée qui forma soudain une manière d'écran fugace, suffisant pour matérialiser l'image flottante de Vincent Perez – cet autre lui-même de vingt-cinq ans – que le projecteur, en mode *pause*, continuait d'émettre. Ce visage d'un rêve révolu, mille fois mort en lui, apparut fugitivement devant le sien, formant un curieux tête-à-tête d'hier et d'aujourd'hui ; puis l'image fragile se dissipa en même temps que la fumée, au moment où Alexandre décida d'écrire *la suite de Fanfan*.

C'était plus fort que lui : un besoin organique, vital, de faire évoluer son avatar, de ne pas le laisser en rade sur cette pellicule qui le figeait dans des idées qu'il exécrait désormais. *Fanfan acte II* démentirait l'acte I. Alexandre souhaitait s'*actualiser* sans délai. Il voulait se montrer éloquent contre son éloquence de jadis. Et que ses deux livres se fassent la guerre entre eux, en étrillant ses croyances obsolètes. Rageur, il allait tenter d'écrire une œuvre à rebours qui montrerait que seule la vie domestique bien intriguée permet d'atteindre la haute passion. Et que les charmes des commencements ne sont que broutilles au regard des vertiges neufs qui peuvent survenir jour après jour. Ce bouquin bilieux parfois porterait la discorde dans la littérature romantique ; sans qu'aucun scrupule le retienne. Sa nature trop riche avait soif de castagne, ou plutôt de riposte. Quel déviant lyrique, autre que ce fêlé, pouvait soutenir que la flamme la plus brûlante ne surgit qu'avec le temps ? En prenant ses habitudes comme point d'appui au lieu de s'en défier. Tout à sa furie iconoclaste, Alexandre désirait clouer au pilori, une bonne fois pour toutes, l'idée même de l'étiolement des passions.

Par ce livre tonnant et joueur, bélier de nouveaux songes – qui guidaient sa propre vie –, il espérait *refaire l'amour* ; de fond en comble. Oui, rien que ça : refaire l'amour, en réformer les attendus, se conduire en schismatique. Sans mettre de mors à ses idées. En osant la rupture totale avec les mythes occidentaux mal foutus qui, tous, promettent aux amants fous d'amour, un jour ou l'autre, une gueule de bois. Il y puiserait un goût de revanche allègre et de bravade.

Instinctivement, sa main gauche appuya sur la touche *rewind* de la télécommande : le film *Fanfan*, toujours projeté sur les rideaux tendus, remonta en marche arrière à toute allure. Il fallait que ce long métrage rembobinât sa logorrhée courtoise et galante ; comme pour mieux la ravaler. Puis, téléphone en main, tout crêté de sa mission, l'impétueux appela Dizzy au cœur de la nuit :

— Allô ? J'écris *la suite de Fanfan* dès ce soir ; ou plutôt l'antithèse, un contre-pied énergétique. J'y mettrai moins de talent que de cœur et de colère. Mon texte se situera à l'inverse du premier roman, quinze ans plus tard. En amour, il y a mieux que la fausse monnaie des préludes.

— Quoi donc ? bâilla l'éditeur qui n'avait jamais mégoté sur la galanterie.

— Le jeu coquin du quotidien ! La folie électrique du train-train familial ! La féerie de la vie domestique ! Les débuts ne sont rien…

Bâillant et rajustant le filet qui maintenait artistement ses mèches pour la nuit, Dizzy écarquilla les yeux. Il dut bien constater que le prêche passionnel de ses jeunes années, Alexandre n'y croyait plus.

— As-tu perdu la boule ? demanda l'éditeur sidéré.

— Je ne supporte pas l'idée que l'amour échoue. Et pour bien signifier que le libertinage peut être domestique et casanier, ma prose transpirera le dix-huitième siècle qui m'émeut, celui qui baise. Je me sens le cœur d'un Valmont ménager, d'un Casanova enragé de monogamie !

— Te voilà donc, sur cette terre, en charge du rêve conjugal… ironisa Dizzy un brin solennel.

— En quelque sorte, reprit le plumitif au comble du ridicule assumé.

— Tu sais ce que j'aime en toi ? C'est ton côté phraseur tranquille. Devant une pute aux cuisses ouvertes, au lieu de la cartoucher tu trouverais le moyen de disserter. Et ta manie de faire du bonheur certifié avec du malheur, j'aime ça aussi. Le tricot, la bouillotte tiède, le pot-au-feu et la vie de famille, c'est tout de même casse-couilles, et toi, tu penses à en faire des confiseries !

— *Faire du bonheur avec du malheur…* répéta Alexandre rêveur. Je tiens ça de mon père. Le malheur, il ne trouvait pas ça convenable.

— J'ai vu la maison qu'il te faut pour écrire ce roman… un peu surhumain… ou déshumanisé ? Je ne sais plus… articula Dizzy en se frottant les yeux. Pour changer d'optique, un écrivain doit changer d'angle, de climat. Cette bicoque appartient à une poule. Je l'ai aperçue hier sur un site d'échange d'appartements, *home-exchange.* Tu connais ?

— Tu pratiques encore ça ?! s'étonna Alexandre. L'échangisme domicilaire…

— Je ne m'apprécie pas suffisamment pour vivre toujours dans mes meubles. Note donc : *home-exchange.ca*, un site québécois.

— Tu crois que je peux y parvenir, à tartiner ce foutu bouquin ? À donner un regain de crédit aux pantoufles ?

6

Le lendemain matin, dans une aurore livide qui peinait, Faustine s'éveilla le fiel aux lèvres ; ce qui la fit s'étirer d'aise et sourire de toutes ses dents fines. Dehors, Paris croulait de neige. Aucun enfant ne dérangeait Faustine : elle n'en avait pas. Rien ne lui était plus étranger que les enfants. Encore alitée, douillettement épanouie par le souvenir du roman qu'elle avait déchiré – physiquement et moralement – la veille dans son émission, elle eut pour premier geste, chirurgical et délectable, de transpercer une poupée de chiffon masculine, à l'endroit du sexe. L'aiguille longue ressortit par le cœur ourlé de rouge, perforé de multiples trous. Ce rituel puéril annonçait chez elle une menée sordide.

Faustine se trouvait dans ses appartements privés ; interdits à son époux qu'elle considérait comme une dépendance d'elle-même, pour qui il n'y avait pas lieu de se mettre en frais d'amabilité, à peine de civilité. Ce solennel imbécile était un major en crétinerie. Robert – que l'on appelait *Monsieur Faustine* dans Paris avec une moue de dérision – était né désargenté ; elle était très fortunée. Son épouse le talochait donc quand elle ne le raillait pas publiquement ; avec des familiarités rosses de vieille gouvernante. Depuis quinze ans,

Faustine tirait de lui des satisfactions très supérieures au bonheur partagé : celles du parfait dédain. Experts en solitude conjointe, ils vivaient dans une sorte de gronderie taciturne et de silence grognon. Excellant à faire de grosses engueulades avec de petites causes, elle lui parlait moins qu'elle ne l'accrochait par des mots brefs, lacérants et définitifs. Sans cesse, Faustine lui rappelait que le pactole et la commodité, c'était elle. Le matin, c'est à peine si elle lui consentait un bonjour. Lorsqu'elle congédiait Robert le soir, Faustine osait des traits humiliants du genre « soulage-moi de ta présence, s'il te plaît ». Tout ou presque les désaccordait. Faustine se découpait raide et nette quand l'impécunieux se profilait mou et filandreux, au physique comme au moral. Robert avait la manie du bienêtre, des coussins, du velours ; Faustine, plus fakir, déployait un acharnement au mal-être. Fouinarde, elle savait tout à fond ; lui, sommaire et poussif, manipulait des rudiments de trois fois rien. Friand de proverbes et de recueils de miscellanées, Robert faisait un usage immodéré des poncifs ; en se voulant bel esprit. Sereinement con, il avait été élu pour cette qualité. Au fond, Faustine ne l'avait arrimé à son destin que pour clairement signifier en quelle estime elle tenait le mariage : les bas morceaux du quotidien, aux toutous ! Elle l'avait donc converti en caniche à deux pattes, ou plutôt en os de seiche.

Pour épouser, Faustine avait besoin de franc dégoût.

Humilié jusqu'aux moelles, Monsieur Faustine n'était jamais à part des coucheries de sa femme. Ennemie de toute pudeur, elle l'informait méticuleusement des détails érotiques de ses nuits gourmandes (postures expérimentées avec des dingos, trousseries plurielles, salinité de la semence déglutie, etc.), faute de quoi l'amour-propre du mari fût demeuré insuffisamment piétiné.

Ce matin-là, Robert savait donc que Faustine venait d'en harponner un autre.

Son amant du jour, déjà levé, était en train de s'habiller devant l'ordinateur de sa chambre. Un bien tendre gibier cette fois, pétri d'aménité, de cordialité franche et de fraîcheur : élevé au chocolat au lait sur les rives romandes du lac Léman. Un auteur aux yeux de velours, en voie de popularité, qui s'épanouissait alors dans un petit triomphe à la Radiguet.

Discrètement, Faustine posa sa poupée épinglée. Munie d'une brosse à cheveux, toujours alanguie, elle se mit à brosser sa blondeur avec des nonchalances trompeuses. Sa bouche ovale était rétractée ; comme si sa mâchoire avait été subitement saisie d'une contracture. On devinait chez Faustine de grandes réserves de mésestime. Pourquoi exécrait-elle à ce point ce jeune écrivain qui courait la gloire (et n'atteignait qu'à la notoriété) ? Parce qu'il pensait à peu près tout ce qu'il faut pour être heureux. Et puis, il l'avait prise. Lui céder, c'était la décevoir. Pour entrer en disgrâce, il suffisait d'aimer Faustine et de se montrer assez écervelé pour le lui avouer. Le nigaud avait commis ce crime ; ce qui aggravait son cas déjà irrémissible. Niaiseux, cet innocent avait eu l'audace de lui résister pendant six mois ; au motif un peu tarte qu'il s'apprêtait à épouser par amour une certaine Angelica, fille adulée de Darius Ponti, le fameux producteur qui finançait son premier long métrage ; qui restait à réaliser. Angelica était elle-même une amie de Fanfan depuis que son cher *padre* avait produit le film *Fanfan*. Comme Paris est étroit… Mais la conjonction n'avait rien de fortuit.

Le blanc-bec aimable, quoique efféminé, attrapa sa chemise et vit, posés juste sur son linge, quelques billets de banque. Étonné, il prit l'argent et se tourna vers Faustine, l'œil interrogateur.

— Prends ! lui lança-t-elle avec une impertinente assurance. Tu ne mérites pas plus. La nuit fut décevante. Quel four !

— Pardon ? reprit le jeune homme à court de bon mot.

— Je n'ai pas mis assez ? Tu t'attendais à plus ? hasarda Faustine sur le ton de l'innocence en rabattant ses cheveux sur ses seins lourds.

Toujours cette voix fêlée, diaphane, maquillée de douceur ; et ces pupilles extatiques, candides. Des yeux d'aluminium, gris froid. À l'instant précis, ils lui prenaient tout le visage. On les sentait étrangement spiritualisés par la haine robuste qui vivait en elle.

Meurtri, l'écrivain lâcha aussitôt les billets. Encore suffoqué, il enfila sa chemise et son pantalon pour retraiter sans piper mot. Jamais on ne l'avait malmené de la sorte. Tout humour l'avait déserté ; alors qu'il l'avait habituellement à fleur de réplique. En évacuant les larmes aux yeux, le mignonnet – très biscuit de Sèvres – claqua la porte comme on gifle. Sa droiture helvétique venait d'être violée.

Faustine était bien de l'acier en putréfaction, de l'inox capable de rouiller. Au cours de cet échange, elle n'avait rien perdu de son aménité souriante, de son bien-être végétal et de sa belle détente : peinarde dans l'ignoble. Toute bassesse l'apaisait, accroissait même son rayonnement gracieux.

Commettre le mal la lavait de son vitriol.

Mais cela n'était que le prologue.

Réjouie, elle étouffa un hennissement de bonheur (toujours le même !) en basculant sa tête en arrière pour admirer son anatomie dans le miroir du plafond. C'était signe que la mécanique glacée de ses pensées avait un coup d'avance. Elle se leva nonchalamment, posa enfin sa brosse, s'approcha de l'ordinateur et, nue, interrompit en ricanant l'enregistrement de la scène par sa webcam. Elle détenait sur son disque dur les images montrant cette mauviette dénudée en train de palper du numéraire devant un lit très défait ; film sur lequel Faustine, dévêtue, n'était pas reconnaissable puisqu'elle avait eu la prévoyance de rester de dos et loin de l'œil de la webcam. Elle le tenait dans son forceps. Avec Faustine, il y avait souvent une seconde frappe ; un palier inattendu qui, dans la noirceur, permettait de passer de la crapulerie à la déflagration atomique. Débrouillarde, elle allait faire payer ce cœur ridiculement pur de lui avoir résisté une demi-année ; et d'avoir eu le grotesque de commencer à l'aimer. Grâce à Dieu, ce godelureau n'était pas parvenu à la faire jouir : son sexe demeurait en quelque sorte virginal.

Résolue à ne surtout pas garder en elle de petit recoin pour la pitié, l'infernale journaliste ouvrit sa boîte mail en sifflotant *Que ma joie demeure* de J.S. Bach ; car elle ne négligeait pas d'être fourbe avec légèreté. Tâchant de tempérer son excitation, Faustine tapa l'adresse Internet du fameux Darius. Puis, usant de deux doigts cannelés de rides naissantes (maigres sillons qui la contrariaient fort), elle écrivit au nain acariâtre pour s'offusquer de ce que tout Paris osait laisser entendre que c'était elle qui figurait au fond de ces images *immondes et déshonorantes* qui circulaient sur la Toile. Se prétendant diffamée, Faustine affirmait se trouver *dans l'obligation morale* de faire connaître à Darius le vrai visage de son futur gendre, metteur en scène de sa prochaine production, *qui n'était de toute évidence qu'un affreux petit gigolo, intéressé en tout, de jour comme de nuit.* Pour crédibiliser encore cette attaque brusquée, Faustine avait référencé en douce le jeune homme sur un site renommé d'escort-boys spécialisés dans la haute gigolaillerie bisexuelle ; en publiant sur l'Internet une adorable photo de son minois d'ange. Feignant l'indignation dans son petit mail au curare, Faustine affirmait ne s'adresser à Darius que la mort dans l'âme, pour éclairer sa conscience, *en toute amitié* ; en déplorant bien d'avoir à lui fournir l'adresse de ce site qui vantait les mérites de la sexualité variée de son futur gendre. Puis, saisie par une bouffée de joie, elle ajouta en pièce jointe le petit film amputé de sa chute. L'image s'arrêtait sur le moment où son amant de la nuit, encore reposé d'innocence, saisissait l'argent. Photoshop avait permis cette coupe heureuse. On n'arrête pas le progrès.

Rien ne procurait plus d'extase à Faustine que d'assommer les êtres en provoquant ce qu'elle appelait *une crise systémique.* Comment ? En suscitant des effondrements successifs, en dominos, qui soufflaient d'un coup l'édifice de leur existence. Rompre avec un brave garçon ne valait le coup à ses yeux que si elle s'y prenait de manière à ce qu'il perdît à la fois une compagne adorée, un logis moelleux et une position sociale chèrement acquise. En ravageant au passage quelques enfants charmants. Voilà ce qu'elle entendait par une *crise systémique* réussie ! Cette fois encore, l'œil diamanté de joie, Faustine se flattait d'y parvenir. Elle n'avait pas perdu la main. Le petit costaud de la rentrée littéraire devrait fort probablement renoncer à sa promise, à leur aimable domicile neuillyéen (propriété exclusive de la jeune femme) et au long métrage qu'il était censé réaliser bientôt. Il était flambé. Faustine ne voyait pas le droit Darius, si pointilleux sur les questions d'éthique privée – et parfois si catholique ! –, poursuivre leur collaboration après un mail aussi ajusté. Elle obtiendrait son renvoi. Sans compter l'effondrement de sa réputation. La charge était violente à tuer un bœuf. Faustine en attendait l'effet irréparable d'un coup de pistolet dans le concert nuptial qui s'annonçait. De la belle besogne.

La grande affaire de Faustine, c'était de donner à un être la sensation de l'échec définitif ; de le déconsidérer d'abord dans Paris puis de le fâcher avec l'idée même de l'espérance. Ce but compulsionnel, Faustine l'avait atteint avec délices lorsqu'elle avait, le lendemain même du décès de son père, fait admettre sa très vieille maman dans une maison de retraite de réputation sinistre. Sa mère, dévastée par son deuil, en avait eu une attaque. Un coup de maître.

Son téléphone sonna ; c'était Dizzy, claironnant de sa voix de tête :

— Ma chérie, je tenais à te donner la primeur d'une triste nouvelle : ta chronique n'a pas provoqué de réaction en chaîne. *Solahütte* n'est plus un succès mais un triomphe ! Tu vieillis, ton poison s'atténue. Nous courons hélas vers le demi-million d'exemplaires.

Mais on n'interloquait pas facilement Faustine d'Ar Men. Électrisée, elle se rétracta à la manière d'un loup-cervier; tout en levant les yeux pour s'admirer au plafond. Puis elle afficha un maigre sourire et parla lentement. Sa douceur soufflée contrastait avec ses propos à la paille de fer :

— Mais, mon lapin, je saurai prendre ma revanche... Soit en faisant un beau succès d'un roman bien-pensant publié par un âne vertueux ou, mieux, en abattant l'un de tes protégés ! Sois sans crainte, le ball-trap reste ouvert !

Et elle ajouta, en se caressant rudement le clitoris avec le stylo froid de Beria :

— Les plus talentueux de tes poulains y auront droit ! Et de la plus mauvaise manière. Je n'écarterai aucun pur-sang dans cette course à la salissure. Sois tranquille, j'y mettrai mon orgueil.

Un premier orgasme express la fit tressaillir dans le miroir du plafond. L'amour sincère, elle ne le faisait vraiment qu'en se masturbant seule. L'éditeur ne perçut rien et s'exclama avec spontanéité :

— Si tu touches à un seul de leurs titres, *je te ferai jouir* à nouveau ! Personnellement ! Je le jure sur ma bible, oui sur mon Littré !

Joignant le geste à la parole, Dizzy avança une main tremblante de colère au-dessus de son dictionnaire fripé (qu'il regardait comme une sorte de missel indiscuté); puis, comme il lui restait un petit bout d'honneur, Dizzy raccrocha. S'il ne l'avait pas fait, l'imprécatrice aurait continué à fulminer avec une abondance pétillante et écumeuse; tout en se donnant de la joie.

L'éditeur frémissait à présent d'avoir fanfaronné trop vite, conscient de ce que les mots alarmants de Faustine pouvaient signifier. Une sueur acide coula le

long de ses vertèbres. Pour en avoir déjà essuyé les
effets, Dizzy redoutait les affreux petits talents de la
dame. Parmi ses auteurs, il y aurait du grabuge. Fidèle
à son goût pour le trucage, Faustine ne manquerait
pas de déployer autour de sa proie suivante des trésors de tendresse anesthésiante, d'affection palpable
et de cordialité préméditée. Ses armes favorites. Cette
belliciste capricieuse savait vous envelopper de paix.
Et s'il s'avisait d'avertir la victime, en lui révélant la
vraie nature de Faustine, Dizzy pouvait être certain
qu'elle manœuvrerait de manière à les fâcher à vie ;
d'une main assurée, gantée d'acier. Inverser les respon-
sabilités demeurait sa tactique préférée. Après tout, la
fourberie aussi est un métier. Dizzy souffrait de trop
de scrupules pour affronter Faustine à la régulière.
Le lopin de légende qu'elle s'était taillé à Paris – chez
ceux qui savent – n'était vraiment pas usurpé. Hysté-
rique sereine, Faustine semblait se rattraper chaque
jour de n'avoir pas connu les ouvertures de la dernière
guerre. En 1944, dans la poussière de la Libération,
sans doute aurait-elle eu la tondeuse facile ; comme en
43 le courrier délateur. Deux versions du patriotisme
tricolore qu'elle estimait. Ne surtout pas bafouiller
devant l'abject, avec style, demeurait plus que jamais
son orgueil ; *sans flancher*, naturellement.

Le mal, parfois, se plaît à inventer des teignes de
haut niveau.

7

Possédé par son projet de roman insensé, Alexandre descendit d'un train bolide en gare du Nord; un lévrier à boggies qui sprintait entre Londres et Paris. Le bâtiment ferroviaire, robuste et altier, avait changé de peau métallique. Alexandre aussi était neuf, revigoré. Enfin il foulait le quai de cette ville repeinte de souvenirs pas encore froids. Décor qu'il avait pris soin d'esquiver pendant cinq mille trois cent soixante-quinze jours, huit heures et dix très longues minutes; les plus fastidieuses de ce décompte.

L'appartement que Dizzy lui avait déniché au sommet de Montmartre, sur *home-exchange.ca*, avait aussitôt allumé son imagination. Un lieu idéal – si différent de son jus habituel! – pour rédiger son roman, selon son éditeur, dans un recoin agreste, herbeux, presque rural. Oh, ce n'était pas une opulente prairie ou de la pousse furibonde, non, un peu d'herbe maigre; mais en plein Paris ce serait déjà la nature quand débouler ait le printemps. Dizzy tenait expressément à ce que son auteur changeât d'air pour oxygéner sa plume. Les photos publiées sur le site québécois promettaient un univers qui tenait à la fois du fabuleux et de la quotidienneté enchanteresse. La propriétaire, décoratrice assez foutraque, aurait pu en remontrer dans l'art d'instiller *de la gran-deur dans les choses banales de la vie courante.*

De surcroît, Laure de Chantebise, la mère de ses jumeaux, emménageait avec eux à Paris près du parc Monceau, pour suivre son époux ; et Alexandre ne se voyait pas consumer sa vie loin de Jean et de Pascal.

La brave personne qui occupait son domicile à Londres en contrepartie du sien – une certaine Madame de Cabarus avec qui il avait échangé de longs mails courtois, pour faire connaissance – lui avait paru pépère de mœurs et pleine de passions renoncées. Il ne craignait donc pas qu'elle saccageât son *mews*. Dizzy, rompu à cette pratique très en vogue sur Internet, avait arrangé tous les détails matériels (adhésion au site, remise des clefs, recours à un pseudo pour masquer la notoriété de son auteur, etc.).

La lettre providentielle du Royal London Hospital avait bien fait sentir à Alexandre qu'il s'ennuyait. Dépourvu de femme en titre, fuyant les petites gri-series, il vivait sans joies et sans tristesses. L'heure était venue de biffer ses trouilles ; et de foncer vers ce livre improbable, maçonné d'idées paradoxales, qui se res-sentirait de ses origines fantasques. En toutes choses, Alexandre payait sa dette à sa généalogie. Vivifié par un vieux sang turbulent, il se sentait l'héritier d'une ascendance qui avait toujours porté haut la fantaisie. Et l'amour de l'improbable.

Son éditeur l'accueillit en bout de quai, emmitou-flé dans une peau de loup argenté, accordée à sa chevelure, et mollement appuyé sur un parapluie. Très Guépard sicilien dans sa posture, Dizzy avait l'air d'un seigneur de la pensée inquiète. L'impossi-bilité d'être, il y avait toujours cru. Aussi tenait-il les convictions amoureuses d'Alexandre pour des lubies, des tartarinades un peu migraineuses. Humecté de culture, voire accablé de finesse, Dizzy s'était toujours ébroué du côté des romans sardoniques qu'estimait Faustine plutôt que de gambader dans les bluettes molles qui se vendent en gros.

À ses yeux, l'essence de l'amour était le ratatinage programmé.

Dizzy pensait que le meilleur de la vie ne doit être vécu qu'une seule fois ; d'où l'obligation qu'il se faisait de prendre l'escampette au premier coït. Avant de s'égarer dans le labyrinthe de l'attachement. Sceptique de formation, élevé dans le sillage de Flaubert, Dizzy avait toujours considéré Cupidon comme un illusionniste de foire frappé d'insolation. L'éditeur – prince des fuyards, véritable Houdini du couple – ne se vaporisait donc pas des idées iréniques d'Alexandre. Son carrousel de rêves roses l'ennuyait même un peu ; mais il éprouvait une rieuse affection pour son auteur en lévitation, si dépaysant à fréquenter. Peut-être devinait-il, aussi, sa tendance aux idées sombres sous ses pâmoisons. Malgré leurs différences d'opinions, Alexandre était de ses amis le seul qu'il aurait voulu rencontrer plus souvent par hasard.

— Bienvenue dans le décor de ta jeunesse, lança-t-il. Tu vas voir, Paris est le sosie de la ville que tu as connue. Tout a bougé pour que rien ne change.

— Fanfan sait-elle que je suis ici ?

— Qui aurait pu le lui dire ?

— Tu as les clefs ?

— Je te dépose chez la Cabarus… poursuivit Dizzy en ouvrant son parapluie et en l'entraînant d'un pas vagabond.

Alexandre le suivit en esquissant une allure qui trahissait une passion pour la tap-dance. Dizzy le remarqua et en fut content : toute marque de légèreté, physique ou morale, le rassurait. L'homme de lettres, gavé de désespoirs élégants, avait toujours tenu le bonheur apparent en très haute estime.

Il neigeait fort et oblique sur Paris grelottant, en tenue de noces. Dans la décapotable surchauffée de Dizzy – comment peut-on conduire autre chose qu'une décapotable pétaradante ? –, Alexandre contempla cette capitale ouatée qui vit à crédit sur son passé ; et en amitié avec la nostalgie la plus sépia. Une immense nature morte, ce jour-là. Une profonde rumeur de bourrasque blanche enflait sur les boulevards qui fendent la ville, mêlée de rafales qui bousculaient les rares piétons. On y décelait une quantité imperceptible d'intentions, comme si ce voile de neige avait voulu effacer la ville qu'Alexandre tentait de retrouver. Son histoire, ou plutôt sa préhistoire, dormait sous les couches de flocons. Au milieu de cette lumière engourdie, la revendication de l'élément flagellait les faces, inclinait les échines, cherchant à lui présenter une capitale sans visages ; une page vierge en quelque sorte qui réclamait du neuf.

Malgré cela, Alexandre identifia un square, une station de métro prise dans les glaces, une volée de marches encombrées de congères où Fanfan l'avait entraîné autrefois ; esquisses poignantes d'un hier facétieux qu'il avait cru englouti. D'un passé qui lui avait débridé l'âme et le corps ; et qu'il revivait soudain au rétroviseur. Cette forêt de souvenirs, il n'avait pas su la déboiser. La Fanfan qui lui avait laissé au cœur des scènes inguérissables était partout, à l'angle des rues, devinable derrière les nuées froides qui gelaient obstinément la topographie parisienne. Tout déclenchait le rappel de sa beauté. La poudreuse couvrant le sol donnait à la lumière une irradiation qui, en effondrant les couleurs, les nimbait d'irréalité. Ses riches heures avec Fanfan n'avaient rien perdu de leurs rires. Ah, joies rétroactives, manèges non tiédis… Fanfan l'avait aimé à l'époque avec des fureurs inconnues de lui jusqu'alors, en osant ces étreintes incendiées – et très complètes – qui abolissent tout ; alors qu'au cours de son adolescence il n'en avait connu que de rudimentaires. Cette fille, dont il avait eu les mains pleines, avait bien été l'emballement le plus tonique de sa première jeunesse.

Aux approches de leur séparation, Alexandre et Fanfan n'avaient jamais été de ces couples somnambules qui, d'une crise à l'autre, baladent leur désamour sur les falaises au bord du vide. Jusqu'à en avoir le vertige. Rien d'aigre entre ces deux-là. Aucune chicane matérielle, une fois la rupture enregistrée, ratifiée. Leur roman s'était moins clos qu'endormi subrepticement, dans une dérobade. Alors qu'ils devaient se marier, un 18 juin, ni l'un ni l'autre n'était venu à la mairie du XVIIIe arrondissement. Alexandre avait eu trop peur de liquider leur amour en l'officialisant et Fanfan – malgré son goût de l'époque pour l'éternité – avait bien senti qu'elle ne pouvait s'allier à un homme aussi fâché avec les réalités d'une union. Elle l'avait quitté de loin, en ne le rappelant jamais ; comme on congédie l'éclat de sa jeunesse. Parfois, le silence est une politesse. Et puis, l'un et l'autre savaient qu'ils avaient rendez-vous chaque année le 18 juin, sur la plage d'Ostie où il l'avait demandée en mariage, *lorsqu'ils seraient prêts*.

L'amour repasse-t-il les plats les mieux pimentés ? se demanda Alexandre, tandis que la neige assaillait la décapotable. Peut-on renflouer un enthousiasme ou le meilleur de la vie n'a-t-il qu'une saison ? Ces questions cinglantes le laissaient frissonnant alors qu'ils traversaient la capitale. Alexandre n'avait pas une grande expérience du recépage des passions ; mais son tempérament l'inclinait vers le *tout est possible*. D'instinct, il haïssait les *trop tard*. Aucune fatalité ne le recruterait jamais. On ne se refait pas. Mais d'un autre côté, sa religion défensive était arrêtée : si Fanfan reparaissait, c'est avec la dernière prudence qu'il l'appréhenderait. Une liaison de tête, peut-être ; une de chair, jamais. Même si, par fidélité secrète, il avait fait son déplacement rituel à Rome, sur la plage d'Ostie. Alexandre avait trop souffert de Fanfan pour s'aventurer dans les expansions d'une passion libre. Naturellement, il ne pouvait pas imaginer qu'elle vécût à présent dans le veuvage de ses rêves consolateurs, quasi recluse. Solidement armée contre toute tentation, Fanfan avait exhaussé autour d'elle des digues de vertu.

Dizzy passa volontairement sous leurs anciennes fenêtres, rue de Valois, là où Alexandre avait eu jadis la malice – et le délire aussi – de construire le double studio séparé par un miroir sans tain. L'immeuble, lépreux et infesté de misère, était à présent muré. Alexandre y vit un signe. Comment avait-il pu se fourvoyer à ce point ? songea-t-il. Pourquoi s'était-il, à l'époque, persuadé que l'engagement était l'adversaire majeur, un piège lent... et non le bras ami sur lequel prendre appui pour bondir vers un coup de foudre toujours recommencé ? Brusquement, Alexandre dénia toute magie à ces images surgies de son passé :

comme il avait été bête de se défier des habitudes conjugales. La vraie transgression, c'est de loger de l'inattendu où on le croit absent.

La voiture escalada une butte, une sorte de Tyrol parisien.

Au déboulé de l'avenue Junot, des luges disputaient une course en zigzaguant parmi les élagueurs qui déneigeaient des arbres menaçants. Dizzy arrêta sa voiture dans un Montmartre épargné par le progrès, quasi sauvé du tourisme, très à l'écart des ruelles qui dégorgent de curieux sans curiosité.

— Sors et prends tes valises, c'est par là au bout de l'allée, dans le Château des Brouillards, au premier étage. Je me gare et te rejoins. Voici les clefs.

La silhouette d'Alexandre descendit avec ses bagages à l'embouchure d'un chemin en voie d'effacement ; autant dire nulle part. Le brouillard arriva tout à coup avec ses soufflures de brume molle, plein d'ouates gris clair, effrangeant les lignes de la ville, feutrant la lumière. Puis il y eut un obscurcissement ouaté plus obstiné encore, une brusque touffeur glaciale qui matait les sons, les désagrégeait, les pilait. La rumeur moderne de Paris avait disparu.

Brusquement, une trouée se fit : derrière une haute grille surgit devant lui une bâtisse du dix-huitième siècle, d'une grande volonté architecturale, à la fois volumineuse, blanche et svelte, construite sur un sol à peine déclive, avec un fronton triangulaire. À travers cette apparition, il contempla une certaine idée du libertinage : Valmont aurait pu y séjourner. La façade était découpée de hautes fenêtres qui se défendaient d'un improbable soleil hivernal par des stores de toit avançant, lourdement chargés de givre. Toutes

ces toiles claquant au vent qui les enflait faisaient l'effet
d'un navire pavoisé un peu minéral, immobilisé près
d'un pôle. Ce coin de Montmartre très végétal, débor-
dant de jardins herbeux aux beaux jours, semblait
étouffé de neige qui, en altitude, tenait. Les bruits de
Paris s'y amollissaient jusqu'au silence. Au loin, des
passants avançaient comme des ombres derrière des
branchages osseux sur lesquels le satin des flocons lui-
sait. Une brise froide enveloppait ce spectacle auquel
Alexandre avait peine à croire. Son œil voyait partout
le romanesque, vieille connaissance.

Il aperçut enfin une étiquette au-dessus d'une sonnette : *Cabarus*. C'était bien là. Il introduisit sa clef et
gravit un escalier. Sa membrure tournoyante et tour-
mentée était de marbre clair.

Sur le palier du deuxième étage, il vit alors *sa maison* : le logis qui incarnait mieux qu'aucun autre son
caractère de franc jouisseur et ses idées d'homme fait,
possédé de quotidienneté féerique. C'était l'appartement envoûtant et foldingue qu'il n'avait jamais su
ou osé créer pour satisfaire ses appétits de couleur.
De toutes parts, la gymnastique de l'œil rencontrait
la joie. L'enthousiasme régnait. Madame de Cabarus
devait baigner dans une gaieté communicative, lumineuse, qu'elle savait disperser autour d'elle. Son
univers intime et chatoyant – une kermesse de coloris –
n'en était que la projection. Les tissus émettaient des
sourires, éparpillaient sa bonne humeur. Un buste
de Descartes servait de support à chapeaux bariolés. Partout, des tapis de haute laine, flamboyants de
lumière, donnaient la sensation d'avancer sur des nues
aquarellées. Des festons de mousseline tamisaient le
jour. Les murs disparaissaient sous les fanfreluches et

les étoffes zébrées d'arc-en-ciel. Les meubles fins et nacrés, graciles sur leurs jambes courbes, semblaient prêts à danser. L'air qu'on respirait gardait un peu de cette femme.

Avançant à peine, la rétine fiévreuse, Alexandre foula les roses blanches d'un tapis à bouquets et se posa sur un canapé féminin, gonflé de rondeurs soyeuses. L'œil frisait à chaque instant, ricochait sur le bon goût magnifié par des brassements de lumière. Dès l'entrée, le mobilier semblait agencé pour favoriser l'heureux loisir, la nonchalance sucrée, la digestion, les joies fautives de la prise de poids. Partout une volonté douillette, méditerranéenne, une diminution de la virilité sévère et anguleuse qui encombre Paris. D'évidence, tout était agencé par la main d'une femme. Impossible de mener dans ces murs une vie basse, sans composer ses mœurs d'improbable et de jeu. Tout était imagination domestique, accord inattendu et espiègle avec la vie matérielle.

Engoué de ce décor étourdissant, Alexandre se sentait soudain lui-même et rien d'autre. Comme si en la présence diffuse de la propriétaire – pourtant absente – il avait soudain comparu devant lui, son vrai lui; dans le sillage d'une personne enflammée qui le comprenait. Après tant d'amantes qui avaient été des escales, Alexandre se sentait arrivé à destination.

Son téléphone sonna. Le nom d'une ex-maîtresse s'afficha sur l'écran : c'était Georgia, sa neurologue londonienne, toujours pressée de rafistoler leur romance. Que lui voulait-elle encore ? Cette fille chatouillée d'éternité savait s'offrir, voire se promettre, mais pas se donner. Un être inapte à l'enthousiasme généralisé. Elle était fine d'esprit et sa peau sentait bon le caramel ; mais il ne décrocha pas.

Tout dans cette maison renvoyait l'écho d'une délurée instinctive ; une femme selon son penchant : une intrépide sensuelle. Ivre de couleurs incendiées. Son tempérament devait la courber vers un appétit de vivre illimité. La résonance ouatée de Paris, à l'extérieur, dérangeait à peine ce nid exquis, nappé de silence.

Mais ce qui frappa Alexandre plus encore que la beauté du décor, c'était le désordre extrême au milieu duquel il marchait. Tout était pagaille. Du sol au plafond. Cette gabegie donnait la sensation d'alunir en plein Paris. Madame de Cabarus paraissait avoir évacué ses appartements comme si une sirène avait annoncé un bombardement du Hezbollah. *Sans rien ranger*. Chaque détail se trouvait pétrifié dans un chambardement universel : des bibelots désalignés en vrac, un méli-mélo de meubles renversés, de vêtements d'enfants éparpillés par dizaines. Sur le sol avaient été abandonnés trois lourds paniers chargés de légumes avachis ou blets ; des courses oubliées. Dans la cuisine, les reliefs d'un repas à peine entamé moisissaient. Le beurre, effondré et rance, n'avait pas été rangé. Une tarte aux fraises des bois négligée terminait de se déliter. Des saladiers encore pleins fermentaient.

Alexandre s'arrêta médusé dans cette salle à la fois somptueuse et sale, décorée avec cette grâce qui s'allie à l'opulence. Éclairée pâlement, la grande peinture murale, une détrempe relevée de fleurs et constellée d'oiseaux, s'illuminait comme d'elle-même ; tandis qu'un plateau de fromages, sous son nez, exhalait ses arômes mourants. Quelle folie ! Ce chaos exorbitant éveillait en lui l'envie de vivre hors d'haleine, dans cette atmosphère qui n'appartenait pas à la futilité du monde mais bien à la beauté la plus surveillée.

La main distraite d'Alexandre voulut remplir une coupe et la renversa gauchement. Elle oscilla, tomba sur un tapis de noces, touffu de laine, avec un son sourd et sans se briser. Il la ramassa vite, comme s'il avait pu en rattraper le bruit ; au moment même où parut Dizzy.

— Que s'est-il passé ? demanda Alexandre.

— Madame de Cabarus vit tout avec impatience. Elle est partie comme d'habitude, en flèche. On m'a prévenu.

— Elle s'est vraiment tirée d'ici comme ça ? En torpille ! lança Alexandre ahuri. Alors qu'elle savait que j'arrivais…

— Rien ne la freine. L'instinct gouverne cette femme.

Alexandre se trouvait donc chez *une âme pressée* ; lui qui l'était comme jamais. Une sœur en rythme ! Une goinfre en tout, ennemie des atermoiements, absolument rétive aux contingences. Tout de suite, il aima et voulut cette fille projectile.

— Dans ton roman, comment comptes-tu contredire tout ce qui tue l'amour ? s'enquit l'éditeur.

— Avec les armes d'un Libertin fidèle, pas avec celles de la vertu. Les muscles sentimentaux du libertinage peuvent être utilisés autrement. Je créerai des situations qui modifieront soudain le sens des choses. D'une bouillotte, je ferai un aphrodisiaque ! D'une robe de chambre, un étonnement ! Et d'un poulet du dimanche, un défi aux habitudes. Pour décrocher l'absolu, je crois plus aux techniciens du vice qu'à ceux de la pureté.

— Phraseur…

Agacé autant qu'intrigué, Dizzy le pressa de lui donner quelques exemples pratiques; voire érotiques. Il en avait assez des déclarations d'intentions. Alexandre lui en confia dix, saisissants d'ingéniosité, puis quinze, puis vingt qui, tous, promettaient des chapitres convaincants. Et des scènes sensuelles ou cochonnes. Toute la vie domestique pouvait être érotisée ou happée par un formidable suspense; de la réunion de famille au raccommodage des coudes usés en passant par la question charmante de la défécation. Rassuré, l'éditeur soupira.

— Et Fanfan, la vraie, qu'en fais-tu? demanda Dizzy.

— C'est bien la dernière vers qui je me tournerais, la dernière.

— Pourquoi?

— Trop souffert, grommela-t-il.

— Alors pourquoi vas-tu à Rome le 18 juin de chaque année? Au *drive-in* de la plage d'Ostie, si je ne me trompe…

8

Loin de Paris, la main de Fanfan éparpilla sur un bureau des coupures de presse acides. Toutes glosaient sur sa déconvenue privée. La cueillette sentait la bastonnade médiatique. Après la génuflexion, le knout. Maud, sa chère grand-mère, avait eu beau lui interdire de les lire, Fanfan avait cédé à sa curiosité : subitement, elle se découvrait en chair à mitraille. Une espèce de grâce tragique sortait de ses prunelles sombres. Pour apprendre ce qu'elle pensait de son chagrin, Fanfan n'avait plus qu'à fréquenter les kiosques. Lassées de la porter au pinacle, les gazettes avaient repris en chœur les indiscrétions sordides diffusées par le mail de Faustine; sans vérifications. Frivolité oblige. À pleines colonnes, les adjectifs narquois crépitaient.

La traîtrise de Faustine avait fonctionné à plein.

La chroniqueuse connaissait le petit monde des échotiers, ses mœurs, ses inélégances. Et surtout sa logique grégaire. Seuls quelques égarés dans le métier n'avaient pas mordu à l'hameçon. Après avoir liquidé le couple de Fanfan, sa *tendre amie* et *très chère voisine* cassait à présent sa marque. Les Parisiennes portées à se marier, subitement, venaient de déserter son carnet de commandes, encore sollicité sans frein huit jours plus tôt. La mode faisait volte-face. On est dans le vent et on se retrouve feuille morte.

Cuvant ce double choc, familial et commercial, Fanfan s'était réfugiée dans une résidence étrangère signalée par son vieil ami Darius. Pressée et un peu fauchée, elle avait souhaité échanger sans délai son appartement. Le producteur – parrain de Milou, sa petite dernière – lui avait déniché cette maison sur un site spécialisé. Ce lieu était curieusement décoré pour le repos de l'âme et la flemme du corps. L'affection réciproque de Darius et de Fanfan remontait à l'époque fébrile de la mise en production du film *Fanfan*; lorsqu'elle partageait encore les foucades d'Alexandre. Le jeune couple avait habité quelques mois la demeure des Ponti, à Rome, pendant qu'Alexandre mettait la dernière main au scénario. C'était là que Fanfan s'était prise d'affection pour Angelica, *sua figlia*.

Le propriétaire de cette résidence britannique – un certain Tom Sharp contacté par mail, en anglais – lui avait paru très zen et fort obligeant. Fuyant les salves de critiques de sa mère – l'horripilante Mme Blatte à qui elle avait confié ses deux fillettes –, Fanfan avait décidé d'exporter sa sensibilité loin de la capitale goguenarde. Elle désirait mettre sa souffrance dans un autre climat, reprendre souffle. Soudain, elle n'avait plus vu d'autre solution que de placer entre elle et cette curée l'espace d'une mer.

Pour la première fois depuis longtemps, Fanfan avait renoncé à porter l'une de ses robes de mariée *de ville*. Déguisée en elle-même en quelque sorte, et non en support mobile de sa griffe, elle portait une robe noire toute simple qui la transformait en ombre émouvante. Ainsi silhouettée, elle se détachait sur les fonds blancs de ce domicile étonnamment anonyme, japonisant jusqu'à l'excès, mélange d'à-plats clairs et sombres. Tout ici semblait avoir été conçu pour être regardé dans les ténèbres de l'archipel nippon. Rien ne trahissait les émotions de son propriétaire indéchiffrable, ou l'empreinte de son passé. Comme si ce M. Sharp avait tenu à s'en nettoyer, à s'absenter résolument de son propre sort. Dans cette enclave asiatique, sorte de légation bouddhiste, le temps occidental semblait en vacances. Les heures, en ce lieu, glissaient sans qu'on les compte, à l'abri des secousses urbaines et des sonneries d'aujourd'hui.

L'inclémence d'un divorce est sans limite, surtout lorsqu'il se dénoue sur la place journalistique ; il disloque pas mal de certitudes. La floraison des sentiments, Fanfan ne pouvait donc plus y croire. Comment se laisser séduire encore par l'idée de s'épanouir auprès d'un homme ? Alors même que Tony – quoi qu'elle en eût pensé sur la fin – avait été un mari de qualité. Ébranlée, elle regardait à présent l'amour avec une sorte de dessillement. Dans sa sensibilité, il n'y aurait plus de place pour les menteries que l'on se fait à soi dans la prime jeunesse. Cette rupture, aggravée de dérisions publiques, l'avait vidée d'elle-même.

Mais, même si Fanfan ne voulait plus aimer, l'acharnement au bonheur la définissait encore. Jamais cette fille ne s'était laissé ficeler dans les rets d'une contrariété. Dès le lendemain, elle s'ordonnerait donc d'être heureuse et ferait tout pour y réussir. Non en provoquant la félicité mais en la permettant. Ne fût-ce que pour ne pas marcher sur les traces désespérantes de sa mère desséchée. Ensuite, afin de se décongestionner l'âme, Fanfan aurait des succès d'automne. Elle dénicherait sans doute une liaison agréable qui ne dérangerait pas sa quiétude, avec un joli indifférent qui lui procurerait des agréments modérés. Se satisfaire les sens, oui ; se perdre le cœur, jamais plus. L'amour en amateur lui suffirait. Rien de plus, surtout rien qui ridât son front ou qui pût aggraver le trouble de ses filles, très affectées par son dernier divorce. Ensuite, dans sa retraite ouatée, elle demanderait à la distance de lui accorder ce que le temps lui refusait : un peu de paix.

Voilà ce qu'elle pensait en effeuillant les articles mordants ; quand son téléphone s'éveilla. Fanfan avait oublié de l'éteindre. Le nom de Darius s'afficha. Elle répondit sans appréhension.

— Es-tu mieux que moi ? demanda le producteur de sa voix grasse et tabagique. Je ne dis pas bien mais mieux.

— Peut-être demain.

— Moi aussi. Ma fille, ton amie… Angelica… le mariage, bredouilla-t-il. Quel mariage !

— Je sais, c'est moi qui lui ai fait sa robe, en cascades de dentelles.

— Tout est annulé.

— Le mariage d'Angelica ? À Rome ?

— On vient d'apprendre que son jean-foutre à mèche blonde est gigolo, oui *un picolo gigolo*.

— Gigolo ? répéta Fanfan éberluée.

— Escort-boy on dit aussi. Et d'une bisexualité très rentable. Évidemment, Angelica pleure. Alors, quand le temps se couvre, je retourne au ciel bleu du cinéma. Et tu me fais rêver… là, à l'instant.

— Moi ? fit Fanfan interloquée.

— Jette un œil sur TV5, ça te rappellera que tu as été une amoureuse autrefois, capable d'idéal. Tes vingt-cinq ans repassent en ce moment même. Ma télévision est allumée. Je suis sous le charme… le tien, bizarrement ! C'est fou ce que Sophie te ressemble…

Darius coupa court à toute politesse et raccrocha, selon ses façons bourrues. Troublée – et sous le choc de l'incroyable nouvelle qui frappait la droite Angelica –, Fanfan alluma un écran plat. Elle dénicha vite le canal francophone international et vit soudain son amie Sophie Marceau jeune, valsant dans un Vienne illusoire, au bras d'une copie réussie de son Alexandre d'autrefois : le comédien Vincent Perez.

Certes, leur aventure féerique avait laissé dans la sensibilité de Fanfan des courbatures multiples ; mais cet amour esquissé, jamais entièrement accompli, lui était resté sur le cœur. À l'époque, Fanfan s'était cabrée contre les manigances d'Alexandre, en tonnant qu'elle voulait être aimée d'une coulée naturelle, sans machinations ; mais ce furieux l'avait soumise à l'étonnement toujours neuf de sa fantaisie, de sa verve. Alexandre savait faire entrer l'imprévisible par les portes et les fenêtres. En face de lui, Fanfan s'était sentie centre et but ; suffisamment pour qu'au sortir de leur joli conte – qui avait inspiré ce film – elle eût soigneusement évité de se donner le chagrin de se souvenir.

Depuis cet Alexandre impossible, Fanfan n'avait jamais été émue et apaisée au plus profond d'elle-même. Même mariée, elle était restée inconquise.

Au centre de la grande télévision, le reflet du visage contracté de Fanfan se superposa trait à trait sur l'ovale de la figure de Sophie Marceau, à vingt-cinq ans ; comme si le passé avait tenu à lui restituer son sourire perdu. Sur le poste, son profil diaphane sembla, fugacement, faire face à celui de l'acteur qui jouait Alexandre. Cette rencontre virtuelle entre deux époques, à la surface d'un écran plat, la laissa frissonnante. Était-ce la main du destin qui – en un moment de désarroi – la mêlait à ces images heureuses inspirées par sa vie ? Encline, comme toujours, à établir des liens entre ses émois intérieurs et les surprises du monde extérieur, Fanfan demeura méditative ; tandis que dans le film Sophie et Vincent continuaient à danser. Puis elle se ravisa avec panique, navrée de sa faiblesse.

Troublée outre mesure, et soudain déterminée à se défendre contre elle-même, Fanfan éteignit vite la télévision, ainsi que son téléphone portable. On n'est jamais trop prudent. Réhabilitant le hasard, elle refusa de voir le moindre signe dans la rediffusion inattendue de cette comédie. Pas question d'entrer encore dans une période nerveuse. Le piège du rêve ne la reprendrait pas. Sa corolle d'eczéma tenace, là où elle avait porté son alliance, lui rappelait le risque qu'il y a à se lier ; et à s'enliser dans une institution qui prosaïse le désir en le rendant trop décent.

Fanfan se voulait nettoyée de toute espérance.

Reprenant ses esprits, elle appela aussitôt Angelica, réfugiée chez leur amie commune Sophie Marceau. En sanglots, la fille de Darius l'accueillit par des mots qui la remuèrent :

— Plus jamais… *mamma mía* ! Plus jamais je ne ferai confiance à un homme. Et moi qui croyais que l'amour c'était du commerce équitable… Le salaud !

9

Occupé à ranger le Château des Brouillards – en dansant sur du jazz –, Alexandre s'émerveillait de rencontrer cette femme absente, devinée à chaque instant. Tout était voiles, fleurs blanches, épaisseurs de murs évidées, boudoirs discrets, oubliettes pour amants. Partout des recoins pleins de précautions et d'obscurité. Mignonneté logée dans le somptueux. Enchevêtrement de portes dérobées et de passages imprévus qui permettaient au salon de se vider de ses invités comme d'un vase par ses fêlures. L'architecture invitait à se cacher de l'autre, pour mieux se faire trouver. La présence de Madame de Cabarus se respirait dans l'empreinte heureuse qu'elle avait laissée.

L'œil déductif, Alexandre négligea de consulter Google pour en savoir davantage sur cette mystérieuse. Il préféra scruter les pages cornées des livres qu'elle avait déjà lus. Elles disaient, ces pages signalées, par les mots de Stefan Zweig ou du délicieux Philippe Beaussant, toute la volupté que cette femme avait trouvée à vivre certaines choses. Des passages soulignés par elle lui donnèrent accès aux interrogations de cette âme tracassée par la recherche d'un bonheur immédiat. Sa bibliothèque recelait, Dieu merci, des livres incompatibles ou désaccordés ; avec une prédilection marquée pour le bouillonnement du siècle des Lumières. Toutes les biographies de Marie-Antoinette étaient présentes ; et celles des grandes baiseuses qui embellissent les annales du plaisir. En haut des étagères, sur un rayon dépoussiéré (donc fréquenté), Alexandre dénicha une abondante littérature érotique féminine ; choisie avec goût. La dame ne manquait pas d'appétits piaffants.

Bien que l'appartement sentît la noce, le dressing à moitié plein, et complètement vidé de ses vêtements masculins, indiquait qu'un mari ou un compagnon avait récemment évacué les lieux ; ce qui ne laissa pas de rendre Alexandre rêveur. La présence de cet homme expulsé – pouvait-on quitter une femme aussi habituée au bonheur ? – se lisait en creux par tout ce qu'il venait de retirer, dans le nombre de cintres de vestes et sur les étagères soudainement désertées par ses paires de chaussures. Bizarrement, Madame de Cabarus ne disposait que d'une mince garde-robe personnelle. Aucun vêtement cérémonieux, guère de plumes. Donc les anxiétés mondaines ne l'atteignaient pas. Beaucoup de blanc, que du blanc même. Les jouets d'enfants, bariolés et disséminés ci et là, attestaient du tournoiement d'une progéniture nombreuse. La Cabarus avait confiance en la vie.

Ses films sur les étagères ? Français surtout, délicieusement français. Tous ensoleillés de bonheur, virevoltants et donnant envie de trinquer avec la vie : *Mon oncle Benjamin* bien sûr (joué par Jacques Brel, en trois exemplaires), *Alexandre le Bienheureux* (avec une note spéciale, « À offrir aux petits gris »), *Le bonheur est dans le pré, Itinéraire d'un enfant gâté, Le Sauvage, Tout feu tout flammes*... Sans oublier l'intégrale de Jean Renoir. Que du bon et du requinquant !

Dans la cuisine, Alexandre trouva sur le frigo, aimantées, les cartes de ses restaurants fétiches, prodigieusement divers, et sur un coin de table des relevés bancaires qui révélaient sa rage dépensière ; ainsi que le rythme survolté de sa vie. L'historique de l'ordinateur de la maison confirma à Alexandre son tempérament sans frein : quand elle était mordue d'un sujet, la Cabarus l'étudiait sur la toile de manière obsessive ; avec une forme de délire de curiosité. Quant aux journaux affûtés qu'elle avait mis de côté, pour allumer le feu de la grande cheminée, ils trahissaient ses opinions progressistes.

Perspicace, Alexandre passa au crayon noir le bloc-notes posé près du téléphone, pour découvrir ce qu'elle avait pu écrire sur la dernière page arrachée. Un Bic, attaché par un fil au bloc, indiquait que la pression de sa main avait dû s'exercer sur le papier du dessous. Sept mots apparurent peu à peu, en lettres majuscules : *ACHETER UN PETIT CHIEN POUR LES FILLES.* Il fut ému de ce projet. Une femme disposée à se laisser déborder par un jeune chien – destiné à ses enfants – ne pouvait qu'être fréquentable.

Mais ce qui plut surtout à Alexandre, c'était l'humour léger que cette chère Cabarus avait semé sur ses objets et meubles, en écrivant directement dessus au stylo blanc. Sur une chaise de satin, elle avait inscrit en lettres épaisses : *pour poser les fesses les plus déçues de l'hémisphère nord.* Sur une lampe crème : *à allumer pour mieux voir la beauté des autres.* Sur des polaroïds de livres absents : *prêtés à ma voisine pour dissoudre son sens critique.* Sur une poignée de porte en forme de sein : *caresse-moi.* Sur une horloge splendide : *je mens !* Sur un miroir : *à n'utiliser que lorsque je suis amoureuse*. Sur sa baignoire profonde : *y passer ma vie*. Sur ses oreillers moelleux : *pour rêver seule*. Tout était de cette encre espiègle.

Curieusement, aucune photo sur les murs. Éprouvait-elle du déplaisir à constater son apparence ? Trop de frustration devant sa silhouette ? Peu importait à Alexandre. La beauté d'une femme n'est pas d'apparence mais bien dans l'intensité d'optimisme qu'elle met à exister. Qu'est-ce qu'un sein parfait au regard d'un fou rire ? Un beau cul n'est rien comparé à l'attrait d'une nature vorace. Il avait toujours préféré Liza Minelli à Sophia Loren.

De l'autre côté de la rue, Faustine était discrètement tapie chez elle, juste à côté de l'ancienne maison de Dalida, sous les plafonds d'un étrange boudoir – tout en miroirs dont les échos visuels se répondaient – qui ouvrait sur l'allée des Brouillards. Alertée par la musique tonitruante, Faustine d'Ar Men avait saisi une paire de jumelles. Elle s'étonnait fort de trouver au bout de sa lorgnette… le spectacle désagréable du bonheur d'Alexandre, occupé à danser frénétiquement chez sa chère voisine, Fanfan de Cabarus ; puisqu'il fallait la nommer ainsi depuis son mariage avec Antoine de Cabarus dit Tony. Malgré son divorce, Fanfan n'avait pas commis l'impair de quitter ce grand patronyme, devenu au fil des saisons de couture un bel actif commercial.

Perplexe, Faustine ne comprenait pas ce que cet écrivaillon faisait au domicile de Fanfan, un balai à la main ; ni, surtout, pourquoi sa victime favorite paraissait curieusement absente. Elle avait eu beau laisser de nombreux messages sur le répondeur du téléphone portable de son « amie », Fanfan ne l'avait toujours pas rappelée ; comme si la fraîche divorcée eût, soudain, décidé d'oublier le monde.

Agacée de ce silence persistant, Faustine se passa les nerfs sur son mari. Robert encaissa sans broncher. Son épouse en eut les traits convulsés. Puis elle finit par joindre Dizzy pour pêcher quelques nouvelles :

— Allô ? Dis donc, ton petit Alexandre ne serait pas revenu par hasard à Paris ?

— Non, répondit l'éditeur avec prudence. Tu sais bien qu'il n'a plus remis les pieds ici depuis…

— … depuis Fanfan, lâcha Faustine avec un petit rire de gorge.

— Pourquoi cette question ?

— Je voulais lui faire porter des fleurs… sans épines. À titre exceptionnel. Merci, mon lapin…

Sur ces mots sibyllins, Faustine raccrocha.

On lui cachait quelque chose. Si Dizzy mentait avec un tel aplomb, c'était qu'il y avait proie sous roche. De quoi exciter ses instincts, griffes dehors. Ses ongles vernis s'en agacèrent un peu sur le téléphone. Émoustillée, elle se sentait le cœur à nuire artistiquement.

L'éditeur, subitement inquiet, se demanda de son côté pourquoi Faustine l'avait appelé. Que couvait son air satisfait ? De quelle information disposait-elle ?

10

À Londres, Fanfan ne jouissait que du bâtiment principal de la propriété échangée. L'édifice géorgien donnait sur un *mews* blotti au fond d'un jardinet blanc, dans le quartier un peu relâché de Notting Hill. Son propriétaire – le fameux Tom Sharp – s'était réservé cette annexe, lui avait-il confié par mail, afin d'y aménager un bureau ouaté : *une retraite pour écrire*. Hors d'atteinte du vacarme de sa collection de bambins. Comme elle était seule, cette restriction ne lui pesait pas.

Fanfan aurait volontiers laissé filer les jours ; mais son commerce la réclamait. Sa main tenta de se remettre au travail sur la grande table ardoisée du salon. Où en étaient donc ses robes de mariée et ses voiles inimitables ? D'un jeté précis du poignet, habile, elle essaya de dessiner l'amour au pastel, de créer des drapés avec le souvenir d'un baiser ancien. Fanfan osa des métissages délurés, maria des sensualités créoles à des gazes de nonne, en les échancrant, fit danser les styles, s'enivrant d'époques, avec l'amour des étoffes qui meublaient sa mémoire prodigieuse. Elle tenta, vaille que vaille, de maintenir sa veine en défrichant les bonheurs impossibles ; mais le résultat l'aigrit. Il lui arracha même une larme de nervosité ; et de franche déception. Son plaisir à rendre belles des femmes qui se donneraient *pour la vie* l'avait quittée. C'était propre, joli même, tombant comme il faut ; pas du Cabarus. Manquait l'essentiel : la joie. Ce feu-là ne brûlait pas. Quand la foi s'estompe, rien ne sert de frauder.

Mal à l'aise, Fanfan allait froisser ses esquisses quand elle eut l'excellente idée, pour relancer ses affaires, de remettre au goût du jour – en version nuptiale – les jupettes à volants glamour des bals de *college girls* de l'Upper East Side. Certes, il n'y avait là aucun saut d'invention, que de la reprise opportune, mais il fallait bien ranimer le commerce. En ces temps maussades, quoi de mieux que l'antidote d'une certaine nostalgie froufrouteuse pour étourdir les trentenaires moroses ?

On sonna à la porte du jardin.

Fanfan respira et consentit à ouvrir.

— Bonjour ! lui lança le chétif Darius sous un parapluie considérable. Alors, on ne répond plus au téléphone ?

Muni de sa petite caméra personnelle, il la filmait.

— Besoin de souffler…

— Moi aussi ! Laisse-moi souffler à l'intérieur.

Fanfan s'effaça, non sans avoir demandé à Darius d'arrêter de la filmer. Cette habitude tenace l'agaçait. Ruisselant de flocons, le nain compact obtempéra et pénétra dans la maison de son pas fluet ; puis il ôta son pardessus comme un boxeur retire son peignoir. Une neige anglaise, fine, en tomba.

— Quel bon vent t'amène ?

— Un vent nouveau, justement. J'étais à Londres ce matin pour affaires avec la Warner quand Dizzy, tu sais l'éditeur, l'échassier bronzé, exaspérant d'esprit. Eh bien, il m'a appris l'impensable : tu as une suite, toi !

— Moi ?

— Oui.

— Dans quel hôtel ?

— Non, *Fanfan*, le roman, aura une suite. *Quinze ans après*. Alexandre y travaille déjà.

— Mais… il n'a pas le droit.

— Pourquoi diable ? fit-il en manipulant son chapelet.

— Je suis une personne, pas un personnage !

— Ça n'est pas son idée, ni la mienne d'ailleurs. Regarde, à l'instant où je te parle tu habites bien *chez Alexandre* sans le savoir ; et la situation me paraît très romanesque.

— Je suis chez Alexandre ? balbutia Fanfan en blêmissant. Ici ?

— Non, je rigole ! éclata de rire Darius. Avoue cependant que ça ne manquerait pas de sel ni de poivre, des retrouvailles à votre insu, par maisons interposées. Sur un plan scénaristique, l'échange de lits, de draps, de salles de bains…

— Je ne vis pas dans un scénario, coupa Fanfan. Et qu'arrive-t-il aux *personnages*, quinze ans après ? Dans le bouquin d'Alexandre ?

— Ça, ma chère Fanfan, ce serait plutôt à moi de te le demander ! Tu es tout de même davantage le personnage principal que moi. Allez, je te laisse.

— Où files-tu ?

— À Paris, je dois y être dans moins de quatre heures pour la cérémonie des Césars, dont je suis hélas le Mazarin… Hi ! hi ! hi ! ricana-t-il. *Have a good evening !*

Le producteur s'éclipsa dans la neige avec son parapluie et son imperméable lilliputien.

Fanfan resta médusée. Rien ne pouvait la contrarier davantage que de se trouver à nouveau mêlée à une fiction.

Quand sa trajectoire s'était séparée de celle d'Alexandre, effervescent d'idéalisme, elle avait pris un cap inverse, résolument réaliste. À l'époque, ce dingue croyait aux mots avec passion ; c'est-à-dire au pouvoir de signes qui n'ont que peu de rapports directs avec les choses qu'ils désignent. Le mot ronce n'a guère d'épines. À rebours de leur histoire évanescente, Fanfan s'était mise à rechercher tout ce qui signifie quelque chose en conservant un lien étroit, quasi matériel, avec ce que cela prétend nommer. Les splendides cartes marines avaient eu sa faveur plutôt que le mot *océan* qui la laissait indifférente. Le véritable parfum de rose plutôt que les fleurs de rhétorique que l'on respire chez les poètes. Dans la foulée, Fanfan avait quitté tous les métiers un peu disjoints du réel qui l'avaient un temps attirée – funambule, notamment – pour se lancer dans la création d'objets bien concrets et de tissus qui disaient mieux son amour de la réalité que des lettres imprimées dans un livre ou des images défilant au rythme de vingt-quatre par seconde. Ses étoffes nuptiales étaient devenues ses syllabes, ses célèbres bougies parfumées des discours entêtants, les jeux de société conjugaux qu'elle éditait des provocations au bonheur opérationnel. Ses livres de cuisine amoureuse se présentaient comme des invitations à se déguster mutuellement, les thés qu'elle commercialisait comme des déclarations de bonne humeur. Les mariages qu'elle concevait étaient des songes bien réels.

Alors figurer à nouveau dans un rêve littéraire, ça l'écœurait !

Quant à inspirer un deuxième film, un *Fanfan acte II* produit par l'inoxydable Darius, cela relevait à ses yeux du viol pur et simple. De plus, approcher d'Alexandre n'était pas le genre d'idée que Fanfan laissait serpenter dans son esprit. Ses filles ne méritaient pas d'être embarquées à nouveau dans les risques inconsidérés d'un nouvel amour. La méfiance filtrait à présent dans ses moindres réflexes ; même si elle tremblait devant les accès de faiblesse de son cœur. À dire vrai, sa propre vulnérabilité l'effrayait.

11

Lorsque l'appartement de Madame de Cabarus fut remis en ordre, Alexandre visita le quartier enneigé. Une poudre de flocons recommença à tomber dru. Ils pommelaient Montmartre et ses vastes ciels.

Juste en face, à deux pas de l'ancienne maison de Dalida, il remarqua un meublé à louer, sous les toits d'une sorte de curieux chalet suisse. Il est vrai qu'avec la crise immobilière qui garrottait les acquéreurs, la capitale entière semblait disponible.

En musardant parmi les congères arasées par le vent, Alexandre s'aperçut ensuite que le rez-de-chaussée du Château des Brouillards était occupé par un magasin sans équivalent. L'entrée donnait sur le flanc opposé du bâtiment. Son nom – *Cabarus*, en un seul mot – indiquait clairement qu'il appartenait à la séductrice chez qui il logeait.

Surpris, Alexandre pénétra dans la boutique. L'ampleur y régnait. Elle frémissait de rêves blancs, de musique soyeuse et de poésie fleurant le cirque. Le talent de la créatrice ne s'était pas reposé. D'emblée, on en oubliait ses divorces. On perdait pied, pour mieux nager dans l'éblouissement. C'était comme un mariage; mais sans la mièvrerie rebattue qui déshonore tant de cérémonies. Son slogan – *Mettez du mariage dans votre vie* – accueillait les visiteurs de toute la largeur d'une banderole fleurie, au sortir de la grande porte à tambour. Dans ce décor diaphane et brillant, parmi des croulements de voiles et de moirures, des nuées de vendeuses – noires pour certaines – portaient toutes des robes de mariée en fausse crème fouettée ; comme on enfile un bleu de chauffe dans une quincaillerie. Il ne neigeait plus des parcelles d'hiver, comme un instant plus tôt, mais des pétales de rose, mêlés de duvets épars, qui dégringolaient sur une forêt de plantes exotiques blanchies. Sur un fil tendu, une acrobate nimbée de tulle, en grande tenue de princesse, traversait d'un pas aérien l'espace central du magasin. Au-dessus des clients sidérés, un couple de mariés, meringués et tête en bas, échangeait des baisers volés à chaque croisement de leurs trapèzes. Un peu plus loin, des chevaux blancs en liberté buvaient dans un bassin fréquenté par des cygnes graciles. S'ébrouait même un zèbre voilé. Partout, des miroirs, un tumulte de miroirs.

Et là-dedans, il y avait Alexandre ébaubi. Il songeait aux batifolages esthétiques de Jean Cocteau.

Madame de Cabarus ne se contentait pas de vendre des noces de haute imagination ou des robes parfaites. Elle diffusait surtout, sous sa griffe, une *étiquette conjugale* déclinée en objets éloquents. Tous étaient chargés de défendre son éthique amoureuse et de l'illustrer mieux que n'aurait pu le faire un essai. Le tabac médiatique de sa marque avait tenu en grande partie à cette démarche singulière, incarnée par des articles inédits. Pour parer à l'objection de certaines clientes qui prétendaient qu'aimer le réel restait une question de gros sous, elle avait tenu à pratiquer des prix modestes. Madame de Cabarus demeurait persuadée que l'amour durable est moins une affaire de débours que de regard décalé.

Le « matériel amoureux » mis à portée du public s'étalait sur des étagères duveteuses : un lot d'étiquettes « *do not disturb* » à fixer sur la porte de sa chambre pour apprendre aux enfants à ne pas déranger leurs géniteurs pendant les siestes agitées (1,20 euro, une affaire), un curieux sex-toy électrique qui ne se mettait à vibrer que lorsqu'on y insérait deux alliances (12,50 euros), un remarquable manuel de conversion des reproches en désirs revendiqués (5 euros), de minuscules coffrets destinés à laisser reposer son alliance lors des inévitables périodes de doute (2,70 euros), les célèbres draps infroissables Cabarus (29 euros la paire, autorisant d'infatigables galipettes), le fameux « répertoire des bonnes habitudes », érotiques et autres (4,50 euros), que sais-je encore ?

Subitement, Alexandre crut deviner que ce commerce blanc n'avait pas pour but de moissonner d'amples profits mais de financer les ambitions intimes de la propriétaire. Son appartement nuptialisé de fond en comble, où elle vivait alors dans tout l'éclat d'une fortune construite sur le bon goût, n'était que le décor fignolé de son idéal. Au fond, la Cabarus s'était mise à vendre un art d'aimer un peu illusoire – exporté dans deux autres magasins au Japon – afin qu'il pût devenir réel chez elle. Méthodique, elle avait mis en place un système économique qui servait l'amour auquel elle aspirait.

Alexandre demeura sidéré, comme humilié.

Qu'était son propre culte de la quotidienneté en face d'un tel enthousiasme du cœur et de l'imagination ? La folie du couple remplissait tout l'être de cette femme, régissait sa conscience. Ce que la Cabarus proposait ici, c'était à la fois beau et déraisonnable ; comme la passion.

Il voulut y goûter.

N'était-elle pas celle qu'il n'avait pas su dénicher en vagabondant de draps en draps ? Tout à coup, Alexandre ressentit la joie d'aimer qu'il n'avait plus éprouvée depuis Fanfan, le bonheur fou d'arriver au port.

— C'est pour un mariage ou pour une demande en mariage ? lui demanda une vendeuse tentante.

— C'est pour consommer tout de suite ! s'exclama-t-il.

Il décida de foncer à Londres où Madame de Cabarus se trouvait installée chez lui. Pourquoi la laisser dormir seule dans son propre lit ? L'heure, pour lui, n'était plus aux zigzags.

— Allô, Dizzy ? demanda Alexandre.

— Oui, hélas. Je viens de lire dans la presse une série d'attaques en règle au motif que l'Académie française me recrute. En CDI… Moi qui croyais qu'on m'aimait !

— Je suis dans l'Eurostar. Je rédige en ce moment même une demande en mariage. Je vais rapter ma femme à Londres, chez moi.

— Ta femme ?

— La Cabarus, c'est elle que je veux. Les yeux fermés !

— Pourquoi les yeux fermés ?

— Parce que c'est plus beau. Fanfan n'avait qu'à m'attraper la première.

— Et si elle était moche, ta Cabarus ?

— Elle ne peut pas l'être.

— Pourquoi ça ?

— Je l'aime.

— Non, tu as envie de l'aimer.

— Non, je t'assure : j'aime l'absence de cette fille, sa trace. Depuis Fanfan, je ne me suis pas trouvé plus heureux d'aimer. Ni plus pressé de l'être tout à fait !

La ligne fut coupée. Effet d'une altitude négative. Le train s'engouffrait sous la Manche, se faufilant soudain dans les fonds marins. Dizzy ne connaissait qu'Alexandre pour s'engouffrer dans de telles témérités. Mais le mot ordinaire s'appliquait-il à ce rejeton d'une dynastie de feux follets ? Son père était mort d'avoir trop aimé en dehors des clous ; et sa mère, increvable sous ses dehors fragiles, avait survécu pour le même motif.

Inquiet de la tournure des événements, l'éditeur appela Darius :

— Allô ? C'est Dizzy.

— Je vous crois, susurra le producteur de sa voix rugueuse. Je suis à Rome.

— Encore ?

— La veuve d'Antonioni vient de me céder les droits mondiaux de *Disamore*, son film perdu qu'on a retrouvé après l'incendie de Cinecittà. *Le* chef-d'œuvre de l'impossibilité d'aimer. C'est si beau, si prenant, que ça donnerait presque envie de rompre ! Ce réquisitoire contre l'amour est encore plus mordant que *L'Éclipse*.

— Les choses nous échappent, coupa Dizzy. Ce givré d'Alexandre se précipite à Londres.

— Tant mieux, je n'aime pas les scénarios trop bien réglés, répondit le nain en sortant d'une boîte une nouvelle petite caméra – gavée de pellicule argentique – qu'il se mit à manipuler en tous sens.

— Et je crains que Faustine d'Ar Men ne se doute de quelque chose.

— Excellent ! Le public adore les caractères que l'on aime haïr ! Ça sent le jackpot.

— Alexandre veut se marier.

— *Magnifico !* Nous aurons de beaux décors qui plairont aux caves et aux dames.

— Et il neige encore.

— Splendide, le chef opérateur pourra montrer tout son métier.

— Pourrions-nous parler sérieusement ?

— Non, car ce film sera une comédie, oui une comédie ! Et juteuse avec ça ! s'exclama le producteur sans fausse pudeur. Comme cet Antonioni tombé de l'enfer… Une affaire !

Darius mit en route sa petite caméra. Dans l'œilleton, il fixa une toile de maître, accrochée au mur de sa villa : elle représentait un couple de grands singes accoutrés en mariés. Une vision chargée d'intense ironie ; celle que la vie avait mise sur ses lèvres.

13

Londres était rattrapée par l'hiver d'Europe centrale qui, cette année-là, s'exportait vers le nord-ouest. Le froid campait sur l'Angleterre. La Tamise, nimbée de buées bleues, gelait, figeant ses flux épais autour des piles des ponts. Sur la capitale, encore décorée pour les fêtes, la neige fraîche tenait; une neige de Rembrandt, quasi dorée. Abondante et un peu miraculeuse, elle adoucissait les lignes de la ville et prêtait aux derniers brokers de la City encore actifs, en goguette dans le quartier de Notting Hill, des airs de Moscovites pourvus de parapluies. Les squares blanchis, enveloppés de brouillards opaques, se peuplaient le soir de gamins qui se lançaient des boules de neige.

En les fixant à travers une fenêtre à guillotine, alors qu'elle allumait des bougies, Fanfan songea à ses propres filles. Que faisaient-elles à cette heure-là? Milou et Clara avaient-elles fini de prendre leur bain? Saisie par une émotion douce, elle rangea son briquet dans une poche, avec cette distraction lente qui signale le début du vrai repos. Ne plus infliger de mariages à personne calmait son esprit en même temps que son cœur moulu, vidé de tout projet. Bientôt, des occupations rurales l'accapareraient, dans le jardinet glacé et bien tenu de la maison. Les affaires de grandes conséquences, déballées sur la BBC, ne retenaient plus l'attention de Fanfan ; d'ailleurs elle ne regardait plus la télévision. Voir des gens, et non des destins, l'ennuyait.

À peine eut-elle rallumé son téléphone portable pour souhaiter bonne nuit à ses fillettes – demeurées à Paris, chez sa mère – qu'il tinta. Machinalement, elle eut l'imprudence de répondre.

— Allô ? C'est Faustine.

— Bonsoir.

— Pourquoi ce silence ? demanda la journaliste nue, allongée sur son lit, en admirant sa beauté *sans ride aucune* qui se reflétait au plafond.

— Mon chagrin se repose.

— Alors pourquoi m'as-tu caché qu'Alexandre habite chez toi, ma chérie ?

— Alexandre ? reprit Fanfan. Le mien ?

— Oui.

— Mais non, c'est un Anglais. Tom Sharp, il s'appelle.

— De ma fenêtre, j'ai vu Alexandre danser toute la matinée sur ton parquet. Joli cul pour son âge, d'ailleurs.

— Mon Alexandre ?

— Oui, ton Alexandre. Arrête de jouer l'étonnée.

— Mais je l'ignorais !

— Tu ne sais pas avec qui tu vis chez toi, ma chérie ?

— Je suis sur une île, pas à Paris.

— Une île ? s'étonna Faustine.

— À Londres, en plein Notting Hill.

— À Londres… mais chez qui ?

— C'est ce que je me demande, tout à coup.

— Tu ne sais pas non plus chez qui tu loges ?

— C'est Darius Ponti qui m'a indiqué cette baraque, le producteur…

— Je connais, coupa Faustine à vif. Méfie-toi, ce petit monsieur n'a pas que l'orgueil de son métier. Il en a aussi la suffisance ! Et les affreuses manières.

— Excuse-moi, je te rappelle, on sonne à la porte.

Fanfan raccrocha et alla ouvrir en se grattant l'annulaire gauche. L'empreinte eczémateuse de son alliance ne s'était pas encore effacée. Sa peur du mariage ne démordait pas.

Une vieille Anglaise – osseuse et rougeaude – se tenait droite dans l'embrasure ; pas précisément le genre de femme pour qui on fait des folies. Elle se débarrassa de sa neige, trouva poli de sourire et débita dans sa langue insulaire :

— Je suis terriblement désolée de vous déranger mais un homme élégant, et spirituel, m'a demandé de vous apporter ceci. Une lettre… si charmante, n'est-elle pas ?

Sous son chignon correct, la dame couperosée rosit encore. En apnée, elle remit à Fanfan une enveloppe blanche sur laquelle était écrit en français : *la demande en mariage* ; d'une écriture appuyée, volontaire et dansante qui rappela une présence à Fanfan. Mais qui ? Étouffée d'émotion, la messagère décampa.

Fanfan referma la porte et ouvrit la lettre :

« *Madame de Cabarus,*
le mariage est moins votre métier que votre cause ;
il pourrait devenir votre pari. Car je ne vous ai jamais
vue. Votre physique m'est une énigme. J'ai seulement
respiré vos idées exubérantes au travers de votre

intérieur. Et je suis tombé fou de votre empreinte. Elle trahit un regard sur la vie qui m'électrise, une rébellion contre l'automne des choses qui m'exalte. Une coiffure bien accommodée, un maquillage truqueur, peuvent berner; pas une maison. Les décors trompent souvent l'œil; votre décoration, elle, a les transparences d'un aveu. J'y ai vu votre haine affirmée du malheur. J'y ai ressenti – dans chaque pièce – votre colère contre tout ce qui empêche la vie d'être excitante et rapide. Une volonté entière de refuser la dictature du gris, d'exiger le soleil.

Vous détenez la martingale de l'enthousiasme.

Et lorsque j'ai fini par mettre les pieds dans votre boutique du rez-de-chaussée, j'ai compris la raison d'être de ce commerce d'un autre type : votre affaire finance votre art de vivre, et d'aimer, votre réconciliation avec le quotidien. Pourvu qu'on le chorégraphie, qu'on l'érotise! En cela, nous nous épousons : voyez en moi un activiste de la vie de tous les jours, un chantre des bonnes habitudes et un ami de la bouillotte coquine. Chez vous, l'espace de deux jours, j'ai commencé d'aimer vraiment l'existence banale, celle que le cinéma esquive et que la littérature ignore.

Le sort me presse d'être heureux. Voulez-vous que nous le soyons l'un par l'autre? Voulez-vous jouir de moi? Sans délai; puisque vous n'aimez pas attendre. Épousez-moi à l'aveugle, en ne connaissant de moi que ma propre maison; étrangement indéchiffrable, je le sais. Épousez-moi comme on dit oui à ce que le réel réserve de meilleur. Épousez ma passion éperdue pour les habitudes; si elles ont le bon goût d'être neuves chaque jour. Épousez ma voracité pour *le présent plutôt que pour l'avenir, cet affreux mensonge.*

 J'en appelle à votre folie, à votre talent de jouisseuse. Raturez en vous toute prudence élémentaire. Soyez fidèle à votre tempo : foncez. N'attendez surtout pas de voir mon visage ; ce serait banal et mesquin. Et n'ayons pas le ridicule bourgeois de roder nos désirs dans un round d'observation. Vite, au lit. Et aux anneaux !

 Pour me répondre – tout de suite bien évidemment –, ouvrez la porte de derrière qui donne sur le mews, au fond du jardin. Je m'y trouve attablé dans l'obscurité, occupé à scruter votre silhouette. Nous dînerons sans lampe ni bougie, à l'aveugle, pour que vous puissiez découvrir ma voix avant d'ouvrir les yeux sur mon visage.

 Ce sera la dernière fois que nous freinerons une envie.

 Votre futur mari – dévoué et tout à fait sûr de votre beauté – qui vous attend dans le noir,

Alexandre »

Fanfan frissonna ; c'était bien lui. Toujours aussi porté aux excès du romanesque, à franchir les limites du sens commun. Toujours aussi gonflé à l'hélium de ses rêveries. La vie ne l'avait guéri de rien. Seule la nature de son délire sentimental avait changé ; pas son intensité. Après la folie des préludes, l'ivresse du quotidien ! La transcendance du familier. Mais pourquoi s'était-il fait passer pour Tom Sharp dans les mails nombreux – et charmants – qu'ils avaient échangés en anglais ? Tourneboulée, ne sachant que faire et sujette au vertige, Fanfan se cacha instinctivement derrière un rideau pour ne plus être aperçue depuis les fenêtres obscures du *mews*. Puis elle se ravisa, pensa qu'elle ne pouvait pas fuir éternellement et ouvrit la porte de derrière. Mue par une curiosité irrésistible, Fanfan voulait voir l'homme fait qu'Alexandre était devenu.

Tout de suite, elle jeta une chemise sur ses épaules, fine, d'une ténuité féerique, un quasi-voile nuptial qui moula sa chair. Puis elle traversa promptement le jardin ouaté, dans une brise floconneuse. Agir vite la purgeait de l'échauffement que lui procurait toute hésitation. Fanfan était la femme la plus vive d'Europe. Le froid humide plaquait le tissu sur ses formes comme s'il l'avait mouillée.

La porte du *mews* enténébré était entrouverte.

La silhouette noire d'Alexandre se trouvait là, attablée devant son bureau. Elle se détachait devant une fenêtre illuminée par la neige qui tombait au-dehors. La découpe d'un pot à crayons, d'une paire de ciseaux et d'un souper improvisé se dessinait sur le fond clair.

Muette, Fanfan s'assit à son tour, de l'autre côté de la table.

Quinze ans plus tard, leurs ombres chinoises se faisaient face; elles avaient échappé aux atteintes du temps. Il y avait là quelque chose de dérobé, de secret, hors des regards du monde. Un demi-jour propice aux froissements des âmes. Mais comme ils se trouvaient distants d'un bon mètre, Alexandre ne reconnut pas tout de suite Fanfan. Comment aurait-il supposé pareilles retrouvailles?

Sans un mot, alors qu'il continuait à neiger lourdement dehors, d'une neige fouettante, Alexandre

dévida un long rouleau de réglisse. Joueur puisque
amoureux, il en mordit un bout et plaça l'autre bout
entre les lèvres de Fanfan ; puis il s'amusa à en avaler quelques centimètres. Le fil se tendit entre eux,
assez pour qu'elle le sentît. Le profil de Fanfan résista
à la traction douce qu'il exerçait. Alexandre siffla cinq
centimètres supplémentaires de réglisse, se rappro-
cha d'elle dans le noir épais, avant de reculer et de
revenir enfin à la charge. Quand ils furent prêts à se
toucher, Fanfan tressaillit, paniqua, attrapa la paire de
ciseaux qui traînait dans le pot et coupa d'un coup sec
le fil qui les reliait. Peu disposée au bonheur, elle était
venue pour y voir clair, non pour se livrer. Surpris,
Alexandre eut un subit mouvement de recul.

Fanfan saisit alors son briquet dans sa poche et
l'alluma.

Leurs deux ombres prirent chair.

Alexandre était pétrifié, incapable de ciller. Son
étonnement reflua sur Fanfan et la laissa quelques
secondes vacillante. Le profil qui avait si longtemps
flotté dans sa mémoire était là ; curieusement dédou-
blé, l'espace d'un bref instant. Il avait quitté Fanfan
en état de fraîcheur, et la retrouvait en état de grâce.
Pas gaie, certes, mais rayonnante d'une vitalité singulière, comme un astre en activité. Quel effet de souffle !
La teinte vive de ses pommettes rehaussait son provo-
cant éclat. Sa beauté n'indiquait aucun des dégâts que
ses deux maris avaient faits en elle. Pour conquérir,
il lui suffisait encore de paraître. En cet instant, elle
était à la fois présence et mystère. Entre la peau de
Fanfan et lui, il n'y avait plus que la distance d'une
transparence. C'était soudain, dans son cœur, un sou-
lèvement d'obscurs désirs. Fanfan avait encore une

gracilité d'esquisse. Cette irruption parut à Alexandre une sorte de résurrection personnelle. Ce n'était pas seulement Fanfan qui surgissait à Londres mais lui la regardant comme jadis, de tout son corps, avec l'intensité qu'il avait su réprimer. Leur ancien engouement réciproque se tenait entre eux. Fanfan venait par son absence de lui plaire une seconde fois à l'aveugle. Comme pour la première fois.

Fanfan éclata de rire. L'homme qui lui faisait face, affermi, d'aspect fiévreux, paraissait avoir toujours la faculté de sentir outre mesure et le goût des tapages intérieurs. Un regard compact et bondissant. Aucune stagnation en lui ; que de l'élan et de la hâte. Elle retrouvait Alexandre quasi intact, ni alourdi ni tassé, mais il avait désormais le teint recuit de toutes les couleurs du grand air. Avec une apparence de grandeur bourrue que l'on n'attrape pas dans les sociétés policées. Il devait posséder moins de meubles que de valises. On lui sentait la fibre migratrice. S'il avait vieilli, ses traits incrustés de mélancolie avaient gagné en séduction. Il lui tourna le cœur, avant qu'elle le sût elle-même. Mais la situation sembla tout à coup si improbable à Fanfan, si fantastique même, qu'elle ne put refréner un rire frais. Ils se retrouvèrent bientôt saisis d'un fou rire commun. Mariage de deux étonnements, noces de l'impensable qui survient et du vertige. Comment vit-on ce que l'on ne sait pas vivre ?

Alexandre avança une bougie que Fanfan alluma.

— Madame de Cabarus... fit-il le feu aux joues.

— Le nom de mon dernier mari.

— Ex-mari, corrigea-t-il.

— Tu veux toujours m'épouser ? lança-t-elle en feignant d'être amusée.

— Pourquoi pas ? Ton idée du mariage, je l'épouserais bien.

— Cette idée, je la vends encore mais ne l'achète-
rais plus.

— Pourquoi ça ?

— L'illusion amoureuse, c'est mon boulot désormais. Le grand trompe-l'œil du mariage… sourit-elle
avec moquerie.

— Et pour toi, qu'est-ce que tu souhaites à
présent ?

— Un chapitre sentimental, ce serait déjà bien…
ou trop ; mais le grand roman rose, je n'y crois plus.
Pour moi, les contrats de mariage sont devenus des
assignats, lâcha-t-elle avec un soupçon d'amertume.

Le renoncement d'une femme est toujours une
ride.

— Et toi, reprit-elle, qu'est-ce que tu fais ici ? Pourquoi Londres ?

— Parce que ce n'est ni Paris ni… Rome.

— Tu aimes toujours à ta manière ?

D'emblée, ils reprirent leur dialogue sur l'amour,
interrompu quinze ans auparavant. Fanfan lui avoua
alors, avec pudeur, que trop de revers l'avaient refroi-
die. Son ultime divorce avait eu la peau de sa confiance.
Hérissée de préventions – et écœurée de mariages fac-
turés –, elle ne voulait plus être amoureuse à fleur de
peau ni faire de folies pour quiconque. À quarante ans
passés, Fanfan savait que la passion s'oxydait, quoi
qu'on fît. Quant au Grand Amour – majusculé un
peu trop vite –, ce n'était plus pour elle qu'une petite
ivresse d'où l'on sortait toujours un peu triste. Mieux
valait se tenir dans l'abri d'une tranquillité têtue ; et
ne plus se gaspiller en espérances. Pour s'évader des

choses, n'existait-il pas d'autres opiums que ceux du sexe et du sentiment ? demanda-t-elle avec lassitude. La musique ancienne, le nomadisme culturel, l'élevage des enfants.

Narquois, Alexandre ajouta la poterie et l'affiliation à un parti politique ; puis, parlant par brusques torrents, jetés les uns sur les autres, il décocha à Fanfan les flèches de ses convictions de militant de la vie domestique. Revenu des charmes de la sexualité, il ne croyait plus qu'à la passion ménagère, à l'ivresse du pantouflard, déclara-t-il ; et à la fidélité joueuse sur laquelle il comptait, comme les navigateurs sur le vent, pour tailler sa route. L'idée de la dégringolade des sentiments ne l'approchait plus. Alexandre voyait même le mariage comme une transgression de l'ordre établi, une manière d'entrer en résistance contre les compromis. Enivré d'innovations casanières, il se sentait désormais le cœur à inventer un art d'aimer qui, clamait-il, démoderait les coucheries et dépasserait les mirobolants délires qu'ils avaient essayés à Rome ; en s'inspirant du grand cinéma italien. Ce dératé désirait bricoler des habitudes pittoresques où foisonnerait le bonheur, et loger ce qu'il fallait de grains de sable dans la mécanique du couple pour provoquer des déraillements jouissifs.

— C'est vraiment n'importe quoi... lâcha Fanfan en faisant la moue.

— Quoi ?

— Ton baratin.

— Peut-être bien... Et alors ? Le quotidien à deux, il n'y a plus que ça qui m'excite, avoua Alexandre.

— Vraiment ? s'étonna Fanfan qui ne reconnaissait plus l'adepte de la cour éternelle, le jeune homme qui, autrefois, ne jurait que par la magie des prémices.

— Avec moi, c'est le mariage à double tour sinon rien.

— Le doute, tu ne connais pas ?

— Non, c'est un luxe que je ne peux plus m'offrir.

Médusée, Fanfan lui demanda du bout des lèvres :

— Et l'usure des sentiments, tu en fais quoi ?

— Et si l'usure du couple, c'était avant tout l'usure de soi ? Que l'on fait payer à l'autre… Un sous-produit de nos lâchetés. Lacan s'est planté : l'amour, ce n'est pas *donner ce qu'on n'a pas à quelqu'un qui n'en veut pas*, c'est donner ce qu'on devrait avoir à quelqu'un qui pourrait bien en vouloir ! Voilà ce que je pense. L'amour fidèle n'est pas un sentiment ou une paresse, c'est un talent, une manière de défier la vie.

— Mais enfin… le couple, ça esquinte tout !

— Non, lâcha Alexandre sur le ton placide de l'évidence. La passion ne souffre pas de la vie de couple mais de l'opinion que l'on en a !

— Tu ne penses plus que les débuts, la séduction, c'est tout de même ce qu'il y a de mieux ?

— Les idées reçues, ma chère Fanfan, on n'est pas obligé de les recevoir. Je crois même que la nostalgie des débuts, c'est ce qui empêche de faire pétiller le présent. De faire battre le cœur plus fort que dans les premiers temps d'une histoire.

— En tout cas, vu ce que sont les hommes…

— Quoi encore avec *les hommes* ? riposta-t-il le front têtu. Arrête de recycler les mots de ta mère ! Tous ne sont pas des nigauds incapables de stratégies ou des colistiers indignes ! Le mariage, ça peut être une récréation, un jeu… oui, les vacances de la vie !

— Qu'est-ce qui t'est arrivé ? demanda-t-elle sidérée.

— C'est mon secret, coupa Alexandre.

— Et dans ton prochain roman, il nous arrive quoi ?

— Qui t'a mis au courant de mon projet ?

— Darius.

— On se marie, justement. Jusqu'à ce que mort s'ensuive.

— On se marie ? reprit-elle effarée.

— Pour passer d'un étonnement à un autre. Je t'offre chaque soir une paire de pantoufles différentes.

— Des pantoufles maintenant ?

— Et des mules, toujours surprenantes. Devant mon ordinateur, je mitonne un mariage poivré qui serait la revanche des existences monotones. Je mets en scène des idées qui nous feraient accéder à une joie extrême et constante.

— Avec des mules ?

— Et des chaussons !

— Toujours le même défaut, mon pauvre Alexandre…

— Lequel ?

— *Tu écris les choses au lieu de les vivre*… Alors je crois que je vais souffler la bougie et partir, comme si on ne s'était jamais revus. D'accord ?

— Ça vaut peut-être mieux. Quinze ans après, je te sens lourde d'échecs, de poncifs et vieille de trouilles. Prête pour le trou noir du célibat.

— Merci !

— Pourtant, quand j'ai vu ton Château des Brouillards, cette invitation au mariage différent, instinctif, aventureux, tout à coup j'ai eu envie que tu deviennes mon biotope.

— *Ton biotope…* reprit-elle en imitant la grande Arletty. Est-ce que j'ai une tête de biotope, moi ?

— Mais je ne me vois pas épouser une fille *tétanisée* de peurs, comme ta mère d'il y a quinze ans. Une femme *ossifiée* qui s'imagine que l'amour est joué d'avance. Une nana *calcifiée* qui ignore toujours que nous ne vivons pas les choses.

— Alors que faisons-nous d'autre ? répliqua-t-elle.

— Nous nous les représentons, Fanfan. De manière avantageuse ou douloureuse, au choix.

— Alors évitons de souffrir une autre fois, lança-t-elle en défense.

— Volontiers !

Ils se serrèrent la main. Mais Alexandre jugea tout à coup qu'il s'était montré inhabile, trop mordant et sans assez d'apostolat. Ne l'avait-il pas sottement braquée ? En lui, la rancune avait sans doute trop parlé ; au lieu de se montrer stratège pour lui faire entendre qu'à l'impossible il se sentait désormais tenu.

Fanfan souffla la bougie. Le silence revint. Fanfan s'éclipsa vite dans l'obscurité anglaise, blessée à cœur par les trois épithètes qu'Alexandre avait martelés : *tétanisée, ossifiée, calcifiée.* Sans doute ne l'eussent-ils pas remuée autant s'il n'avait eu la cruauté – ou l'astuce ? – d'ajouter *comme ta mère.* Soudain, Fanfan n'était que colère contre ces retrouvailles impensables. Cet emmerdeur d'Alexandre, tout en témérité claironnante, venait de la renvoyer à la jeune femme téméraire qu'elle avait été ; et qui avait baissé pavillon. En se perdant de vue. Comment tolérer un miroir pareil ?

Tous deux crurent qu'ils pourraient, chacun, s'effacer de la vie de l'autre.

Faustine était heureuse : elle flairait une possibilité de nuire. Et de défoncer de manière définitive la carrière météorique de Fanfan. À peine lancées, ses robes de bal blanches à l'américaine émoustillaient déjà la presse si prompte à se déjuger. Il fallait réagir.

Fomenter une *crise systémique* de grande volée suppose de la méthode, le goût des repérages et la passion de l'infiltration. Voilà pourquoi Faustine d'Ar Men jouait des coudes dans la foule de vanités qui se faufilaient cet après-midi-là à l'Académie française. Un public choisi était venu se régaler du discours de réception de Dizzy ; ainsi que de l'éloge, très attendu, de son prédécesseur. Chouchou de la chance, le sortant était une sorte de gentilhomme littéraire verveux, pétri d'entregent, en qui avaient survécu les grâces affinées de la chevalerie. Un séducteur tricolore à peindre : l'œil très bleu en érection, le cheveu aussi blanc qu'un lys royal et le teint pivoine devant chaque jeune femme. Son nom poudré de gloire avait longtemps résumé dans Paris une certaine idée du bonheur intelligent. Voltaire, en son crépuscule quinteux, n'avait pas rameuté plus d'affection et de taquineries.

Dans ce tohu-bohu d'orgueils journalistiques, de génuflecteurs intéressés et de disséqueurs de prose,

Faustine avançait d'un grand pas chaloupé. On la sentait très sûre de son postérieur. À chaque instant, son accorte fluidité chapardait les regards de l'autre sexe. Elle crochetait les cœurs ; bien que chacun dans cette enceinte redoutât ce procureur cathodique qui, la veille encore, venait d'écorcher un poète subtil et d'arraisonner un raisonneur de haute volée. Ses proférations en avaient glacé plus d'un. Depuis toujours, Faustine était accoutumée à ce que les prunelles masculines – et féminines – aient pour elle cet intérêt spécial que suscite l'extrême sensualité alliée à une réputation de tarentule. Sa robe couture était si voyante qu'elle paraissait sonore. Partout, elle humait la crème du ragot parisien qui se déversait de gosier en gosier dans un français d'excellent pedigree. La prétention parlait haut. On avait la passion de médire par aphorismes, du débinage chic. Et surtout l'obsession de paraître infréquentable. Mais on ne faisait pas que s'entre-détester artistement sous la Coupole ; on draguait surtout. Pourquoi une telle frénésie de séduction ? Parce que dans ce monde atrabilaire on avait la conquête compulsive et l'espérance sentimentale en berne. Pire, on se figurait la passion partagée, la vie de famille et son lot de pot-au-feu, comme un franc ridicule. Écrire, se disaient-ils tous sans y voir de conformisme, cela suppose de déchanter face à la vie. Et de peindre sans cesse des psychés bancales, affligées de tout. Vivre sur ce poncif exaltait ce carrousel de plumitifs. Quoi de plus littéraire que les déceptions ? Sans parler des charmes de la joie morne… Ah, si tous avaient pu être des astres noirs ! À défaut, ils se vantaient d'être de grands détrompés.

Présent lui aussi, le séraphique Alexandre se pavanait une coupe à la main en attendant le discours de

son ami Dizzy. Il n'avait rappliqué que pour déguster
son verbe méticuleux et poilant. Volubile, très faraud,
Alexandre avait des familiarités égalitaires, un brin ridicules, avec les princes-abbés de la prélature littéraire
du moment ; ceux dont les dédains glacés règnent sur
deux ou trois arrondissements. Les chevau-légers de
la rentrée – parmi les meilleurs emballeurs de cette
kermesse littéraire – avaient également droit aux atten-
tions caressantes d'Alexandre, tout comme les éclopés
du Goncourt, fourbus d'amertume, qui plaisantaient
leurs déboires *injustifiés*. Il y avait même là un fornicateur laborieux spécialisé dans les préfaces de livres
pour table basse : l'Immortel des salles d'attente. Tous
les ego en vue, ou pressés de se hisser, se tassaient sous
les hauts plafonds de l'Institut, environnés de nuées
de beautés sveltes.

Élu au siège de feu Jean d'Ormesson, Dizzy avait
jugé opportun d'inviter toutes les femmes à qui l'érudit pétillant avait dit un jour : *Mon dernier rêve sera
pour vous…* La plupart des jolies journalistes d'Europe
se trouvaient donc là ; tant la force de frappe séductrice de l'écrivain avait été durable et voyageuse. La
poitrine opulente proliférait, même fanée. Les sourires mélancoliques déferlaient sous la coupole ; un
effluve de veuves émancipées, resurgies d'alcôves pas-
sées. Connues horizontalement, elles se tenaient pour
la plupart bien droites. On reconnaissait ci et là des
actrices désireuses de se pousser et que l'on croyait
mortes, flinguées par quelque metteur en scène gros-
siste pour la télévision. Certaines étaient masquées
de loups, d'autres couronnées de fleurs. Il y avait des
hanches gainées, des poitrails imparables et des écrou-
lements de taffetas lumineux.

Le décès de l'académicien n'avait, il est vrai, pas assombri grand monde de crêpe noir car chacun, dans Paris, s'accordait à dire que d'Ormesson faisait un très mauvais mort. On ne porte pas le deuil du soleil ni de la culture fastueuse ; encore moins celui du rire d'un homme suffisamment né pour badiner de tout. Pardon : pour faire semblant de rire de tout, dans un style très cravaché. Par civilité sans doute, l'auteur sémillant – dont le talent de suborneur allait jusqu'au génie – avait mis un certain tact à escamoter son cadavre bronzé. Sans doute avait-il jugé malséant d'embarrasser ses dames de sa dépouille. Fâché avec le tralala un peu triste des obsèques, il avait choisi de disparaître en Grèce, dans la mer Égée, en confiant à une tempête d'automne ses derniers soins mortuaires. Sur le bastingage du bateau, l'académicien avait épinglé un mot tiré de *La Règle du Jeu* de Jean Renoir : *J'ai comme une vague idée que maintenant j'ai assez ri.* Laisser ses os parmi les dieux du Péloponnèse avait été son dernier hommage à l'Antiquité qui inventoria ses idées. Sa dérobade marine était, en quelque sorte, un ultime exercice d'admiration ; en même temps qu'une façon polie d'éluder ses propres funérailles. Vraiment, l'eau froide de la mort française ne l'avait pas tenté.

Dans la foule en talons aiguilles, Faustine aperçut Alexandre. Souriant, il avait l'air de dorer chacune de ses minutes ; comme s'il avait craint de gâcher son temps. Elle se cacha aussitôt derrière une colonne. Inutile de saluer cet intégriste de la bonne humeur tant qu'elle ne savait pas comment le mordre au sang. Son alacrité semblait se rire d'elle et de son cafard d'être née. Indisposée par tant de bonheur, Faustine fixa Darius Ponti qui – caméra en main – semblait tout ébaubi par cette abondance de jambes effilées. Le nain transalpin, d'ordinaire contracté et revêche, marquait lui aussi une joie flagrante en caressant son chihuahua névrotique. Songeant à son cœur boiteux, Darius étouffait ses éclats de rire. Les mânes de Jean d'Ormesson avaient sans doute cet effet euphorisant.

Nauséeuse devant toute allégresse, Faustine sortit un téléphone de son sac à main et accéda à l'Internet avec discrétion. Quand elle s'apprêtait à serrer une main titrée, elle tapait toujours le nom de l'intéressé sur Google de manière à avoir sur lui – ou sur elle – une information d'avance. L'ami Google se montra ce jour-là chiche, faiblement délateur ; mais elle apprit tout de même que le producteur venait d'acquérir les droits mondiaux de *Disamore*, le film longtemps perdu – noir et légendaire – de Michelangelo Antonioni. Maigre résultat dont elle saurait tirer profit.

— Bonjour, mon cher Darius ! lui lança-t-elle en maintenant ses lèvres entrouvertes et sa poitrine projetée en avant ; juste ce qu'il fallait pour que le producteur minuscule en subisse le magnétisme impérieux. Félicitations pour *Disamore* ! À terre, Hollywood ! Notre Tom Pouce national a soufflé l'affaire à la Paramount…

— Comment l'avez-vous su ? s'étonna Darius en cessant de filmer la foule et en clignotant des yeux.

— L'intuition féminine sent tout ! sourit-elle de ses dents longues. Tout comme j'ai deviné à quel point votre fille avait dû déguster, n'est-ce pas ? Quel horrible clap de fin !

— Ne m'en parlez pas… Angelica ne dort plus. Elle n'est même pas venue aux Césars.

— Qu'a-t-elle fait de sa robe? Une Cabarus, je crois…

— Fanfan l'a brûlée… avec le voile, de douze mètres !

— Comme c'est triste que tout ça parte en fumée… s'indigna Faustine en se retenant de sourire.

— De toute façon, ce garçon n'était pas le bon candidat. Erreur de casting. *Picolo* potentiel. Je ne le sentais pas… Départ-usine, il devait déjà être vicieux !

— Mon intuition flaire aussi que Dizzy et vous mijotez une affaire commune… divertissante, dizzyesque, dariussesque !

— Comment l'avez-vous su? reprit l'homme de cinéma.

— Si je bluffais, je dirais que vous avez manigancé des retrouvailles entre Fanfan et Alexandre, en échangeant leurs domiciles à leur insu. N'est-ce pas ?

— Je me suis chargé d'embrouiller Fanfan qui voulait se tailler de Paris en échangeant sa jolie bicoque sur un site Internet. Et le petit Dizzy a enfumé son Alexandre, marmonna Darius d'une voix rocailleuse.

Patelin, il précisa :

— À Londres, j'ai retiré les photos d'Alexandre. Pff… Dizzy a fait pareil à Montmartre avec celles de Fanfan. Ils n'y ont vu que du feu !

— Et ils ont troqué leurs maisons comme ça, sans se méfier ?

— J'ai embobiné Fanfan en l'aiguillant vers celle de Londres. Dizzy a fait pareil de son côté en expliquant à Alexandre qu'il devait changer d'air pour torcher son nouveau best-seller ! Et ils se sont causé par mails.

— Sans se reconnaître? Vous me prenez pour une quiche ?

— Alexandre avait pris un pseudo bizarre, dégoté par Dizzy. De son côté, Alexandre ignorait le dernier nom de femme mariée de Fanfan.

— Et si, quinze ans plus tard, cette comédie donne un roman calibré pour le grand écran, il sera pour Dizzy, conclut Faustine. Quant à l'adaptation, elle sera pour vous.

— J'ai un faible pour la pellicule… susurra le producteur en caressant son chihuahua gay.

— Je prédis un double échec, cingla Faustine. Quinze ans après, ça pue la naphtaline cinématographique et le bégaiement commercial.

— Vous faites erreur, pauvrette. Alexandre est curieusement modifié, je n'ose pas dire encore amélioré. Figurez-vous qu'il ne croit plus aux préludes sucrés, à la guimauve des débuts. Ce garçon adhère désormais à la magie de la quotidienneté comme il dit, aux *manies ménagères érotisées* et aux charmes cachés de la pantoufle. *Fanfan acte II* contredira l'*Acte I* !

— Et vous venez de racheter *Disamore* ! ironisa-t-elle.

— Avec admiration. Mais en vérité j'en ai marre de naviguer dans les amours plombées. Ras le cul des baux précaires. Ce que notre *muezzin de la fidélité* espère, c'est un tête-à-queue culturel. La réhabilitation des longues soirées casanières vues comme un jeu ! Et quand son encre deviendra de la lumière, avec Perez et Marceau sur l'écran, ça donnera un film bélier qui permettra de *refaire l'amour* ! De valdinguer les grands mythes !

— Rien que ça… Faut-il s'attendre à un livre phénomène et à un film mastodonte ? À l'antithèse de *Disamore* ? Ou ira-t-on directement vers le nanar rose d'anthologie ?

— Il s'agit, ma chère, de changer le regard que l'époque porte sur l'amour au jour le jour, si décoté, si maltraité. Ne riez pas : l'air de rien, on prépare un Bretton Woods de l'amour !

— Darius, vous croyez ce que vous dites ?

— Non, bien sûr. Mais j'en ai envie. J'en ai ras le bol des licenciements secs au petit matin. De nos jours, les amants sont livrés au démon *Passion des Débuts*, dont l'autre nom est *Déception*. On va réarmer le bras de la fidélité ! tonna Darius en exhibant son chapelet.

— Mais enfin, Darius… revenez à vous : retournez à Cannes sauter vos call-girls et vos starlettes pipeuses. Quant à votre apôtre de la fidélité, il débloque ! Ce n'est pas en jouant aux Castor-Junior du couple qu'on peut bricoler des solutions. Le mariage, c'est une noyade féroce. Et puis soyons sérieux : l'eau de rose, ça pue.

— *E vero !* convint le nain aux yeux papillotants.

— Les œuvres folichonnes et proprettes, ça ne tient pas ! s'énerva Faustine. Vous savez comme moi qu'une telle posture ne peut mener qu'au triomphe du voulu, de l'arbitraire, du toc. À l'anticonformisme de bazar ! Gonflette pour midinette !

— Aurait-il tort, ce *coglione*, que son roman et le film apporteront au moins le secours du rêve. Il faut bien que l'espérance entre dans nos vies par la porte des cinémas.

Changeant de ton, bizarrement songeur, Darius ajouta en reprenant en main sa petite caméra :

— Et puis merde, s'il avait raison ?

— En tout cas, tout ça nourrira le joli portrait d'Alexandre que je mijote. Merci cher petit ami qui pensera bien à me faire porter une copie de *Disamore* !

chuchota Faustine en s'éclipsant avec le sans-gêne des bouffonneries italiennes.

Soudain inquiet, Darius se rembrunit. Dans quel piège était-il tombé ?

Quelle folie avait-il eue de parler sans fard à Faustine d'Ar Men ?

Fallait-il que le malheur d'Angelica eût complètement désorienté ce père-la-tendresse…

Dizzy monta à la tribune sous l'œil fraternel d'Alexandre. Il rutilait de joie dans sa grande livrée matelassée de vert. Arborant son épée dédiée aux jeux, le lévrier argenté plastronnait d'une manière cocasse ; avec la dignité un peu lasse d'un vieux suzerain. On sentait l'ébéniste du glossaire ; bien que ce styliste constipé – toujours au supplice pour écrire une ligne – n'eût publié que trois courts romans, écrits dans un style aussi maigre que surveillé. En saluant les unes et les autres du haut de la tribune, Dizzy déployait de désuètes manières d'un autre siècle, arrondies, policées. Chevroter, adopter la fêlure des grands vieillards, l'amusait soudain ; comme s'il avait désiré, jeune encore, se composer l'autorité du grand âge et s'annexer la magie oratoire d'un Malraux envoûté d'opium.

De son belvédère de marbre, Dizzy jouissait d'une vue imprenable sur les plus appétissantes femmes du siècle (ou plutôt ce qu'il en restait). Émues dans les travées, estomaquées tout de même d'être aussi nombreuses, elles se sentaient étrangement unies d'avoir été palpées par les mêmes mains. La vaillance physique de Jean d'Ormesson, non soluble dans le grand âge, n'eût pas suffi pour expliquer leur inguérissable nostalgie ; il y avait surtout l'émoi de gaieté, le romanesque irrésistible, communiqué par ce spécialiste du batifolage impétueux. Leur masse houleuse débordait à l'extérieur du bâtiment. C'était partout des tétons fiers, des fessiers moulés, des gorges latines. Des nuques offertes, des rondeurs bataves, des cambrures péninsulaires. Décidément, l'Académie était bien une annexe du paradis, le poste avancé de la haute sensualité. Et non un cimetière de prostates.

— Bien chers collègues, commença Dizzy d'une voix haletante. Jean d'Ormesson avait les yeux bleus, de rares idées noires et l'habit vert lui était dû. En lui s'est pavané tout le XVIIIe siècle galant. S'est-il éteint ? Pas plus que Beaumarchais. La mort ne peut pas être le style d'un tel homme ; ni son épilogue. J'aurais aimé me laisser gagner par le sens du prolongement vital que le culte du souvenir infuse aux disparus ; mais cette fois, chers collègues, l'exercice est impossible. Le défunt a négligé de périr. Chacun aura deviné que le naufrage de notre Figaro en mer Égée n'était que la préface d'une ultime facétie. Jean, affamé de pirouettes, n'aura pas résisté à la tentation d'écouter son éloge de son vivant, caché derrière l'épaule d'une femme, au sein de cette Académie qui demeure son fief. Éloge auquel je me plie aujourd'hui parmi toutes celles qui eurent la générosité d'égayer sa masculinité nerveuse. Je sollicite donc de votre assemblée une immortalité très provisoire. Si Jean d'Ormesson devait reparaître à l'issue de cette allocution, électrisé par une dernière blondeur à choyer ou par l'aubaine d'une rousse, je m'engage à lui rendre sa place. Ce grand vivant ne fera jamais un mort assez crédible pour que je lui succède dans des formes normales. Tout juste suis-je ici en visite, tel un supplétif de bonne compagnie. Chers

Immortels inamovibles, vous m'avez attribué un fauteuil éjectable !

Faustine se retira alors en laissant Dizzy à ses envolées, à son flot d'images buissonnantes. Elle en savait assez pour aujourd'hui. Fendant la foule enjuponnée, la chroniqueuse songea – avec une grande excitation – qu'il lui faudrait sans délai empêcher un regain de passion entre Fanfan et Alexandre ; voire désagréger ce qui avait pu cristalliser déjà. Si ce niais, désormais friand de quotidienneté, réussissait à la rendre heureuse *tous les jours*, en inventant Dieu sait quelle liturgie conjugale, il était bien capable d'en tirer un roman à succès, un bréviaire pernicieux du jeu matrimonial, un brûlot ingénieux contre le déclin des passions ; capilotade à laquelle Faustine tenait expressément. Elle voyait d'ici la presse chahutée par ses idées, enfiévrée par ce livre paradoxal, faisant de la banalité un exotisme ; et les dames du Fémina, facétieuses par réflexe (ou vice ?), décernant avec entrain – pour la deuxième fois – leur prix à ce godelureau à présent quarantenaire. Quelle horreur !

Cet amour devait être tué dans l'œuf, avant qu'il ne renaisse.

Avant, surtout, que l'époque ne s'entiche de cet optimisme aussi frais que mal placé, de cette manière puante et ridicule de *regarder autrement l'amour au jour le jour*. Halte aux homélies cucul de ce griot du bonheur ! La passion devait demeurer à Paris un fiasco programmé, le mariage un ensevelissement obligatoire de nos rêves juvéniles. Faustine en faisait une affaire de principes. Pas question de laisser ses contemporains glisser vers une orgie béate et acnéique. Elle ne tolérait pas que le monde guérît de ses aigreurs séculaires. Et de la salutaire habitude de la déception.

L'émotion de Faustine était telle qu'elle bouscula un petit homme en masque, équipé à la vénitienne, un peu perdu dans un imbroglio de femmes endiamantées ; sans même se demander si cette silhouette ingambe et vive – et ce regard trop bleu qui transperçait le masque sombre – n'étaient pas ceux de… Mais oui, n'était-ce pas lui, le soi-disant disparu de la mer Égée ? Avec sa célèbre dégaine patricienne. Décidément, si cet académicien trop vert n'était pas sorti d'un roman, il était toujours prêt à y entrer. Jusqu'à son dernier souffle, il rendrait ses devoirs aux créatures peu farouches. Faustine se coula dans la foule sans même remarquer que l'hypothétique revenant, tout occupé à boire l'éloge vibratoire que Dizzy prononçait, eut un regard languissant sur sa croupe. Elle avait trop à ourdir.

En passant, Faustine s'accorda cependant le plaisir pervers de saluer Alexandre à voix basse ; alors que ce dernier écoutait, avec jubilation, les brillances oratoires de Dizzy qui, tel un cardinal de Bernis requinqué, aspergeait l'assistance de bons mots.

— Alexandre… chuchota-t-elle avec une apparente gentillesse et en faisant scintiller ses prunelles.

— Bonjour… murmura-t-il, soudain sensible à l'irruption de cette femme qui l'avait, jadis, égratigné par ses silences.

— Figurez-vous que j'ai changé de religion à votre sujet. Les derniers livres, surtout… Sans aller jusqu'au génie, vous flirtez désormais avec le talent… Oui, oui… Me feriez-vous l'honneur d'un bel entretien ? Je prépare un grand portrait de vous.

— Pour me dégommer ?

— Non, positif. Pour une fois… Vous savez combien mes enthousiasmes sont rares et commercialement efficaces. Je souhaiterais une confession sans fard, pleine de vos ébullitions, de vos effervescences clairvoyantes…

— Mais… bien sûr ! répondit l'imbécile soudain mordu de vanité.

— Où peut-on vous joindre ?

— Juste à côté de chez vous, m'a-t-on dit. Dans le petit chalet suisse.

— Pardon ?

— 5, allée des Brouillards. Vous êtes au numéro 3, c'est moi qui ai loué l'appartement du second, le meublé.

— Oh ! Comme ça, par hasard…

— Non, confessa Alexandre.

— Juste en face de chez Fanfan, avec vue sur son salon ? C'est cela ?

— Vous la connaissez donc ?

— N'ai-je pas l'air de son ange gardien ? En plus d'être sa voisine.

— Dites-lui alors qu'elle fasse très exactement *comme si j'étais à Londres*. Je compte sur vous.

Et il répéta :

— *Comme si j'étais à Londres*, absent pour elle. Uniquement pour elle.

— Comptez sur moi… souffla Faustine en lui adressant le plus polisson des sourires.

Elle lui fit une révérence qui donnait une vue avantageuse sur les reliefs de sa poitrine, comme pour l'engager à se faufiler dans ses bonnes grâces.

La flamboyante bonne humeur d'Alexandre insultait Faustine. Elle frissonna de rage sourde ; suffisamment pour désirer cet homme. Qu'Alexandre eût soudain pris la décision d'emménager à Paris dans ce meublé onéreux, juste en face du Château des Brouillards, la pressait d'agir pour saccager leur relation *sans flancher*; avant que les choses ne soient trop engagées.

Lorsque Faustine « préparait un grand portrait » pour son émission, c'était généralement de très mauvais augure. Elle employait alors les moyens de sa société de production afin de lister l'intégralité des points faibles de sa future victime. L'enquête tatillonne, fiscale, sexuelle, professionnelle, croisée et recroisée, serait bien entendu à charge et parfaitement déloyale. Faustine s'apprêtait donc à fouiner dans le moisi de la biographie d'Alexandre, jusque dans les cagibis de sa morale. Pas un de ses ennemis crapuleux ne serait négligé, aucun dossier suintant la faute la plus ténue – ou mieux, le vice masqué ! – ne serait négligé. Tous les moyens de pression éventuels seraient analysés; histoire d'avoir barre sur sa conduite. Cette grande voix de la télévision publique, ordonnatrice du Goût et de la Vertu dans Paris, prenait plaisir à couvrir du manteau de l'éthique journalistique ses plus viles turpitudes. Rangée du côté des justiciards sévères, Faustine d'Ar Men incarnait même – malgré son verbe dru et vexatoire – une forme d'intégrité morale, d'exigence culturelle respectable. Son moi visible et son moi profond se trouvaient systématiquement en décalage. Le trait, pourtant aiguisé, du caricaturiste du *Monde*, l'avait représentée en Jeanne d'Arc de la culture contemporaine. En pucelle, elle, cette luronne qui se dégourdissait dans tous les draps ! Seul son sicaire personnel, l'obséquieux Balthazar de

Cayenne, appointé par sa société, connaissait la visée exacte de ses enquêtes.

Balthazar était pire que Faustine : un artiste des basses œuvres.

Sa tronche sépulcrale exprimait tout ce que le pétulant minois de sa maîtresse dissimulait. L'œil glacé de silence, intime des vrais salauds, cet homme cireux, d'aspect un peu mérovingien, tout en sudations froides et en biais d'épaules, n'avait jamais répugné à l'intrigue fatale. Partout où Balthazar respirait, il conspirait. Ses extérieurs transpiraient le péché médité ; ceux de Faustine l'innocence manifeste. Elle parlait en tumulte, lui par incises. Les gouffres puants la tentaient, lui y séjournait à l'année. Elle avait parfois le pêle-mêle de l'inattendu, lui tout de la préméditation. Avec son regard d'huître – qui filtrait sous des paupières sanguines –, on le devinait d'une dégueulasserie rustique, alors que la journaliste de télévision était, malgré tout, nimbée de bonne éducation. À force de respirer les grands auteurs (Sade, Crébillon, Laclos…), Faustine avait pris une haleine intelligente. Lui ne craignait jamais d'être bête et inculte. Dépotoir de ses volontés les plus acides, Balthazar fermentait à chaque instant de cabales en cours. Rôdant toujours parmi les secrets publics ombreux, les flics bistre, le off de l'actualité commérante et les livres scélérats, ce reptile chauve démentait à lui tout seul la confiance que l'on peut placer en l'homme.

Cependant, Balthazar de Cayenne n'était pas un bloc.

Il contenait le pire mais aussi l'atroce et parfois l'insoutenable.

Sur le parvis brumeux, devant l'Académie calottée de neige, les rayons obliques du soleil froidissaient

encore. Faustine siffla dans la touffeur glaciale ; à la
manière dont on convoque un chien affûté pour la
chasse. Ses caprices exigeaient de la célérité. Balthazar surgit aussitôt de derrière une colonne de pierre,
boitillant. Il se signala par une voix rance de mainate.
Une courte tête pâle juchée sur un corps osseux, pas
de front, des yeux étroits comme des poings serrés, un
air fâché de vivre, une bouche coupante et des plaques
livides sur le faciès. Ses longs cils semblaient servir
d'antennes à ses pensées noires. En se déplaçant, il
étirait une musculature maigre de fakir. Sa mâchoire
effilée était encombrée d'un désordre de crocs qui her-
sait ses lèvres. Pour faire bombance à Noël, il devait
s'enfiler de la terrine de rat. Raide, cet ami des enfants
– il en possédait cinq, cadavériques – promenait moins
un visage qu'une trogne agitée de secousses. Balthazar
avait en effet dans la joue gauche un effrayant tic nerveux ; mais cela le gênait peu pour sourire car il se
montrait économe d'aménités.

Très coquet dans sa grande mise, du même crayon
que celle de sa maîtresse, Balthazar se faufila dans le
brouillard plus qu'il ne marcha derrière elle, à quelques
mètres de distance. Il s'appliquait à mettre ses pas
dans les traces qu'elle laissait sur la neige fraîche qui
couvrait le quai de Conti ; une poudreuse dense qui
retenait la lumière. Étrangement, sa physionomie rude
était en désaccord complet avec ses façons perfection-
nées. Elle démentait le raffinement de son curieux
jabot amidonné, à mille plis, d'un démodé voulu. La
gouape semblait en effet posséder un chic désuet, en
usage dans les salons évanouis d'une certaine Europe.
Sa famille, très élaguée sous la Révolution, était de
celles qui numérotent leurs squelettes depuis les Croi-

sades et laissent leurs débris calcaires partout où l'Histoire s'enflamme. Comme les prolétaires qui ont de la branche, du côté des mines du Pas-de-Calais, Balthazar de Cayenne avait la fierté de ses origines ; ainsi que l'orgueil de ses manières qui portaient l'estampille d'un grand lignage aventureux. Cette canaille haïssait la jalousie égalitaire française. Il tenait même l'amour de l'humanité pour une pathologie.

— Je te donne trois jours pour connaître le contenu exact du roman d'Alexandre ! lança Faustine sans se retourner.

— Est-il achevé ? demanda le reptile chauve en grattant son occiput qu'il avait gras et laid.

— Non pas encore, mais nous saurons bien achever son auteur ! s'exclama-t-elle gaiement.

Les deux hyènes s'éloignaient de l'Académie ; mais sur la neige immaculée, les traces de pas – uniques, dont on entendait le bruit craqué et sourd – donnaient la sensation qu'un seul être avançait. Un monstre bipède à double gueule. D'obscures pulsions les unifiaient.

II

Toujours ? Non, tous les jours

1

De la fenêtre du meublé qu'il avait loué, Alexandre aperçut au bout de l'allée des Brouillards une tache diluée par la neige qui tombait encore. En s'approchant, elle acheva de se silhouetter dans une sorte de nonchalance sensuelle. Son pas féminin la déhanchait d'une manière qui ressuscita en lui des plans de cinéma ancien, ceux où s'ébrouait l'indépassable Monica Vitti en noir et blanc.

C'était Fanfan, dans la même grâce que dans son souvenir. Au-dessus d'elle, une mince lune commençait à voyager. Son héroïne retournait au Château des Brouillards, emmitouflée de fourrures claires. Fanfan portait l'un de ses derniers modèles pour noces hivernales. À ses regards coulés dans sa direction, Alexandre sentit bien qu'elle n'ignorait plus sa présence.

Le jour rétrécissait. Des dimanchards traînaient aux abords de l'allée, en famille ; tandis que Montmartre s'enfonçait dans une submersion lente, sous la poudreuse. Un peu plus loin, un bûcheron municipal démontait en stères un arbre écroulé sous le poids de la neige fraîche.

Le regard de l'écrivain quitta la réalité de l'hiver et se porta sur l'écran vierge de son ordinateur, son vrai pays. Alexandre tapa sur le clavier, pour rendre compte : *Vêtue d'une robe de mariée de ville, taillée pour les pôles, Fanfan rentra chez elle. D'une gaieté civile et solaire, comme secouée par le voltage d'Alexandre, cette fille semblait tenir pour suspecte toute mine sombre. Fanfan ne voyait dans la gravité aucun titre de sérieux, seulement du désamour pour les choses de la vie. Avertie par Faustine, elle n'ignorait plus qu'Alexandre l'étudiait avec minutie depuis son refuge, de l'autre côté du chemin.*

Tout à son écriture, Alexandre vivait sur lui-même. Un instant, il songea à la foule des héros de papier qui passèrent en coup de vent dans l'Histoire littéraire ou qui y laissèrent leur silhouette. Aucun n'avait prétendu que l'exercice du quotidien valait des barriques d'alcools forts. Aucun ne claironnait que la passion des habitudes recelait des trésors d'épanouissement. Le sien, ce curieux mari professionnel, serait le premier à se saouler de conjugalité, à ce champagne-là. Alexandre prétendait-il à la littérature ? Pour la première fois, oui ; mais pas pour se hausser du col. Plutôt pour élever son sujet – ou disons sa cause – au rang où il souhaitait le hisser. Afin que ses convictions rayonnent enfin. Alexandre se considérait comme une manière de chef opérateur de son livre ; tant la lumière était son matériau premier. Il se regardait d'ailleurs moins comme une conviction bavarde que comme de la lumière qui crie ; contre les ténèbres de l'usure.

Tel l'entomologiste scrutant une bestiole dans son habitat, Alexandre cessa de pianoter sur son clavier et chercha Fanfan à l'aide de ses jumelles de théâtre. Au rez-de-chaussée, dans sa boutique blanche, il aperçut un essaim de futures mariées qui essayaient des robes de taffetas en voie d'achèvement. D'autres, environnées de cygnes, se risquaient à passer des alliances, à en tester l'étreinte circulaire ; elles étaient survolées par des trapézistes habillées de tulle. D'autres encore s'ébrouaient dans les robes de bal kitsch que Fanfan venait de lancer ; tenues blanches et tournoyantes qui faisaient un malheur dans les bals privés parisiens, où l'on venait oublier l'hypercrise. La clientèle n'avait pas été longue à revenir. Au premier étage, Fanfan finit par réapparaître derrière l'une des grandes verrières éclairées du Château des Brouillards, évoluant dans sa sphère de beauté. Irrésistible, suave à souhait dans un bustier satiné, cette Cendrillon brillante semblait s'être réservé toute la féminité de l'époque.

Derrière sa paire de jumelles, Alexandre était joyeux : de retrouver Fanfan et de se retrouver tel qu'en ses vingt-cinq ans. Un cœur jeune lui battait dans la poitrine. Elle respirait à une quinzaine de mètres de lui.

Fanfan embrassa ses fillettes brunes un peu marrantes, toutes deux vêtues de chemises de nuit aux airs de robes de fête. Milou et Clara s'amusaient à marcher – et à cabrioler – sur un fil tendu, en écoutant les conseils de leur mère qui, n'ayant pas perdu le pied funambule, leur montrait l'exemple. Puis Fanfan salua Maud, sa rugueuse grand-mère, en allumant des bougies. Attentif derrière ses binoculaires, Alexandre nota que la vieille dame avait pris un sacré coup de Parkinson : visage craquelé, arabesque du dos ployé comme un sarment, fragilité des gestes, jambe et main grelottantes. Mais son rude entrain était intact. Par la haute fenêtre de la cuisine, il surprit ensuite Fanfan, souple et radieuse. Elle réchauffait un plat qui paraissait exquis ; une préparation safranée qu'elle saupoudra d'épices. Cette épicurienne savait être à elle et vivre dans une jouissance de tout. Le dernier but de son existence, c'était bien la volupté.

L'appartement montmartrois qu'Alexandre occupait désormais – où il était petitement logé – présentait l'avantage de le placer au cœur de l'action de son roman ; un texte *pas encore autobiographique* qu'il venait d'intituler *Quinze ans après...* après avoir hésité entre deux autres titres : *Ils vont voir* (un tantinet insolent) ou *Le Huitième Art* (celui d'aimer tous les jours avec brio).

Son téléphone sonna : c'était encore Georgia. Son nom venait de s'afficher sur l'écran de son téléphone, accompagné de sa photographie. Il ne répondit pas. Dans son dernier message, sa neurologue rousse avait usé de prétextes médicaux pour qu'il reprît contact avec elle ; ce qu'Alexandre avait trouvé balourd. Voire tarte. Il entendait tourner la page.

Fanfan s'était insinuée furtivement chez elle. Troublée d'avoir repéré Alexandre derrière sa fenêtre, elle ne savait plus que penser. Il lui avait semblé bien installé en face de son ordinateur, hirsute et l'œil fou : des pupilles de singe. Depuis leurs retrouvailles bizarres et un peu sèches, à Londres, elle avait des intermittences de sérénité, des oscillations du cœur entre la paix et l'inquiétude. Une phrase ronflante – et très irritante – d'Alexandre lui était restée dans les tympans : *la passion ne souffre pas de la vie de couple mais de l'opinion que l'on en a.* Fanfan se sentait aussi calme qu'agitée. Qui n'a pas connu ce balancier quand ressurgit un amour mal éteint ? Et lorsqu'on vous jette à la figure des épithètes qui vous obsèdent (*ossifiée, calcifiée ;*

comme sa mère, l'âpre Madame Blatte ?). Fanfan avait toujours pressenti que leur collision aurait une suite ; mais il lui déplaisait vivement que Darius l'eût manigancée dans son dos et que sa tendre amie Angelica – qui téléphonait à son père trois fois par jour – ne lui eût rien dit. Surtout en de pareilles circonstances. Elle savait à présent que son personnage et celui d'Alexandre s'épousaient dans l'histoire qu'il était en train de concocter ; alors qu'elle se rebiffait contre l'idée même de s'engager à nouveau. Surtout avec cet énergumène qui qualifiait le mariage de *récréation* ou de *vacances de la vie* !

C'est Faustine, naturellement, qui l'avait informée de l'emménagement précipité d'Alexandre, sur l'autre rive de l'allée des Brouillards. Curieusement, elle avait transmis son message avec fidélité : « Que Fanfan fasse très exactement *comme si j'étais à Londres*. Je ne suis pas là pour elle. » Que cachait cette amabilité soudaine, si peu dans la spontanéité de Faustine d'Ar Men ? Dans quel plan maléfique cette gentillesse de surface venait-elle s'inscrire ?

La vieille Maud, en visite chez sa petite-fille pour le week-end, s'indigna du procédé d'Alexandre. On le devinait dans le chalet d'en face, au deuxième étage, baigné par un clair-obscur, en train de travailler à nouveau sur son ordinateur. À quatre-vingt-sept ans, le verbe haut et dru, la vieille dame tremblotante ne se perdait toujours pas en jérémiades arrondies :

— Donc il est là, ce petit monsieur, tapi derrière sa vitre, à rêver qu'il vit maritalement avec toi, à s'inspirer de tes faits et gestes, à te scruter comme un vulgaire insecte pour te flanquer dans son bouquin, et toi tu devrais faire *comme s'il était à Londres* !

— Ne t'énerve pas, Mamie.

— Si je m'énerve ! Quinze ans plus tard, j'ai l'impression qu'Alexandre te refait le coup du miroir sans tain. Il te guette, t'espionne sans vergogne. En ce moment même, alors que je te parle. C'est du viol ! Pire, de la récidive !

— En plus il m'épouse… soupira Fanfan dans sa robe blanche.

— Il t'épouse à présent ? sursauta Maud.

— Dans son livre.

— Sans ton consentement !

— Alexandre n'a jamais eu besoin de mon consentement.

— Il est devenu… comment ? demanda la vieille.

— Moralement ? Agaçant. Péremptoire, zéro doute, fou de mariage maintenant !

— Et physiquement ?

— Mieux.

— Ah… fit Maud pensive. N'empêche : sans ton consentement ! Tu ne vas tout de même pas t'offrir à son regard éternellement ! Ni vivre les rideaux tirés ! s'écria la vieille en faisant coulisser des voiles crème.

— Qu'est-ce que je peux faire, Mamie ?

— D'abord, cesse de t'en toquer. Et ensuite, va lui parler !

— D'abord je ne m'en toque pas !

— C'est exact : tu luttes contre toi-même avec bravoure. Et je t'en félicite parce que Alexandre ce n'est pas un être humain, c'est une expérience qui t'envoûte. Aucun trompe-l'œil n'est plus dangereux que ce type, avec ses idées de bonimenteur !

— Qu'est-ce que c'est que ce bruit ? demanda Fanfan.

— Lui ! Encore lui ! lâcha Maud en plissant ses yeux vifs qui, à travers les rideaux tirés, fixaient le studio d'en face.

Comme à son habitude, Alexandre faisait la nouba chez lui en solo – sur une rengaine euphorisante du groupe Abba – en portant le volume de la musique suédoise très au-delà du raisonnable. Il avait allumé la lumière, une poudre halogène trop blanche, intempestive. Maud et Fanfan le virent alors se trémousser avec des furies mobiles désordonnées. Il dansait comme si c'était la dernière fois. Soudain fou de rythme, il se disloqua totalement ; en éparpillant ses tracas. L'alcool des années soixante-dix infusait dans ses veines. Le tam-tam sourd de la gaieté réveillait sa souplesse. Il ne fut plus alors qu'un tohu-bohu de déhanchements, un tumulte de claquements de paumes ; comme s'il s'était enfilé tout le vignoble du Bordelais. Sa silhouette devenait élan vital et refus de la fatalité.

— Qu'est-ce qu'il a ? demanda Fanfan.

— Je crois que ce pourceau est amoureux, répondit Maud consternée. De ma petite-fille…

Derrière Fanfan, ses deux filles, saisies par le rythme trépidant, dansaient à leur tour de tous leurs membres flexibles. Clara et Milou captaient le bonheur rapide d'en face, la joie expansive du nouveau voisin. Irritée par cette contagion, Maud les dompta d'un fort coup de gueule. Elles se figèrent.

Au même instant, on sonna.

Maud ouvrit. Un coursier enneigé déclara qu'il voulait une signature pour *la livraison* ; en indiquant un paquet volumineux. Fanfan parapha. Le jeune homme décampa. Une petite carte sibylline indiquait « de la part du vrai Père Noël, parce que le bonheur sans chien pour les enfants, ça n'a pas l'odeur du vrai bonheur ». Les fillettes déchirèrent aussitôt le papier-cadeau et découvrirent… un gigantesque chiot – de la taille d'un jeune bison –, une peluche vivante qu'elles applaudirent avec ce qu'il fallait de piaillements. Un vrai grain de sable dans l'existence huilée de Fanfan ! Elle se décomposa trait à trait. Jamais elle n'avait envisagé de se procurer un animal aussi encombrant.

— Qui t'a envoyé ça ? demanda Maud la bouche mauvaise.

Fanfan et sa grand-mère tournèrent alors la tête en direction du tintamarre. Tout à sa musique véhémente, Alexandre se dépensait avec la furie d'un chat de gouttière. Il se déchirait de pure joie. Même l'air autour de lui se fissurait. Son énergie chambardait jusqu'à son squelette ; comme si son corps avait, lui aussi, voulu dire non à l'inertie, aux émotions tronquées, au scandale des molles résignations. Plus un atome de lui n'était fixe. Peut-être est-ce cela la gaieté ? Une forme de colère brouillonne.

En le fixant, prise d'une langueur inattendue, Fanfan ne s'aperçut pas que son sentiment ancien retrouvait de la verdeur. Son esprit était agacé, voire indisposé, mais son cœur le contredisait. Il se rebellait même. En elle se ranimait l'envie de s'accoler avec la robuste folie d'Alexandre. Les sentiments ne débrayent pas si facilement que nous le voudrions parfois.

2

Au petit matin, il neigeait à nouveau. Par-dessus la capitale, l'aurore dispersait ses éclats. À Montmartre, le ciel est souvent coloriste et n'en finit pas de brosser les lointains. Au sud, Paris développait alors un paysage de toits, en faisant de la couleur avec des gris. Rien à voir avec l'horizon nord, si disgracié, toujours rayé de grues. Ce beau dédale de zinc était fiché de rares monuments verticaux. Une moiteur d'orage, de stagnation, flottait dans l'hiver. La Butte n'est pas de ces coins agités de luxe ou de commerce ; la vie ne s'y monnaye pas. On se contente d'y respirer au-dessus des pollutions aigres. Là, Alexandre se sentait bien.

Au téléphone, il palabrait avec ses jumeaux qu'il emmènerait l'après-midi au Jardin d'Acclimatation ; le paradis – ou plutôt l'enfer onéreux – des pères divorcés qui écopent d'après-midi désœuvrées. Pascal et Jean étaient ravis qu'il les eût suivis à Paris.

Sa sonnette retentit. Il embrassa ses enfants, raccrocha, ouvrit sa porte et feignit l'étonnement.

Fanfan était là, en robe de mariée de saison. Le visage coloré par le froid. Toute de Cabarus vêtue, brillante, elle était bien prise dans sa taille fine qui flattait ses hanches. Élégante par l'attitude, le dégagé du menton, le front intelligent, elle fixa alors Alexandre avec une surprise où entrait de la frayeur ; car elle le trouva beau. À l'arrêt, il était un paquet de vitesse immobile.

Puis, estomaquée par la vision qui s'offrait à elle, Fanfan détailla le grand mur blanc qui lui faisait face ; une cloison parsemée de chaussons, de mules et de charentaises en tenue de fête. Sous chaque paire accrochée à un clou, Alexandre avait inscrit le nom d'un jour de la semaine : lundi, mardi, mercredi… Quel carnet de route !

Fanfan s'avança dans l'appartement clair d'un pas léger, tourbillonnant ; en ôtant sa toque duveteuse chargée de flocons. À presque quarante ans, elle n'était pas de ces filles émollientes qui rêvent de vous constituer un intérieur feutré, non, plutôt de celles qui provoquent des précipités de désir. Et une érection franche des sentiments. La voir, c'était la vouloir ; la vouloir, c'était déjà l'aimer. Soudain, Alexandre n'entendait plus le silence étouffé de neige mais la valse de leur jeunesse. La bande-son de leurs baisers volés. La présence de Fanfan était pour lui plus qu'une tentation, c'était un voyage de quinze ans en arrière. Avec des yeux noirs et la cascade de lourds cheveux dont ils s'accommodent sur les rives de la Méditerranée. Sans parler de son teint mat, du plus beau fini.

— Qu'est-ce que c'est que ça ? lança-t-elle rieuse, en désignant le mur de chaussons et de mules.

— Le programme de mon livre, répondit Alexandre.

— Tu plaisantes, là ? fit-elle en dégainant l'arme blanche de son sourire.

— Puisque nous ne pouvons pas éviter les habitudes, autant les utiliser ! Détournons-les pour en faire des surprises. Exploitons leur voltage, tirons-en de l'inattendu et pourquoi pas… du rêve.

Ces propos, tissés d'enthousiasme, laissèrent Fanfan dans un certain étonnement.

— Je t'ai quitté dingue, je te retrouve… barjo, lâcha-t-elle.

— Je n'ai donc pas vieilli ? Tandis que toi… ridée d'expérience, ratatinée de méfiance. Comment vas-tu, vieille bique ?

— Très bien, petit con. Mais j'irais mieux si tu allais écrire un peu plus loin, à Londres ! repartit-elle.

En disant ces mots, Fanfan constata avec effroi combien, de ce poste d'observation, on apercevait tout chez elle ; jusqu'aux détails de sa salle de bains. Ses yeux s'écarquillèrent. La vue plongeante qui donnait sur son magasin blanc était également imprenable.

Avec calcul, Alexandre rétorqua :

— Rassure-toi, je n'attends *rien* de toi, absolument *rien* d'une inquiète qui stagne dans ses aigreurs. Pourquoi irais-je m'embarrasser d'une fille remplie de doutes et revenue de tout ? Une amitié sage et tiède entre nous me suffirait amplement.

— Une amitié ? releva-t-elle en riant un peu.

— Oui.

— Je n'ai pas rêvé : c'est bien toi qui viens t'incruster pile en face de chez moi, avec vue directe sur mon appartement !

— Cela m'aide d'écrire à cette table, de te scruter par cette fenêtre en te prêtant la fraîcheur que tu ne veux plus avoir. Et les élans qui te font désormais défaut. Où est le crime ? Fais comme si je n'étais pas là ! Si tu ne veux pas de mon amitié…

— Le chien énorme qui pisse sur mes coussins, c'est bien toi ? lança-t-elle ulcérée.

— Cette maison remplie de gamines avait besoin d'un quadrupède. Mes fils en ont un.

— Tu as des fils, toi ?

— Des jumeaux, même âge que ta grande.

— Reprends immédiatement ce clébard qui a une tronche de bison.

— Trop tard. Tes filles ne te le pardonneraient pas… Ou alors je prends ce chiot en pension, et après l'école elles viendront goûter ici pour lui rendre visite.

— Tu es quand même incroyable… Quinze ans d'embargo, d'absence, d'exil même, et soudain tu t'installes juste en face. Avec des idées cinglées…

Le regard de Fanfan se posa à nouveau sur les pantoufles bariolées.

— Non, des idées mûries, rectifia Alexandre. Affûtées, méditées même. C'est ce que nous croyons déjà savoir de l'amour qui nous empêche d'aimer, non ?

— Peut-être.

— Au fond, je déteste les vieux amants qui s'occupent de la conservation de leurs désirs : une passion vivante ne rêve pas de ses débuts. Elle ne s'étire pas en prolongations. Elle veut naître. Elle raffole d'invention. Et de grains de sable judicieusement choisis…

— Comme ce chien ?

— Il t'a fait venir ici, sans que j'aie à décrocher mon téléphone.

— En attendant je voudrais que tu récupères ce… ton cabot stratège.

Gourmand, il poursuivit :

— Tout ce qui peut empêcher la vie de tourner rond profite à la passion. À condition de saboter finement la mécanique du couple avec des petits tracas qui induisent du frémissement !

— Ne serait-il pas plus simple de renoncer au Prince Charmant ? soupira Fanfan en regardant un couple qui flirtait dans l'allée des Brouillards. Une bonne fois pour toutes.

— Renoncer ? s'étrangla Alexandre.

— Oui.

— Au prétexte que nos idéaux parfumés nous préparent d'amères déceptions, je suppose… ironisa-t-il. Et qu'il vaudrait mieux apprendre tout de suite à *se contenter de peu*. Se contenter…

— Parfaitement.

— Et si on se contentait de *beaucoup* ? lança Alexandre en jetant également un coup d'œil au couple dans l'allée.

— Et si on devenait adultes ? En renonçant aux utopies gnangnan qui me pètent les couilles ! lâcha-t-elle, ne voyant soudain dans l'exaltation d'Alexandre qu'une jeunesse mal guérie. Réveille-toi : c'est le culte de l'amour-passion qui produit la déroute des couples !

— Comme si les utopies n'étaient pas vitales ! explosa-t-il. À moquer les Princes Charmants, et à ricaner des bons sentiments, tu verras, l'époque devra bientôt se contenter d'amours de teckels. Eh bien moi, ça me débecte. Pardonne-moi, Fanfan, mais je tiens pour des cloportes tous ceux qui prennent leur mesquinerie personnelle pour critère.

— Et moi je déteste être insultée ! répliqua-t-elle en avançant brusquement vers la porte.

Plus rapide qu'elle, Alexandre tourna la clef et riposta :

— Arrête de fuir, Fanfan ! Le grand amour, j'ai bien peur que ça existe pour de bon. Le bruit court que le bonheur serait possible…

— Alexandre, on a passé l'âge… murmura Fanfan. Sois gentil. Tout le monde sait qu'après la poésie des préludes, la vie de couple c'est de la prose. Toi aussi tu finiras par renoncer !

— Non, Fanfan. La seule chose qui ne s'évanouisse pas, ce sont les rêves.

— Ta méthode Coué, garde-la pour tes lectrices. L'amour est forcément torché de mauvais sentiments, de revendications, d'aigreurs oui, de moments de découragement, de… Reviens sur terre !

— Pour ramper ? Le mariage doit rester un sport qui se pratique la tête haute.

— Un *sport* maintenant ?

— De combat, oui.

— Moi, j'en ai assez de lutter… soupira-t-elle.

— Si le mariage n'est pas l'occasion de se mutiner ensemble contre la pesanteur, pour duper l'ennui, je préfère encore la branlette ou la bure. Moi je ne veux pas me contenter de rêvasser dans ta boutique. Je veux des promesses tenues, pas des espérances trompeuses.

— Eh bien… je te souhaite bonne chance, Alexandre. Mais ce sera sans moi ! Les Bisounours, ça n'est pas ma tasse de thé.

— Les Bisounours ?

— Un programme pour gamins où ils sont toujours contents…

Sur ces mots, Fanfan ouvrit la fenêtre – située au deuxième étage – et sortit brusquement. Plutôt le vide béant que d'affronter une minute de plus cet homme qui la rappelait à ses rêves en panne.

Le pas souple, avec l'audace sportive de ses vingt ans, Fanfan s'élança sur le câble chargé de décorations de Noël qui reliait encore les deux édifices. Une guirlande d'ampoules courait, à une dizaine de mètres, au-dessus de l'allée des Brouillards. De sa jeunesse d'acrobate, Fanfan avait conservé des aptitudes de funambule, et des élasticités de danseuse tsigane.

De l'autre côté, ses deux fillettes l'aperçurent. Rieuses, Milou et Clara ouvrirent incontinent la fenêtre pour encourager leur mère. Le chiot jappait. Maud bougonnait.

Sur son fil d'acier, en équilibre dans le bout de ciel où il continuait de neiger à flots, Fanfan souleva les festons de sa robe de mariée. Des tournoiements venteux formaient autour d'elle, en giclant sur sa silhouette, une manière de voile de givre. Sa stabilité demeurait précaire. Elle songea en avançant dans l'air semé de flocons : cet homme m'horripile, cet homme incandescent me plaît. Elle se répétait : ce qu'il prétend est risible ; mais ce qu'il désire me tente. Saisie de vertige, Fanfan en pinçait plus qu'elle ne l'aurait souhaité pour ce rêveur hyperactif qu'elle fuyait ; comme on se dérobe à une part minée de soi. Aussi s'obligea-t-elle à ne pas se retourner ; il ne fallait à aucun prix lui offrir le pacte d'un sourire. Alexandre n'était pas encore sa vie mais il en était à nouveau l'âme.

Elle sauta enfin jusqu'à sa fenêtre et saisit la main fripée de sa grand-mère qui, tout à coup, remarqua :

— Tiens ! Ton allergie a disparu, sur ton annulaire… D'un coup !

En une traversée, l'anneau d'eczéma s'était dissous.

Stupéfaite, Fanfan opéra illico un demi-tour sur le fil et fonça vers Alexandre. Un retour de désir la dévorait soudain, auquel s'ajoutait l'envie brutale de croire aux mots de ce garçon. Séduite et bizarrement délivrée de sa peur, elle trouva tout à coup qu'il avait le cœur magnifique. Il la rendait à sa témérité d'antan. Puisque la glu des choses l'avait épargné, pourquoi ne pas lui emboîter le pas ? Et puis, la célérité était leur manière commune.

Mais Maud la rappela ; avec une rudesse qui n'était qu'à elle. Tancée, Fanfan s'immobilisa un bref instant dans le vide, se raidit, s'avisa de la naïveté d'Alexandre et disciplina son émoi : *ce n'est que du désir, rien en somme, une petite surprise des sens.* Le mot amour était pour elle trop grave désormais ; elle lui préféra celui, moins risqué, de trouble. Elle devait se raisonner ; ce qui contrariait son naturel de jouisseuse. En équilibre sur le câble, Fanfan parvint à se dominer et à revenir sur ses pas. Fière de ce refroidissement, elle s'en prévalut intimement dans la sensation de sa volonté retrempée. Pour voir dans l'autre la somme de toutes les joies, il faut vraiment le talent de la folie, songea-t-elle.

De son côté, caché au bord d'un rideau, Alexandre la détaillait. Il était électrisé par sa grâce de funambule. Peut-on résister à une femme qui enfile tous les jours une robe de mariée différente ? À une fille que l'on a attendue chaque année dans un *drive-in* romain ? Ses fesses lui parurent si jolies qu'il leur aurait bien embrassé les joues. Et quelle nuque précieuse ! Le port de tête de Fanfan provoquait chez lui un choc ;

secousse qui le soulevait au-dessus de lui-même et le jetait dans le rêve. L'œil en fête, Alexandre vivait au seul spectacle de Fanfan glissant sur un fil de Noël. Au moment même où il en prit conscience, il frissonna de frayeur. Sa vulnérabilité était entière désormais. Il se sentait tout frais encore de leur passion d'hier, reparti pour la franche aliénation, à nouveau gonflé de jeunesse. De ce qu'il faut d'amour. Et paniqué autant qu'un cœur peut l'être.

Toujours dans les airs, Fanfan se dit alors que, si elle s'y prenait bien, Alexandre lui donnerait de l'agrément, et non cette ivresse fatale dont elle se défiait. En tenant ce Bisounours – déjà père de deux enfants ! – à une juste distance, il lui rendrait la vie, non pas constamment délicieuse, mais facile à supporter et, par moments, agréable ; comme un ami qui l'escorterait dans l'existence.

Prendre congé de l'amour ? Il lui fallait y croire.

Réintégrant ses appartements, Fanfan acheva de se persuader qu'elle ne souhaitait entretenir pour son nouveau voisin qu'une affection tiédie qui ne l'asservirait en rien. Même si l'éveil ardent de ses désirs et le travail sourd de sa chair la tenaillaient à nouveau. Fanfan était peu encline à l'abstinence et aux vertus abnégatives. Comment la cristallisation de son intérêt pour Alexandre avait-elle recommencé ? Elle se ressouvint de l'instant où il lui avait proposé une relation sans ambiguïté. Exiger de l'amitié entre eux, c'était convoquer la passion.

Ses idéaux battus en brèche lui faisaient encore mal.

Cette convalescente inquiète connaîtrait sans doute d'autres coups de chaud – dans son jeune temps, la polissonne n'avait pas lésiné sur les safaris érotiques – mais elle ne voulait plus entendre parler de ces orages d'émotions. Entrer en convulsions pour un homme ? Plus jamais. Deux séparations rosses l'avaient déjà marquée au front. Ces bastons fatales lui avaient assez donné un avant-goût de l'enfer. Fanfan était à présent convaincue qu'épouser était synonyme de nuire et que les maris, tôt ou tard, devenaient les écueils des femmes ; même si, avec celui-là, elle échapperait à coup sûr à la salle à manger Henri II avec suspension en laiton. Alexandre – dans les débuts, tout au moins – l'arracherait à la banalité et la laisserait au matin repue de plaisirs. Mais le derme à derme répétitif et les factures de gaz partagées, on sait comment ça se solde. Habitée par la trouille, Fanfan redoutait de rejoindre – une fois de plus ! – la liste des grands blessés du mariage et surtout de la désunion formelle ; parce que les liens douloureux du divorce sont sans doute les plus durables.

Cette jolie femme n'était plus que reculade devant un hypothétique consentement. Mais sa réticence même indiquait que son esprit s'envolait encore, malgré elle, vers l'amour. Fanfan n'avait toujours pas fait le deuil des pièges qui l'accompagnent. Pour le moment, Maud avait raison : plus question d'accorder des bontés débraillées à des galants d'occasion. Sa petite-fille souhaitait se mettre en friche, en assolant son cœur par des alternances d'amitiés et de moments charmants avec ses filles. Que du simple et du tranquille !

Toute à ses résolutions, Fanfan ignorait de quels rebonds était capable Alexandre. Ce têtu, d'une autre pâte que le jeune homme qu'elle avait essayé autrefois, pensait qu'on ne se consacre pas à l'amour quand il déboule; on s'y sacrifie. Sans discussion. Surtout quand un compte à rebours est lancé.

L'énergie galante d'Alexandre était en plein retour de sève.

Il était mieux qu'amoureux, il ambitionnait de l'être.

3

À sa fenêtre, courbée dans un affût vigilant, Faustine lança à son mari sans même lui consentir un regard :

— Chéri, me ferais-tu la grâce de déguerpir sans discuter ?

Demi-nue, le sourire tranchant fixé aux lèvres, elle ajouta en attachant un porte-jarretelles :

— J'attends un visiteur. Et ça me fendrait le cœur de me l'envoyer en ta présence… Le caprice d'une sodomie matinale exige un peu d'intimité, n'est-ce pas *darling* ?

— De quel gentleman s'agit-il ? lâcha l'époux qui lisait *Le Figaro*.

— Ce monsieur appartient au club très fermé des hommes exagérément fidèles. Ceux qui tentent mon, disons-le, ma petite porte. Celle que je t'interdis, mon très cher ami… précisa-t-elle en souriant. Que veux-tu, de ce côté-là je te refuserai toujours le rang de mari !

— Tu n'aimeras donc jamais ?

— Si, j'ai l'amour du désir. Et des maris dûment émasculés…

Robert soupira. Cette vulgarité soudaine n'était pas sans ajouter à sa meurtrissure. Dans le sous-sol social où il avait étrenné sa jeunesse, il avait appris à endurer les avanies et les supplices de la pauvreté. D'où l'étonnante longévité du bail qui lui était accordé par Faustine. Toujours en robe de chambre, Robert plia son journal, coinça un croissant dans sa bouche et ramassa son café pour aller terminer son petit déjeuner dans ses appartements privés. Et s'éviter d'autres rosseries. Depuis longtemps déjà, l'impécunieux avait renoncé à revendiquer sa part de dignité, se prévalant même d'une forme de stoïcisme qu'il exprimait par une réserve policée. Cette ascèse de paillasson avait sa grandeur.

À l'instant où le mari courtois sortit, Faustine aperçut par la fenêtre Alexandre qui sortait de son meublé. Depuis qu'il cohabitait avec ses rêves, en face de chez Fanfan, il avait le pas plus dansant que jamais. Esquissant un tourbillon de claquettes, il arrosa les passants de sa vitalité en tournoyant, comme d'habitude, autour d'un réverbère. Aussitôt, Faustine – très agacée par ce spectacle – téléphona à Balthazar. Elle siffla son molosse particulé et lança :

— C'est bon. Vas-y vite !

Une oreillette logée dans l'oreille, le chauve en embuscade boitilla jusqu'à la porte close du romancier. Enrobé dans un manteau de coupe grise, la mine cendreuse, il se faufilait en biais plus qu'il ne marchait. L'homme de main évoquait en cet instant les malfrats communistes des films est-allemands qu'il affectionnait : crépusculaire, glacial, un concentré de vilenie avec des yeux minces qui violentaient tous ceux qu'ils percutaient. Balthazar savait le journalisme comme un indic de la Stasi savait la surveillance. On le sentait malaisé à émouvoir. En dehors de la fourberie, rien ne semblait pouvoir réchauffer sa sensibilité d'homme ennuyé. Tout l'importunait, sauf les mesquineries de son métier d'enquêteur. Soutenir une conversation l'irritait. Même le sexe l'enquiquinait ; parce qu'il fallait toujours faire un brin de causette. De nos jours, même les putes exigent des bonjours. Et puis, ces vénales peuvent se révéler loquaces. En dehors de sa moitié taciturne, Balthazar ne se tapait que sa chienne : un vieux teckel râpé et lubrique – aux allures de salami – qu'il muselait pour la circonstance ; au moins était-il certain que cette liaison ne parlerait jamais de sa vie secrète – puisque les vétérinaires n'enregistrent pas les plaintes. Balthazar n'aimait rien tant que musarder parmi les délateurs, et profaner les vies privées.

C'est donc avec délectation que le boiteux s'introduisit dans la tanière d'Alexandre en violant sa serrure. Forcer tendrement un mécanisme lui procurait une étrange érection, sèche, comme s'il avait éjaculé en poudre. À blanc. En franchissant le seuil de l'appartement, il rapporta à Faustine – toujours pendue au téléphone – ce qu'il voyait, à voix basse : le curieux mur de pantoufles, le bureau constellé de notes, un dossier médical rédigé en anglais, etc.

Professionnel de l'effraction, Balthazar prit une photo pour tout remettre en ordre en repartant.

Sans traîner, il alluma ensuite l'ordinateur d'Alexandre, s'étonna de tomber sur un fond d'écran garni de chaussons (une obsession !) et copia l'intégralité de ses fichiers personnels sur un petit disque dur externe. Ce braconnage ne serait pas long. N'ayant pas trouvé trace de *la suite de Fanfan* dans le bureau de Dizzy – visité subrepticement –, Balthazar allait à la source. Pendant que la machine opérait, sa main gantée de soie s'arrêta sur un carnet en cuir très rouge qu'il palpa et ouvrit. Sur la première page, Alexandre

avait écrit à l'encre rouge sang un texte introductif
que Balthazar lut à Faustine, rivée à son téléphone :

Nouveau langage amoureux
(À utiliser – bientôt ? – dans ma vie privée,
et à saupoudrer dans mon roman en cours.)

*La pratique intensive du bonheur conjugal suppose
l'emploi d'un lexique inédit. Le langage de l'amour
détermine, insidieusement, une vision assise ou
dissonante du couple. Toutes nos paroles amoureuses
nous viennent en droite ligne d'une littérature sentimentale qui exècre les passions réussies. De là sans
doute le caractère calamiteux de nos serments : « je
t'aimerai toujours » (propos qui n'engage à rien, c'est
quand, toujours ?) a fini par l'emporter sur « je t'aimerai tous les jours » (déjà moins brumeux). Écartons
donc les expressions et les termes courants qui désa-
morcent la passion pour leur préférer des mots favo-
risant la joie amoureuse et l'érotisme constant. Les
révolutions choisissent leur vocabulaire. Renommer
ou requalifier, c'est induire autre chose, défricher des
pistes. Les changements n'adviennent que s'ils portent
un nom.*
*Ce « nouveau langage amoureux » modifiera ma
propre conduite lorsque viendra, pour moi, l'heure
joyeuse d'aimer tous les soirs. Et puis, si mon roman
devait crocheter plus tard l'imagination de quelques
lecteurs hardis, le véhicule de ce livre servirait alors
d'agent perturbateur. Ah, que mes mots énergétiques
diffusent leurs effets obliques ! Et que ma propre vie
devienne une ode à la mise en ménage !*

Intriguée, Faustine pria Balthazar de lui fournir quelques exemples. Le sbire feuilleta le carnet rouge et susurra d'une traite entre ses lèvres coupantes :

— Sous la plume d'Alexandre, *éjaculateur précoce* devient *virtuose digital*. *S'ennuyer à deux* a pour équivalent *mitonner une surprise*. *Reprocher* est converti en *se laisser éblouir*. Pour *s'endormir*, il suggère *récupérer sa verdeur*. À l'inverse, *se réveiller* se métamorphose en *rêver*. *Ne pas copuler* bénéficie de deux substitutifs : *s'y préparer* ou *reprendre des forces*. *Normal* est changé en *scandaleux*. *La table de la cuisine* devient *le divan*. L'esprit *de sérieux* est remplacé par *le vrai péché*...

— Et à la place du verbe *aimer*, que propose-t-il ? demanda Faustine perplexe.

— *Étonner, étonner, étonner*, répondit Balthazar. Trois fois. Et il précise dans une note de bas de page : « Toujours ajouter *irrémissiblement* devant le mot *amoureux*. »

— Photographie tout de suite ce carnet ! ordonna-t-elle.

Inquiète de l'ampleur du dessein d'Alexandre, Faustine songea que l'emmerdeur ne manquait pas de jugeote : *les révolutions choisissent leur vocabulaire*. Il entendait donc déconstruire le conjugal, en s'attaquant à son vocabulaire classique, pour mieux le rebâtir. Cet athlète du mariage – qu'elle avait d'abord pris pour un vantard – ourdissait bien son coup. Certes, il y avait une dose de chipotage dans sa démarche un peu toquée, mais les époux qui confondent *la table de la cuisine* et *le divan* connaîtront de toute évidence une sexualité plus dégourdie que ceux qui amalgament *divan* et *support pour regarder la télévision*. Sous ses dehors badins, Alexandre paraissait déterminé à aller à la moelle des choses, au noyau dur : le langage. Faustine avait toujours attaché une extrême importance aux mots ; pour les envenimer. Elle savait bien que la langue nous manipule quand nous croyons la manier. Admirative, elle détesta assez Alexandre pour le désirer sexuellement. Résolue à contrer ce plumitif, elle décida de se donner un ou deux coups d'avance. Alexandre devait être puni. De se figurer que le mariage pouvait être le sorbet de la vie ! Que n'avait-il la décence d'exhiber ses infirmités ? ses migraines morales ? ses fêlures ?

En enfilant une robe gainante, Faustine songea tout d'abord à redonner du service à Tony, l'ex-mari de Fanfan. C'était elle qui avait fait croire à son *amie* qu'il dégustait sa vodka dans des mugs à thé, à son insu. Fallait-il laisser entendre que son ex était guéri de son alcoolisme ? et très disposé à reformer leur famille ? Faustine hésitait, même si elle savait pouvoir compter sur la complicité de maître Philard, l'avocat du divorce de Fanfan qu'elle contrôlait de près. Faustine ignorait si *sa chère voisine* avait atteint ce moment charnière – inévitable – où la nostalgie de la famille unie commence à l'emporter sur les séductions de la rupture. Aussi s'avisa-t-elle qu'il était sans doute préférable d'attaquer prioritairement du côté de l'auteur du carnet rouge. Son regard d'aluminium, à cet instant-là, ne manqua pas de décision. Un éclair de fiel venait de jaillir de ses pupilles.

Le sourire aux lèvres, radoucie en surface, Faustine téléphona vite à la mère des enfants d'Alexandre ; avec une idée précise en ligne de mire. Une délaissée ordinaire – même adossée à un nouveau couple – cultive toujours sa dose de bile noire. Par-devers elle, Laure de Chantebise avait bien dû conserver quelque aigreur à exploiter. De ces détails indélébiles qui rongent l'âme dix ans plus tard. Une seule séance de fouilles, d'excavation déguisée en interview, suffirait très certainement pour dénicher l'info compromettante. Faustine ne négligeait jamais la ressource – illimitée ! – des humiliations en jachère.

— Allô, ici Faustine d'Ar Men, je vous dérange ? demanda-t-elle de sa voix creuse et acidement douce.

— Non, répondit Laure étonnée.

— Avec mon équipe, nous avons été frappés par vos livres pour enfants. Petit éditeur mais grande qualité ! Accorderiez-vous un entretien exclusif à l'un de nos journalistes ? Pour un portrait enthousiaste, ce qui est rare chez nous. Il se nomme Balthazar de Cayenne, une crème. Je peux vous l'envoyer ?

— Bien sûr. Je suis très honorée.

— Un entretien filmé naturellement. Mais rassurez-vous, très positif.

— Merci…

— Je vous l'adresse. Mes hommages.

Comme on sonnait, Faustine raccrocha et mit aussitôt en marche une petite webcam qu'elle dirigea vers un fauteuil. Dans l'un de ses multiples miroirs, elle vérifia l'éclat de sa sensualité – oui, elle était bien fuselée à souhait, splendide comme un trou noir, à la fois perfection du naturel et comble de l'artifice ; puis elle s'assura une ultime fois de sa beauté fignolée : chevelure nickel, pupilles de satin, carnation d'émail. Elle ouvrit enfin sa porte avec lenteur :

— Bonjour ! lança-t-elle à Alexandre en faisant tinter ses yeux aussi voraces que magiques.

— Nous avons bien rendez-vous pour l'interview ?

— Quel affreux mot, *interview… rencontre* ne serait-il pas plus juste ?

Faustine le caressa d'un sourire. Elle ondoya des hanches, en précédant Alexandre jusqu'à son boudoir où elle le fit asseoir dans le fauteuil sur lequel la webcam silencieuse était pointée. Chacun de ses meubles avait de la branche ; car Faustine aimait baiser – avec les hommes et les femmes qu'elle méprisait le plus – parmi les objets qui respiraient l'Histoire et le génie français : dans le vieux lit du délicat Cioran, sur la table du fin Jouhandeau ou sur un antique canapé en velours, mille fois retapissé, ayant appartenu à Sade lui-même. Faustine avait même racheté les draps de lin du pornographe rafraîchissant (à ses yeux !) Pierre Louÿs. Mais le seul objet auquel elle tenait vraiment dans cette pièce était soviétique : le stylo de Beria, celui-là même qui avait signé la déportation de tant de Russes *assez cons pour être innocents* (dixit Faustine). C'était avec cette plume qu'elle écrivait ses chroniques acrimonieuses et ses flagorneries honteuses aux puissants.

Interloqué, Alexandre nota que les murs étaient tout en miroirs ; mais aussi le plafond et le sol. Une curieuse boîte à ego. Les reflets réciproques renvoyaient à l'infini l'image parfaite et lisse de Faustine d'Ar Men. Jamais personnalité dilatée – et gourmande des plaisirs qui dérivent de l'amour-propre – n'avait été mieux traitée par un décor intime. Dans cet écrin argenté, la singularité de cette liane sensuelle devenait un pluriel permanent.

— Savez-vous comment on appelle ce fauteuil ? demanda-t-elle.

— Non, fit Alexandre en croyant deviner sous sa jupe (le miroir au sol dévoilait tout) une absence de dessous.

— Un *péché*! lâcha Faustine en faisant la moue.

— Lequel?

— C'est sur ce modèle que Joséphine Baker aimait à offrir son postérieur. Et son historique cambrure. Amusant, non? souffla-t-elle en donnant soudain à Alexandre un minuscule paquet.

— Qu'est-ce que c'est?

— Surprise!

— Bonne surprise?

— Mieux! Juste avant d'ouvrir ce cadeau, de très très bon goût, pourriez-vous me dire sur un ton coquin, amusant quoi : « Faustine, vous allez adorer, elle est fendue! »

— Heu… oui, si ça peut vous faire plaisir… rétorqua-t-il tout de même un peu étonné.

Poli, Alexandre s'exécuta. La caméra l'enregistra alors disant avec coquinerie : *Faustine, vous allez adorer, elle est fendue!* ; juste avant qu'il n'ouvre le paquet qui contenait une très brève culotte féminine… effectivement ouverte sur le devant. Alexandre se contracta. Déconcerté, il interrogea :

— Qu'est-ce que ça veut dire?

— Vous la tenez dans vos mains.

— Quoi?

— Ma culotte, pardi, répondit Faustine avec la dernière distinction. Je m'étais toujours juré de vous interviewer sans culotte! Vous n'allez pas vous formaliser pour si peu? C'est une plaisanterie! Un pari que je m'étais fait il y a vingt ans, adolescente, quand vous avez publié vos premiers romans. Et puis qui vous dit que je ne bluffe pas, hein? lança-t-elle mutine.

— En effet… grommela-t-il soudain râpeux, en lui restituant son string surprise.

— Allons, commençons sans plus tarder. Pensez-vous qu'il y a dans vos livres un fascisme du bonheur obligatoire ? Une sorte d'intégrisme de la joie ?

— J'avoue avoir mauvais esprit : j'aime le bonheur.

— Peut-on parler chez vous de stalinisme conjugal ? ajouta Faustine en maniant le stylo de Beria.

— Que voulez-vous, je ne suis pas encore prêt à renoncer à l'amour fou !

— La lucidité vous fait horreur ?

— Disons plutôt que je cherche la quantité de réel qui est dans ce que les timorés appellent l'impossible.

— Reconnaissez-vous au moins que le mariage est un sacrement qui annonce plus de faillites que de fêtes sensuelles ?

— Je reconnais volontiers que les grands pilotes sont rares. Mais faut-il pour autant interdire la course automobile ?

— Votre névrose de l'optimisme ne fait-elle pas obstacle aux pulsions primitives ? Aux désirs bruts ?

— Tout dépend de la date de mon décès.

— Votre décès, dites-vous ? reprit Faustine faussement intéressée, en décroisant très lentement ses jambes gainées de bas noirs.

Le geste était impeccable. Elle le répétait chaque soir avec application dans son émission de télévision.

— Si je meurs demain, votre question perd son sens, répondit Alexandre. Avons-nous, sur terre, le temps d'être pessimistes ? Même raisonnablement.

— Faut-il alors vivre… sans culotte ? insista-t-elle en croisant à nouveau ses gambettes impeccables qui se propageaient dans les glaces environnantes.

— Ce logiciel n'est pas le mien, bredouilla-t-il.

— En êtes-vous certain ? chuchota la tentatrice.

Perdant tout contrôle, Alexandre ne put retenir un coup d'œil, instinctif et fouilleur, dans l'entrecuisse féminin qui, l'espace d'une seconde, s'offrit à lui et qui devint en un éclair mille sexes épilés se reflétant sur les murs, au plafond et sur le sol.

Faustine n'avait pas bluffé.

4

De retour du Jardin d'Acclimatation – qu'il commençait à connaître jusqu'à l'écœurement – Alexandre avait déposé ses jumeaux chez leur mère, à la volée pour ne pas se mettre en retard. Il se tenait dans un café embué face à une maison de retraite massive.

Le nom de l'établissement annonçait le pire : *Le Temps retrouvé*.

Chez Cabarus, on lui avait indiqué que Fanfan y répétait à quinze heures les noces tardives de vieillards intransportables, dévastés d'âge. Cette passion retardataire avait touché la créatrice.

À quinze heures pile, Alexandre sortit d'un jet.

Il fonça vers la maison de retraite et se fraya un passage dans la foule. Des dizaines de grands vieillards tremblants dérivaient comme ils pouvaient. Tous semblaient membres de cette nation grise, blême et grave qui peuple nos mouroirs. Alexandre tentait d'accélérer. Autour de lui serpentaient des hébétudes qui gémissaient. On toussait des glaires. Il y avait de l'égarement sur leurs figures disséquées par la maigreur.

La plupart des femmes bringuebalantes portaient des robes de taffetas à volants, comme on en voit dans les séries américaines des sixties ; tenues légères et moirées qui laissaient voir sur leurs jambes des varices en gros lierre. Les modèles avaient été prêtés par la maison Cabarus, pour égayer le bal kitsch de la noce qui s'annonçait.

Cherchant Fanfan au milieu de ces *college girls* en mal de passé, Alexandre fut effrayé. Leur nombre s'accroissait : une marée de spectres chargés de goutte-à-goutte et de poches urinaires. Sa prestesse à la Errol Flynn le détachait de leurs lenteurs. Le pas swinguant malgré tout, il zigzagua parmi les chaises roulantes. Chaque visage fossile semblait lui crier de jouir vite des choses de l'amour.

Toutes ces ombres, engoncées dans des costumes d'hier, convergeaient vers la salle des fêtes où on allait célébrer des noces ultimes. Les bruits d'une répétition générale guidaient Alexandre. Il s'enfonça dans le noir crépusculaire d'une salle immense, pleine d'humidité, de suintements, de capillarités. La pénombre était habitée de regards insomniaques, de grelottements parkinsoniens, d'un fouillis de visages assaillis d'une lèpre de rides : un carnaval de déchéances. Sur les bancs alignés, pansu ou osseux, on se survivait à grand-peine. Barbarie du dernier acte.

On lui avait dit que certaines unions inspiraient Fanfan et lui donnaient parfois de singulières visions étrangères au registre des épousailles classiques.

Tout crêté de dignité, un long vieillard – l'un des témoins – lança de la main gauche un signal qui ne manqua pas de solennité. Aussitôt jaillirent de l'obscurité deux douzaines de piliers de lumière formant une cathédrale immatérielle. On entendit un fond sonore rauque de moteur d'avion. Les piliers se firent mobiles et fouillèrent un ciel sans étoiles, à la manière des DCA berlinoises ou rhénanes de 1945. Monta enfin une musique nuptiale, triomphale, dont les ronflements couvraient les sons de la mitraille d'une défense antiaérienne.

Une vieille dame arachnéenne, surgie de l'ombre, s'agrippa à l'épaule d'Alexandre et lui susurra :

— Nous marions un ancien héros français de la RAF, un pilote de la bataille d'Angleterre. Quatre-vingt-quatorze ans ! Sa promise flirte avec le siècle.

C'était Maud, gainée d'étoffes pailletées. Alexandre se trouvait dans sa maison de retraite vouée aux fins de vie trémulantes des parkinsoniens. Il frémit de la retrouver en de telles circonstances ; et ainsi accoutrée. Cabocharde, elle marmonna des bribes d'imprécations où il était question de foutre la paix à sa petite-fille au cœur de porcelaine. Mais la suite de la liturgie nuptiale lui coupa la chique.

Fanfan apparut vêtue de sa robe de mariée de ville, mélange de soie blanche et de dentelles. Elle avançait à pas lents. Ses gambettes juponnées demeuraient visibles. Elle possédait toujours des cuisses sans concurrentes. Une vapeur de tulle auréolait sa beauté spectaculaire et formait un long sillage grâce au voile. Au centre de la nef centrale improvisée, la petite-fille de Maud progressait vers le chœur de cette église illusoire, toute d'éclairages verticaux. Les projecteurs remplaçaient le trait de l'architecte ; l'électricité la pierre de taille. Une poursuite rendait sa tenue quasi phosphorescente.

Fanfan de Cabarus réglait avec minutie le tempo de la noce religieuse qu'elle avait conçue. Tout sentait l'hommage au glorieux passé d'aviateur du marié. À vingt ans, cet as de la Royal Air Force britannique avait été l'un des jeunes lettrés français qui, entre deux missions au-dessus de la Manche, lisaient Saint-John Perse et Robert Desnos sous les ailes de leurs Spitfire. À l'ombre des empennages britanniques, au cœur de l'été chaud de 1940, il s'était goinfré de poésie moderne, acagnardé dans des transats ; juste avant d'esquiver la mort en plein ciel. Une telle qualité d'âme méritait bien une cérémonie de haute imagination.

Mais le plus étrange dans ce spectacle restait le divorce entre cette ferveur exaltée et la défiance qui animait encore Fanfan. Ses émotions réelles semblaient se réfugier dans les mariages qu'elle composait toujours comme de vivants tableaux, pleins des envolées que le réel lui refusait. Ses audaces professionnelles étaient des fuites. Redoutant toute attache, Fanfan nourrissait plus que jamais des rêves de liberté ; même si la température de son amitié pour Alexandre ne cessait d'augmenter. À un degré qui commençait à dissoudre ses réticences. C'est par lui, et en lui, qu'elle existait désormais. Au fond, elle ne s'intéressait à leurs débats sur la quotidienneté qu'autant qu'Alexandre s'y intéressait. Il en était le souffle. Leurs liens finiraient-ils par s'élever jusqu'à l'amour ? Si cela advenait, Fanfan ne se voyait plus céder à la tentation de se lier légalement. Les certitudes d'Alexandre n'étaient pas près de s'infiltrer en elle.

Blotti dans l'ombre des travées, un peuple écrasé de déficiences, tout en tremblote, errant dans sa mémoire trouée, écarquillait des regards émerveillés sur le passage de cette mariée lumineuse. Remué, Alexandre se dit alors qu'il lui fallait vivre sans délai, et avec fringale. Toute rétention d'enthousiasme est un péché.

Au moment où Fanfan atteignit le transept – et l'autel formé de néons –, les piliers de lumière obliquèrent de concert pour se concentrer sur elle, l'embrasant soudain d'un feu électrique ; mais la manœuvre fut mal coordonnée. Fanfan pesta en s'adressant aux éclairagistes que l'on devinait en silhouettes :

— On recommence ! Tous les faisceaux doivent converger sur les mariés *au même instant* ! Pour l'échange des consentements devant le prêtre.

Froissée, elle revint sur ses pas et se remit en position de départ. Les longs faisceaux de DCA recommencèrent à sonder le ciel ; puis ils s'immobilisèrent pour tracer à nouveau les piliers d'une église gothique suggérée. La marche nuptiale redémarra, à plein coffre.

Alexandre était une sorte de furet sentimental, animé par un sens aigu de l'improvisation. Profitant de l'aubaine, il bondit, saisit le bras de Fanfan et marcha au côté de sa mariée professionnelle. Étincelante de blancheur sous son voile sans fin, elle avançait d'un pas cérémonieux.

— Bonjour ! lança-t-il en soulevant le tulle. Je te croyais brouillée avec l'idée du mariage ?

— Après quatre-vingt-dix ans, pourquoi pas… répondit Fanfan en le saluant d'un signe de tête.

— Un chapitre, ce serait déjà joli. Mais le grand roman…

— … terminé pour moi, plié ! affirma la doublure lumière de la mariée, comme pour s'en convaincre.

— Tu en es bien certaine ?

— Ah ça oui ! répliqua Fanfan avec un rire faussement léger.

Tous les faisceaux violents convergèrent sur leur couple, au moment précis où l'échange des consentements était programmé. Fanfan et Alexandre venaient de buter sur l'autel. Leur éblouissement était total.

Il la fixa en pleine lumière, si drue qu'ils en étaient réchauffés, et lui fit brusquement sa demande un genou à terre :

— Fanfan, t'engages-tu à n'éprouver pour moi que de l'amitié ?

— Pardon ?

— Jures-tu de lutter pied à pied contre toute palpitation qui viendrait te surprendre ? tout début de trouble ? T'interdiras-tu chaque soir de te dire « tiens, Alexandre voit peut-être la même étoile que moi » lorsque tu lèveras la tête au ciel ? T'engages-tu à ne jamais acheter de robe en tenant compte de mes goûts ? Es-tu prête à t'empêcher chaque jour d'espérer un mail de moi ? Jures-tu de ne jamais attendre mes coups de fil ? *Veux-tu être strictement mon amie ?*

— Heu… chuchota Fanfan effarée. Oui, je crois.

— Tu le crois ou tu le jures ? demanda Alexandre.

— Et toi ? rit-elle.

Alexandre se releva et déclara :

— Je jure de ne pas t'aimer aussi longtemps que tu resteras incapable de voir la vie de tous les jours sous un jour nouveau. Tant que tu ne seras pas à la hauteur des choses simples, et vraiment guérie de tes craintes, je jure de chercher une autre femme que toi !

Souriant, le nouvel *ami* disparut du halo de lumière.

Elle resta seule, saoule de surprise.

D'abord, elle n'avait pas cru aux paroles d'Alexandre. Fanfan n'y avait vu qu'une manœuvre. Et puis, elle savait d'expérience que certains élans de la chair pulvérisent les plus hautes délibérations. Mais Alexandre avait parlé avec une curieuse honnê-teté, à la fois radicale et méditée. Soudain mordue de jalousie, elle lui sut gré du trouble et du feu qu'il lui donnait. Fanfan avait eu l'idée de fuir Alexandre, elle n'avait plus à présent que celle de le rechercher. De toute évidence, c'était lui qui menait la danse.

Quand la noce prévue eut effectivement lieu, le soir même, lorsque parut la mariée voûtée, disgraciée dans sa chaise roulante, Fanfan fut saisie de tremblements. Cette fiancée était si courbée, si cassée par une atteinte arthritique, que son menton rejoignait presque ses genoux. L'image atroce de cette ruine voilée de blanc allant à l'autel de lumière vers le prêtre – avant d'être bientôt incinérée (selon ses dernières volontés) – lui glaça les os. Loin de la toucher, les deux *oui* frêles qui retentirent dans cette église éphémère la paniquèrent.

Mais Alexandre avait été clair : il souhaitait un mariage *à double tour* et mené *jusqu'à ce que mort s'ensuive*, sinon rien.

5

Excitée et étincelante de flocons, Faustine sonna
chez Fanfan. Radieuse, elle était sûre de liquider
l'intérêt renaissant de son *amie* pour Alexandre.

Dehors, il faisait nuit profonde.

La mine désordonnée, Fanfan ouvrit sa porte. En
elle luttaient des émotions inconciliables : de l'abandon et de la retenue, de l'amour et de l'aversion pour
Alexandre. Son appartement – déserté par Clara
et Milou qui avaient filé chez leurs pères respectifs
– était sombre. Seul le bureau étroit de Fanfan était
éclairé par une lampe d'architecte : on y distinguait
des esquisses de robes inédites. Curieusement, sa
main avait retrouvé la joie de dessiner l'engagement
de cœur.

— Comment vas-tu bien ? lui demanda Faustine
en l'épinglant d'un regard sec.

— Petitement, petitement.

— Amoureuse ?

— Trop, ou pas assez.

En parlant ainsi, Fanfan s'était placée au-dessus
de la lampe. Son visage demeurait voilé d'obscurité.
Seules ses mains, posées sur la table, étaient éclairées.

— De celui qui te manipule ? interrogea Faustine.

— Que veux-tu dire ?

Silencieuse, et dissimulée par la nuit, Faustine sortit
de son sac un manuscrit. Elle le lança sur la table de
travail, juste sous l'ampoule. Fanfan lut le titre qui le
coiffait, une enseigne claire : *Quinze ans après…* ; et
le sous-titre : *Fanfan acte II*. De Faustine, on ne per-
cevait que l'éclat des pupilles et le mince tracé de sa
silhouette dans le noir.

— Comment t'es-tu procuré ça ? demanda Fanfan
interloquée.

— C'est le premier jet, écrit d'une coulée.

Craquant une allumette, Faustine alluma un fin
cigare. Ses traits s'illuminèrent un instant :

— Dizzy me l'a confié, sous le sceau du secret. Les
éditeurs font cela lorsqu'ils croient en un livre, mentit-
elle sans ciller. Sans vouloir discréditer Dizzy, je dirais
que sa lucidité s'est un petit peu émoussée… Mais ce
que j'en ai lu me suffit pour t'alerter.

Faussement inquiète, Faustine reprit :

— Tu l'aimes vraiment ?

— Quand Alexandre est absent, tout me barbe.
Je sais à peine si j'existe. Ses idées de vingt ans sont
ridicules, c'est vrai, mais j'aime son côté barré, à
contresens, qui rallume mon énergie. Je déteste son
extravagance d'esprit. Je ne sais plus si je souhaite le
voir davantage ou ne plus le revoir jamais. J'ai une
peur d'amour. Le naufrage complet, j'ai connu : je
n'en veux plus. Alors je me bats : lorsque je passe une
robe le matin, je m'empêche de me demander si elle lui
plaira. Et le soir, je m'interdis de le trouver trop étranger, trop loin de moi, pas assez démangé de moi.

— Alexandre se venge de la blessure que tu lui as
infligée, lâcha Faustine, que l'on pouvait suivre par le
bout rougi de son cigarillo.

— Quelle blessure ? s'étonna Fanfan.

— Il y a quinze ans, c'est toi qui l'as quitté. Son roman pue la vengeance. Vous avez eu un départ romanesque, vous aurez un retour de flamme terrible. Ce type est un ange dangereux. Il ne t'embobine que pour te planter. Et te laminer quand tu seras bien ferrée. C'est pour ça qu'il est revenu en bêlant ce que tu voulais entendre : *oui, l'amour au quotidien, c'est possible ! Gnagnagna !* Sa thèse gentillette est un leurre. Ce type est un candide aux intentions calculées. Crois-moi, il n'y a que les infidèles pour dire du bien du mariage.

— C'est un *roman* que tu m'apportes, pas une confession intime ! riposta Fanfan en montrant du doigt le mot *roman* imprimé sur la page de garde.

— Alexandre a toujours été le sosie de ses héros.

— Il a peut-être changé.

— Ouvre les yeux, Fanfan ! tonna Faustine en lui braquant la lampe d'architecte en pleine face. Ton apôtre de la fidélité voltige dans tous les lits de Paris.

— Commérages !

— Pourquoi le défends-tu ? Avant même de savoir.

En pleine lumière, Fanfan répondit :

— Parce qu'Alexandre a le don de la joie !

Faustine rejoignit son *amie* dans la lumière. Sur le mur blanc, derrière elles, l'ombre de la blonde semblait converser avec l'étincelante Fanfan.

— Quand tu sauras qui il est, tu verras les choses autrement, poursuivit l'ombre.

— Et comment ?

Fanfan s'approcha de la lampe d'architecte et lui tourna le dos. Elle ne fut plus alors qu'un contre-jour, un fin profil noir, tandis que Faustine allait et venait, passant sans cesse de l'obscurité à la clarté en pérorant :

— Ce qui fait peur chez un être, c'est justement ce qu'on ne voit pas et qui existe. Que tu le veuilles ou non, l'ADN de ce type est chargé d'obscurité. C'est un trou noir.

— Qu'est-ce qui te permet de parler comme ça ?

— Une preuve. Courte mais… limpide.

Faustine posa sur la table le petit ordinateur portable qu'elle tenait à la main et l'ouvrit ; tout en orientant la lampe d'architecte vers le clavier. D'un doigt trop pressé, elle cliqua : l'image d'Alexandre surgit sur l'écran, filmé dans le boudoir de Faustine, au moment où ce dernier lui déclarait sur un ton badin *Faustine, vous allez adorer, elle est fendue !* juste avant d'ouvrir le paquet-cadeau contenant un string effectivement fendu sur le devant.

Faustine d'Ar Men jubilait de son coup tordu ; mais contre toute attente, le petit film se poursuivit. Dans sa hâte, elle venait d'ouvrir le fichier intégral et non celui qu'elle avait monté pour desservir Alexandre en le faisant passer pour un galant offensif. Faustine en demeura suffoquée : habituellement, il n'y a que les innocents et les gentils pour commettre ce genre de bourde ; les retors de la vie, eux, ne tremblent pas lorsqu'ils exécutent une crapulerie. La Merteuil ne se gourait jamais d'adresse lorsqu'elle expédiait son courrier ! Paniquée, Faustine voulut interrompre les images mais Fanfan écarta sa main d'un geste brusque. Son piège filmé se retournait contre elle.

Sur l'écran de l'ordinateur, on voyait Alexandre qui, très embarrassé, interrogeait :

— *Qu'est-ce que ça veut dire ?*

— *Vous la tenez dans vos mains*, lui répondait Faustine.

— *Quoi ?*

— *Ma culotte, pardi. Je m'étais toujours juré de vous interviewer sans culotte !* s'exclamait Faustine. *Vous n'allez pas vous formaliser pour si peu ? C'est une plaisanterie ! Un pari que je m'étais fait il y a vingt ans, adolescente, quand vous avez publié vos premiers romans. Et puis qui vous dit que je ne bluffe pas, hein ? Hein ?*

Fanfan arrêta l'enregistrement. Dans sa tête, ça tanguait. Hautement perplexe, elle demanda à Faustine :

— Qu'est-ce que ça signifie ce bastringue ?

— Ça signifie que par amitié pour toi j'étais prête à devenir la maîtresse d'Alexandre, à me donner pour qu'il t'épargne, lâcha Faustine en tentant un rétablissement de dernière seconde.

— Ou alors que tu cherches à m'écarter de lui pour te le garder, conclut fort logiquement Fanfan.

— Si c'était le cas, pourquoi t'aurais-je montré ce petit bout de film ? Pris par hasard. Ma webcam tournait. Je voulais que tu voies jusqu'où je suis prête à aller pour toi, ma chérie.

— Pour moi vraiment ?

— Peut-être n'as-tu pas mesuré combien tu m'es chère.

Posant sa main sur le tapuscrit de *Quinze ans après*, Faustine ajouta :

— Je ne laisserai pas ce type se venger !

Fanfan hésita un instant, réfléchit et, dans un soupir, souffla à Faustine :

— Merci… Je ne t'aurais pas crue capable de ça. Un instant, j'ai imaginé que tu m'avais trahie. Wouh ! Ça m'a fait froid dans le dos…

— Tu sors d'un divorce trop dur, trop injuste. Je ne supporte pas l'idée que tu puisses souffrir encore, ma petite chérie. Pour ta tranquillité, je suis prête à tout…

Intérieurement, Faustine enrageait de son incroyable erreur de manipulation et, surtout, d'avoir attaqué trop tôt, avant d'avoir réuni tous les éléments d'une *crise systémique* garantie. La prochaine fois, elle n'enfreindrait plus son exigeant protocole de malfaisance. Son assaut suivant, mieux ficelé, détruirait d'un coup le cœur de Fanfan, sa carrière, la douceur de son domicile et jusqu'à ce qui subsistait en elle d'optimisme. Mais ce rétablissement acrobatique procurait à Faustine un avantage tactique non négligeable : Fanfan la croyait désormais *capable de tout* pour la protéger ; au point de se livrer à un homme réputé manipulateur. C'était là un atout sérieux dont Faustine saurait tirer profit.

Fanfan restitua le texte d'Alexandre à sa tendre amie :

— Reprends ça. Même quand il sera publié, je ne lirai pas ce bouquin. Je ne veux plus confondre littérature et réalité. C'est un petit jeu qui m'a trop fait souffrir. Basta !

— Tu m'épates, ma chérie.

Faustine posa une main affectueuse sur celle de Fanfan qui lui rendit sa caresse. La confiance s'abandonnait aux cajoleries du cynisme. Soudain, Faustine n'était que tendresse. Alors Fanfan murmura :

— Regarde cette photo. Elle date de juin dernier. Dizzy me l'a envoyée hier, accompagnée d'un petit mot.

Faustine vit Alexandre posté devant un cinéma de plein air italien. Il avait le regard flou. Le cliché avait été pris sous l'affiche de *Nous nous sommes tant aimés* d'Ettore Scola.

Soulevée d'émotion, Fanfan ajouta :

— Quand je l'ai quitté, nous nous étions donné rendez-vous plus tard à Rome, sur la plage d'Ostie, là où il m'a demandé ma main devant un film de De Sica, dans un vieux *drive-in* qui projette des romances italiennes. Chaque année le 18 juin, si on était prêts à refaire un bout de chemin ensemble.

— Et ?

— Pendant quinze ans, Alexandre est venu chaque année en secret, murmura-t-elle émue. Je croyais qu'il avait oublié cette plage.

— C'est Dizzy qui t'a raconté ça ?

— Non, écrit.

— Et naturellement, toi, bonne fille, tu l'as cru… répliqua la blonde méphistophélique et moqueuse. Comme c'est chou ! Sur *votre plage* ! Des romances italiennes…

— Mon intuition me dit que c'est vrai, lâcha Fanfan avec netteté.

Furibarde, Faustine se mordit la lèvre ; puis elle sourit à Fanfan de toutes ses incisives. Sa rouerie était à la mesure de sa contrariété. Jamais ce vautour n'envisageait que l'amour innocent pût contrecarrer ses desseins. Son écran radar ne prévoyait que l'abominable.

6

Comme certains navigateurs se représentent le fond de l'océan, sa profondeur même, à la couleur des flots et à l'écume des récifs, Fanfan devinait les êtres par une fine intuition. Même s'il lui arrivait de s'aveugler – comme avec sa chère Faustine. À ses yeux, l'effervescence d'Alexandre trahissait une honnêteté rectiligne. Sa véhémence ne pouvait être que celle de la droiture. L'ultime manœuvre de Faustine n'avait fait que cristalliser le sentiment diffus de Fanfan. La photo prise en douce sur la plage d'Ostie par Dizzy achevait de confirmer tout cela. Quinze ans de fidélité clandestine ! Le cœur remué, Fanfan décida de jouer sans délai, elle aussi, mais en proposant une nouvelle règle du jeu.

Alexandre – convoqué par un sms sibyllin – eut donc l'étonnement de rejoindre Fanfan un samedi, dans une chapelle à l'abandon, en marge d'un château de la région parisienne qui ne l'était pas moins.

C'était un édifice écorné, d'un goût plus fastueux qu'épuré, très italien, un peu déclamatoire. Cette chapelle contenait la châsse de verre d'un couple embaumé, curieusement intact depuis 1755. Les deux défunts, qui avaient fini de vivre très jeunes, reposaient dans leur tenue nuptiale ; comme à Vérone.

La nef était vide mais les arches, en plein hiver, croulaient de fleurs blanches. Les larges dalles n'étaient que pétales de roses fraîches. Fanfan, comme à son habitude vêtue en mariée, attendait sous un dais de roses claires, assise sur l'un des deux fauteuils de noces. La décoration, soutenue jusque dans ses charmants détails, proposait un jour d'été sous la neige. Un grand effort de beauté imprégnait cette paroisse de l'amour fou. Par les vitraux, on apercevait les flocons qui, dehors, mouchetaient l'air.

Alexandre épousseta ceux qui le constellaient.

— Entre ! lui lança Fanfan sans se retourner, en entendant résonner ses pas. Le mariage n'aura plus lieu. La mariée a annulé ce matin même, prise de panique. Les familles sont atterrées. Tout était prêt… La peur l'a emporté.

Comme gagné par la religiosité du lieu, et impressionné aussi par la présence énigmatique de la châsse, Alexandre avança sans bruit dans ce décor vierge qui, ce jour-là, demeurerait inemployé.

— Cette fille aura eu raison, commenta-t-il. Pour se marier un jour, il faut beaucoup hésiter avant. Le bel engagement suppose de douter longtemps. Je la félicite pour son courage.

En quelques mots, il venait de présenter sous un jour inattendu cette dérobade de dernière minute, de lui prêter un autre sens qui apaisa Fanfan. La volte-face de sa cliente devenait soudain une étape nécessaire – et estimable – vers *le bel engagement*, non un licenciement sec du fiancé.

Serein, Alexandre vint s'asseoir près de Fanfan, sur le siège du marié :

— Tu as réfléchi à ma demande ? D'amitié.

— Tu sais comme moi que tôt ou tard on finirait par se faire l'amitié de coucher ensemble, n'est-ce pas ?

— Je ne veux pas d'une aventure, Fanfan. Ou tu me prends entièrement ou pas du tout.

— Mais comme tu es braque, tu exiges que j'aie une confiance aveugle dans la vie à deux, que je bazarde toutes mes peurs.

— Si tu n'as pas cette capacité de transgression, je préfère en aimer une autre. Plus culottée.

— Alors convaincs-moi.

— De quoi ?

— De tes opinions. Que le mariage peut être la forme intelligente de la passion.

— Comment convaincre quelqu'un qui tient passionnément à ne pas l'être ?

Avec une curieuse solennité, quasi nuptiale, Fanfan fixa alors Alexandre et, sous ce dais toscan, lui adressa sa singulière demande :

— Alexandre, t'engages-tu à vivre maritalement avec moi pendant quinze jours, sans me toucher, pour me prouver par tes gestes et tes initiatives que la vie ménagère peut être le summum de l'érotisme et la procession des habitudes la cime de la passion ?

— Non. Là, tu me tends un piège.

— Quel piège ?

— Dans quinze jours, tu me diras que c'était épatant, mes habitudes excitantes et ma routine amusante, mais que ça ne peut pas durer toujours.

— Je te promets de ne pas utiliser cet argument. Ce que je te demande, c'est un discours sans mots : des actes. Tes idées, je voudrais les voir, les fréquenter.

— Alors c'est *oui*, fit Alexandre. Et tes filles ?

— Milou et Clara sont en vacances.

— Mes fils – Pascal et Jean – sont chez leurs grands-parents. Dommage, j'aurais aimé un maximum de contraintes. C'est ce qui dérange l'amour qui le fortifie !

À son tour, Alexandre formula sa propre demande :

— Et toi, Fanfan, jures-tu ici de t'offrir sans réserve si le mode de vie que je te propose réussit à lever tes paniques ?

— Oui… à une seule condition : que tu renonces à publier ton roman.

— Pourquoi ça ?

— Pour m'apporter la preuve que tu as changé, que tu préfères désormais *vivre les choses plutôt que de les écrire*.

Il hésita, étira l'instant et répondit :

— D'accord, parole d'amant. Mais je serai libéré de cette promesse si tu me quittes.

— Entendu.

— Vous pouvez embrasser votre époux provisoire, ici ! conclut-il en indiquant sa joue.

Amusée, charmée de lui et pour tout dire atteinte d'amour, Fanfan lui déposa sur le front le plus charnel des baisers ; et le plus allègre.

Heureux, Alexandre se releva. Il lui tendit la main en déclarant :

— Si tu réagis à mes initiatives avec trop de sérieux, je t'appellerai comme ton emmerdeuse de mère : Madame Blatte !

— Ah non ! Pas Madame Blatte !

— Si, pour te faire les pieds.

La mère de Fanfan n'était pas récriminante, elle était *la* récrimination. Madame Blatte avait pour réflexe de désirer des choses impossibles. Souvent déçue, elle avait ainsi l'occasion d'être acrimonieuse de tout. La moindre requête de sa part, exécutée par son dernier mari (le placide M. Blatte), valait à ce dernier d'immédiats et cinglants reproches. Aux yeux de son épouse, M. Blatte était aussi coupable de ce qu'il accomplissait que de ce qu'il ne faisait pas.

Alexandre ouvrit en grand la porte de la chapelle.

— Où allons-nous ? demanda Fanfan en recevant une volée de neige.

— Règle suivante : désormais, *tout sera une surprise !* On ne pourra plus se vanter de ronronner.

Alexandre ôta son écharpe et la noua avec douceur sur les yeux de Fanfan. Elle eut beau protester, arguer qu'ils n'avaient plus l'âge de ces puérilités, il lui rappela qu'une vie conjugale dénuée de surprises est un scandale. Une indignité, un crachat fait à l'amour. Désormais, tout projet – même anodin – serait converti en épisode inattendu. Le prévu céderait le pas au déroutant et l'inconcevable au possible. Sinon, à quoi bon se mettre en couple ?

7

Toujours aveuglée par l'écharpe, Fanfan sentit que la voiture d'Alexandre s'arrêtait en ville. Il l'en fit sortir et, d'une main assurée, la guida dans un immeuble glacé qui résonnait de palabres africaines et de criailleries de gamins tropicaux. Tout ce petit monde semblait flotter dans l'hélium naturel de la gaieté sénégalaise. À tous les étages, le wolof le disputait au peul ou aux langues can-gin si chantantes pour commérer.

— Qu'est-ce qu'on fout ici ? Aïe ! Je me suis tordu la cheville…

— Silence, Madame Blatte !

— Pourquoi on va là, sans nivaquine ?

— C'est le meilleur endroit que j'ai trouvé, par le plus étonnant des hasards, pour te faire renoncer à tes idées de blatte sur le couple.

Alexandre l'entraîna dans une cage d'escalier vermoulue qui retentissait de tous les bruits désordonnés d'un squat. Des essaims d'enfants les regardaient passer en la frôlant de toutes parts. Ils riaient de voir jouer ainsi des grandes personnes. Six étages plus haut, ils pénétrèrent dans une pièce silencieuse que Fanfan devina exiguë. Alexandre la fit allonger dans une baignoire avec de tendres précautions. Puis il disparut, sans souffler mot.

Les minutes passèrent.

Fanfan appela Alexandre à plusieurs reprises.

Troublée de n'entendre aucune réponse, elle finit par soulever l'écharpe et comprit qu'elle se trouvait… dans leur ancien studio séparé par une vitre sans tain ; celui-là même qu'Alexandre avait jadis construit pour vivre avec elle sans qu'elle le sût. Fanfan redécouvrait le décor d'origine qu'ils avaient utilisé ensuite pour tourner des scènes du film. Dans le roman comme dans son adaptation, Alexandre n'avait pris que peu d'accommodements avec la vérité historique. L'immeuble, désormais à l'abandon, avait été transformé en squat ; mais le grand miroir avait été réparé. Cette surprise laissa Fanfan d'abord étourdie et muette ; puis l'incongruité de la situation affina son sens de l'observation. Sur une petite table collée contre le miroir, Alexandre avait préparé une collation succincte. Les meubles, sans doute pillés, avaient disparu. Le studio servait à présent d'étendoir pour faire sécher le linge sur des fils.

Derrière la glace – transparente de son côté – Alexandre regardait Fanfan se *réveiller* dans leur souvenir. Elle semblait chercher la signification exacte d'une telle surprise. Le temps avait atténué les légères rondeurs de Fanfan et corrigé ses joues. Elle était jolie à embrasser, céleste à consommer sur Terre. Alexandre songea que devant une telle personne son besoin d'amour ne pouvait rester inoccupé. D'un geste vif, il ouvrit le vieux rideau de l'unique fenêtre. Un flot de soleil débuula dans la pièce.

Ce qui eut pour effet de rendre Alexandre visible à Fanfan. L'équilibre des pénombres ayant été rompu par l'irruption du soleil, le miroir devenait pour elle une simple vitre fumée.

De l'autre côté de cet équateur qui les plaçait aux antipodes – comme naguère –, Alexandre mit en route un charleston pétillant sur un lecteur portable. À plein volume. Avec un rien d'ironie sur les lèvres, il s'enroula dans la trépidation musicale, entraînant Fanfan dans l'électricité du jazz. Spectatrice étonnée de son propre trouble, elle dansa elle aussi de bon cœur. Il s'ébrouait au milieu du linge africain, dispersé sur les fils, comme on s'élance vers la vie ; comme s'il avait craint de périr le soir même. Le monde, tout à coup, oubliait d'être sévère. Durant quelques minutes, ils ne furent plus que divertissement ondulatoire, jeux de têtes et de mains, toupies de chair, manège des hanches et récréation des membres.

Puis Alexandre poussa une vieille table contre le miroir pour l'accoler à la petite qui se trouvait du côté de Fanfan. Les deux meubles – séparés par la vitre foncée – semblaient se prolonger l'un l'autre. Ils purent donc s'attabler face à face pour manger un morceau sur le pouce et boire la bouteille de champagne qu'il avait apportée. Leurs voix étaient bien un peu étouffées par la cloison transparente, mais elles portaient assez pour qu'ils s'entendent.

— Il y a quinze ans, déclara Alexandre, derrière cette vitre j'avais tout faux.

— Enfin un peu de lucidité !

Tout en commençant à ouvrir son magnum, il reconnut bien volontiers que le problème, à l'époque, ce n'était pas la vie de couple qui se profilait entre eux mais son obstination à vouloir résoudre une difficulté sans solution. Comment redécouvrir sans cesse une femme que l'on connaît déjà ?

— J'étais très con dans ce studio. Je croyais vraiment que l'amour romantique a besoin de séparations pour vivre. Et que pour rêver il faut s'éloigner de la quotidienneté trop réelle. Mais qui a dit qu'il est interdit de « valentiner » tous les jours ? de se faire son cinéma chaque soir ?

— On s'y met quand ?

— Dès que tu auras renoncé à ton paquet d'idées automatiques sur l'amour. Celles qui stagnent dans les magazines…

— Du genre ?

Sur un ton navré, Alexandre bêla une série de fadaises en vogue, de poncifs à l'emporte-pièce :

— Qu'il *faut* baisser le seuil de ses attentes pour être moins déçu en amour. Qu'il *faut* répudier toute vision idéale du mariage et écréter un par un ses rêves. Qu'il *faut* dialoguer le plus possible. Qu'avec le temps il *faut* forcément passer du passionnel au relationnel. Que l'amour fusionnel est un vilain piège et qu'il *faut* nécessairement se comporter en personnes autonomes pour former un couple vivant !

— Tu ne penses pas que pour entrer dans une vraie relation il vaut mieux d'abord être totalement soi ? s'étonna Fanfan.

— L'addition de deux indépendances, ça ne me fait pas bander du tout. Je crois en la fusion totale, joueuse, rieuse et imprévisible ! tonna-t-il en faisant partir le bouchon du magnum si fort que ce boulet de liège brisa net le miroir qui les séparait.

La vitre immense s'effondra dans un vacarme extraordinaire. Un glissement vertical de triangles tranchants, une avalanche subite d'éclats. Ils eurent le réflexe de bondir en arrière. D'un coup, Fanfan et Alexandre étaient à nouveau réunis. Enchanté, il en profita pour remplir la coupe de Fanfan et trinquer.

— À quoi buvons-nous ? demanda-t-il, éclaboussé de débris de miroir.

— À…

— Aux bonnes habitudes ! lança-t-il. Et au huitième art !

— C'est lequel, celui-là ?

— La vie à deux de tous les jours, voyons. Le plus paradoxal des beaux-arts.

Sur ce mot, Alexandre siffla sa coupe et la brisa dans le fatras de verre. Fanfan fit de même et, renouant avec son audace évanouie, culbuta Alexandre sur un tas de linge sec en délivrant sa chevelure.

Une musique africaine monta du squat.

Pris aux sens, Alexandre céda. Quelle surprise pour tous deux ! Ils s'embrassèrent. Les corps, pleins d'appétits, reprirent leurs droits. Ils firent alors l'amour en confiance, intensément ; comme si cette dévoration mutuelle eût été naturelle, coutumière. Quelle accointance charnelle ! Rien à voir avec les timidités polies d'une première fois : un rendez-vous avec la terre promise. Une cueillette d'inespéré, exécutée par deux gourmands.

Revenus de leur étonnement, ils se ressaisirent. Alexandre se rappela à sa ligne de conduite. Fanfan réintégra ses peurs. Ce vertige érotique – trop en avance sur leurs cœurs – ne pouvait être qu'une parenthèse.

8

Au bar de l'hôtel Raphaël, Dizzy était lui aussi en avance. Et gonflé d'agacement. Les nerfs en pile d'assiettes, l'éditeur attendait Darius tout en consultant les notes très inattendues qu'Alexandre venait de lui faire parvenir. Elles détaillaient un projet de livre destiné à prendre la place de son *Quinze ans après*. Son ami et auteur lui avait confié qu'il ne serait bientôt plus à même de le publier. Ce forcené avait *donné sa parole d'amant à Fanfan* : si elle consentait à l'aimer tous les jours, au terme de leur période probatoire, Alexandre s'était engagé à ne jamais publier leur histoire. Au motif grotesque qu'il entendait lui prouver – par ce sacrifice incroyable – sa volonté de *vivre les choses désormais au lieu de les écrire*.

Ce qui revenait à répudier leurs engagements contractuels.

L'ouvrage de remplacement qu'Alexandre projetait n'était certes pas sans intérêt mais ce n'était pas un roman d'aspect populaire, denrée qui se vend tout de même mieux qu'un essai méticuleux ; surtout en temps de crise où la pensée cherche à se distraire plutôt qu'à éplucher des subtilités.

Le titre qu'Alexandre envisageait promettait un tirage étriqué : *Dictionnaire des confusions amou-*

reuses ! Comment attraper l'attention des lecteurs en goguette sur le Net ou égarés dans les librairies avec un intitulé pareil ? Il s'agissait, selon la note d'intention établie par Alexandre, d'un exercice de clarification des mots et des expressions en usage pour décrire l'amour ; car il les considérait comme piégeux, ces foutus mots, charriant des brouettes d'idées fallacieuses, et de nature à duper les candidats aux émotions durables. Par ce dictionnaire jailli de ses artères juvéniles, il entendait lutter contre la manière sournoise qu'a le langage d'ensorceler notre esprit lorsque nous réfléchissons aux choses du cœur et du sexe. Subitement épris de linguistique passionnelle, Alexandre clamait que les formes prises par notre babil façonnent notre nature, informent notre pensée et déterminent notre manière d'aimer. Il prétendait même qu'en clarifiant le vocabulaire qui ne cesse de nous berner on parviendrait à mieux résoudre nos tracas conjugaux. Pour Alexandre, clarifier revenait à dénoncer haut et fort les mythes insidieusement véhiculés. Ainsi, par exemple, *faire l'amour* laisserait entendre aux inattentifs que l'acte charnel fabrique de l'amour. *Aimer*, écrivait-il un peu plus bas, est un verbe authentique – suractif même ! – et l'époque ne s'en aperçoit guère. Il lui paraissait urgent de faire saisir aux époux que ce verbe doit servir à décrire une action bien réelle, un ensemble d'initiatives concrètes et non une simple émotion. *Aimer passionnément*, s'insurgeait-il dans le paragraphe suivant, fait odieusement référence à la passion du Christ, donc à une torture. Ce qu'il jugeait intolérable. L'abandon sentimental n'a rien à voir avec l'épopée de ce célèbre crucifié, éructait-il. Sortons de cette confusion et préférons aimer à plein bonheur ! Chose plus grave encore, *Ils se marièrent, furent heureux et eurent beaucoup d'enfants* arrive toujours à la fin d'un récit, remarquait-il, lorsque les péripéties sont terminées. Quel scandale de ne jamais l'employer en début de roman ; ce qui sous-entend que les gens heureux n'ont plus d'histoire à déguster ! Nous *sommes* amoureux est hélas fréquemment utilisé par les tourtereaux, comme s'il suffisait d'être une émotion amoureuse pour profiter effectivement de son amour ! déplorait-il avec irritation. De même, *ma chérie* laisse imaginer par l'emploi du possessif que la propriété de l'autre le rendrait plus cher à notre cœur. Quant au fameux *je t'aime*, Alexandre le trouvait prodigieusement équivoque. En effet, comment confondre en un seul terme convoiter un joli cul, goûter un caractère et être prêt à verser plus tard une pension alimentaire ? Il s'indignait contre l'emploi délétère du fameux *être fou d'amour* qui laisse accroire qu'il faudrait en passer par la folie pour aimer démesurément. Comme si l'amour sans frein ne nécessitait pas beaucoup de raison, comme s'il n'était pas requis par la raison elle-même !

Au moment où Darius débitla avec Pasolini – son chihuahua très homo –, l'éditeur soupira. Ces pinailleries verbales pouvaient-elles séduire quelques amateurs de paradoxes ? Et puis, un dictionnaire n'est pas adaptable au cinéma ! Chafouin, le nain atchouma par cascades. Curieusement, sa petite cage thoracique produisait des éternuements géants. Puis il tendit une main fuyante à Dizzy et grommela sans le regarder :

— Avons-nous un souci ?

— Deux, chacun un.

— Au moins nous sommes à égalité, lâcha Darius les yeux papillotants.

Préventivement, le nain se mit à frotter son chapelet en buis.

Tandis qu'un garçon servait le petit déjeuner, Dizzy exposa succinctement la situation : si Alexandre et Fanfan parvenaient à s'aimer et à faire de leur existence un rêve éveillé, ils n'obtiendraient ni roman ni film. Leur complot conjoint se solderait par un double Waterloo. Éditorial et cinématographique. Bye bye, Sophie Marceau et Vincent Perez !

— En plus j'ai déjà contacté les agents de Sophie et de Vincent... grogna le producteur chiffonné. Ils ne sont pas contre l'idée de remettre le couvert. On a même déjà fixé un tarif. Ils veulent lire le scénario, bien sûr, avant de parler à leur client.

— Eh bien moi, je suis totalement contre ! déclara l'éditeur.

— Contre quoi ?

— Vous n'allez tout de même pas reprendre le même casting quinze ans après ?

— Qu'est-ce qui vous gêne là-dedans, tout à coup ? s'étonna Darius.

— Les véritables Fanfan et Alexandre doivent être joués par des acteurs un peu moins glamour, un peu moins parfaits que Perez et Marceau. Et plus touchants, d'un éclat un poil moins évident mais bouleversants. Engagez des comédiens qui auraient pu rêver d'avoir la plastique de Sophie Marceau et Vincent Perez. Des moins bien en mieux. Charlotte Gainsbourg et Yvan Attal, par exemple.

— La petite Gainsbourg à la place de Sophie ? s'étrangla l'Italien, inconditionnel des poitrines transalpines.

— Je vois très bien Charlotte Gainsbourg fantasmant de posséder le décolleté de Sophie Marceau et Attal tout à fait ravi d'emprunter la stature athlétique d'un Perez. Et moi, ces deux-là me font craquer. Ils fonctionnent admirablement dans le rôle de Terriens normaux, accessibles, fins, rêvant d'être des stars de conte de fées !

— C'est absurde, grotesque… grommela Darius. Renoncer à Sophie… Retournez à vos librairies ! Le cinéma est fait pour les idées simples, lisibles si vous préférez.

— Réfléchissez, Darius. En période de crise, ceux qui encaissent ont le vent en poupe. La faveur populaire ne va pas forcément vers les *beautiful people* qui ont tout.

— En période de crise, on a soif de rêve ! coupa Darius. *Fanfan acte II* reprendra les acteurs du *Fanfan acte I*, et basta. Et puis sans Sophie, qui est au maximum de sa beauté, on perdrait le marché coréen, japonais et Hong Kong.

— Je vous trouve pittoresque lorsque vous êtes de mauvaise foi.

— Ne vous mêlez pas de ça, Dizzy ! Le cinéma croit à l'évidence, au sublime et aux stars starifiées. Comme disait mon oncle, à vingt-quatre images secondes, on n'a pas le temps de finasser.

— De toute façon, signori Ponti, pour l'instant c'est râpé. L'acte II est à l'eau.

— Ne pourrions-nous pas tordre le bras à Alexandre, gentiment ? suggéra Darius en tendant son chapelet comme un fil à égorger. Entre lui et votre maison de commerce…

— … d'édition, rectifia Dizzy. On dit maison d'édition.

— … il y a bien un contrat signé, n'est-ce pas ?

— Alexandre a donné sa parole d'amant à Fanfan.

— Parole d'amant… pff…

— Cet amoureux ne reconnaît pas d'autre loi.

— Ne pourrait-on pas lui faire… une offre amie ?

— Ça ne servirait à rien.

— Donc Fanfan et Alexandre doivent échouer, conclut Darius en attaquant son œuf à la coque par le gros bout. Pour que la fiction triomphe, le réel doit s'incliner !

— Comme toujours… confirma l'éditeur. Mais ça ne sera pas du gâteau : notre Alexandre en pince vraiment pour le bonheur conjugal. Il fera tout pour incorporer son rêve à son expérience.

— Quelle carte avons-nous encore dans nos grandes manches ?

— Je n'en vois plus qu'une pour dézinguer leur histoire. La meilleure gâchette de Paris : Faustine d'Ar Men. Une salope à l'ancienne.

— Faustine… la méchante de la télé ?

— Pire que méchante, mon cher Darius : une teigne… Jamais à court de bassesse. Passons alliance avec cette excellente personne !

— Ouvertement ?

— Non… manipulons-la, suggéra Dizzy en décapitant d'un coup sec le petit bout de son œuf. Donnons à cette tricheuse les cartes utiles qui viendraient à lui manquer… Rencontrons-la.

— Je pensais qu'Alexandre était un peu votre ami ? s'étonna tout de même le gros-boutiste.

— Mes véritables amis, mon cher ami… ce sont les livres ! avoua l'homme de lettres. Ceux qui naissent surtout ! Si j'avais le choix entre une longue et douce

camaraderie avec un écrivain majeur et ses dix pro-
chains romans tout de suite, au prix de sa mort immé-
diate, croyez-vous que j'hésiterais ?

— Feignons de le croire…

— Quelles que soient nos inquiétudes secrètes,
mon cher Darius, nous sommes les proxénètes du
talent d'Alexandre ! Ce foutu roman, je l'aurai.

— On ne va tout de même pas se laisser plumer
par la petite Fanfan ! éructa le nain en caressant son
chihuahua.

Et il ajouta avec fermeté, d'une voix rauque :

— Mais ne me reparlez plus jamais de Charlotte
Marceau et d'Yvan Perez ! Je vous laisse, je file à
Rome.

— Encore ?

9

— Tu vas *vivre avec lui* ? pendant quinze jours ? répéta Faustine sidérée au téléphone. Avec ce minus, obscène d'idéalisme, qui empeste le bonheur !

— Oui, lâcha Fanfan. Un test grandeur nature, en tout bien tout honneur. Je t'embrasse.

Blessée par la pique qui avait échappé à sa chère voisine, Fanfan raccrocha. La férocité opiniâtre de Faustine lui fit soudain reconsidérer l'épisode – filmé – où cette dernière avait tenté de se faire culbuter par Alexandre ; soi-disant pour venir en aide à son *amie*. Fanfan songea alors qu'elle s'était peut-être fait berner. Le talent principal de Faustine – qui gouvernait les autres – n'était-il pas d'ourdir et de manœuvrer ses contemporains ? Leur amitié lui parut tout à coup suspecte.

De son côté, Faustine poussa un long cri dans le hall de la maison de retraite de sa mère. Un hurlement jailli du désespoir, né d'une absolue déception. Il figea de stupeur le personnel en blouse qui nonchalait dans les alentours. La plus petite chance donnée à un amour lui faisait l'effet d'une giclée d'acide. Tout pari sur la tendresse agressait Faustine à l'os. Il lui fallait commettre – et sans délai – une ignominie pour se venger d'une pareille offense. Mais sans y mettre d'emphase, car cette délicate admirait les gestes atroces exécutés avec flegme et dignité.

À vif, toujours à l'affût d'une malice qui ferait puer la vie, Faustine pénétra dans la chambre de sa maman intubée. Elle ne venait que très rarement ; uniquement pour ricaner de sa déchéance. La malheureuse était immobilisée par une sale hémiplégie. Un récent sinistre cérébral – consécutif à son exil dans cet hospice – l'avait privée de l'usage d'une bonne moitié de sa personne. Son visage irréparable, émacié, ne fonctionnait plus que dans sa partie gauche ; laissant sa pupille droite glacée et sa bouche presque en panne. Pour vaincre sa boiterie verbale, la vieille dame allongeait les syllabes.

Faustine écarquilla ses grands yeux sans fond, embrassa sa mère gisante et détailla ses quelques meubles – que l'infortunée avait eu le droit de faire venir ; puis elle posa son regard sur l'urne funéraire qui contenait les cendres de son père. Le vase d'albâtre était posé au centre de la commode. L'iris froid de Faustine pétilla d'une joie rude et fougueuse. Devant elle, deux présences inoffensives : une demi-grabataire et le résidu d'un homme. Quoi de plus tentant ?

— Vous vous êtes aimés follement, papa et toi ? N'est-ce pas ? interrogea Faustine en plaquant sur ses traits un sourire aussi content que perfide.

— Quelle ques-tion ? bredouilla la paralytique qui articulait ses syllabes à grand-peine. Aux yeux de m-mon Georges, j'étais tout... Il se van-tait de m'ai-mer.

— C'est beau, cinquante ans d'amour... souffla Faustine en montrant ses dents impeccables.

— Cin-quan-te-deux ans et de-mi ! rectifia la vieille qui luttait contre sa bouche tordue pour émettre

chaque bribe de parole. Ce que ton père a pu t'adorer au-ssi…

— C'est vrai, ça ?

— Il disait tou-jours « Faustine, c'est mon ra-yon
de so-leil ! »

— *The sunshine of my life*… pouffa l'ange noir.

À bout de souffle d'avoir trop parlé, presque à toute
extrémité, la moribonde essuya la salive qui lui coulait
de la commissure des lèvres. Toujours souriante, et le
geste empreint d'une gentillesse redoutable, Faustine
déplaça le lit pour placer sa chère maman dans l'axe
de la porte du cabinet de toilette. Sous une allure
frêle, elle avait en réalité des bras puissants comme des
bielles. Sur son visage cohabitaient gaieté et sadisme ;
deux noms de la volupté.

— Qu'est-ce que tu-tu… fais ? demanda l'impo-
tente.

— Je te mets aux premières loges.

— Pou-ourquoi ?

Émoustillée, Faustine attrapa l'urne funéraire. Elle
l'ouvrit d'un coup sec ; comme un bocal de corni-
chons. Le couvercle se descella. Un peu de poussière
voleta.

— Non ! protesta sa mère immobilisée.

— Calme-toi… Ne fais pas l'enfant.

Le pas débonnaire, Faustine se rendit dans le cabinet attenant.

Fixant d'un œil perforant le regard écarquillé de
sa maman invalide, elle commença alors à verser les
cendres sacrées dans la cuvette des toilettes. Bien au
fond, sans flancher. Avec une crâne désinvolture. Son
visage, illuminé par un rais de soleil, était mangé par
un sourire. Dans le silence, son murmure trahissait
une exquise jubilation :

— Cinquante-deux ans *et demi…* d'amour !

La vieille dame eut un mouvement de recul, nau-séeux. Elle éprouva alors cette sensation de dislocation intérieure et d'anéantissement que suscite une transgression absolue, tandis que Faustine émettait ce curieux hennissement de plaisir qui lui était propre. Son regard dur entrait dans les pupilles de sa mère. Tout chez Faustine exprimait une inhumanité terriblement humaine. Être mise en présence de la vérité de son âme noire ne la dérangeait pas.

Saisie d'épouvante, la vieille se racla la gorge pour tenter de respirer. Sa main valide se tordit les phalanges jusqu'à les faire craquer. Dans un sursaut désespéré d'agonisante, elle s'efforça de se redresser. Mais l'hémiplégie sévère la clouait dans ses draps. Sa petite main, fébrile et tachetée, ne parvint qu'à attraper la sonnette de secours. Les mots ne trouvaient plus le chemin de son esprit tant elle s'embrouillait d'émotion. Sa bouche en biais achevait d'entraver sa révolte.

Le bruit de la chasse d'eau servit d'oraison.

Satisfaite, Faustine eut un soupir de langueur comblée. Puis elle referma l'urne et la reposa au centre de la commode avec une déférence quasi religieuse.

L'infirmière surgit.

Étonnée, elle trouva la vieillarde convulsée, pantelante et baveuse. Une expression de sidération extrême restait imprimée sur ses traits, une sorte de contraction généralisée. Même son œil inerte vibrait de panique. Son vieux front froissé de rides était couvert de sueur.

— Donnez-lui un calmant, mademoiselle, la pauvre délire ! s'écria Faustine. Vite, voyons. Elle prétend que j'ai versé l'urne de papa dans les chiottes… de *mon* papa !

— Heu… heu… s'époumona l'épouse crucifiée.

— Au revoir, maman. Repose-toi bien, pense à des choses apaisantes. *You are the sunshine of my life… poupoupidou !*

Avec douceur, Faustine baisa la main paralysée de sa mère qui grelottait d'effroi. Elle ne put même pas la lui retirer. Ébranlée par les propos délirants qu'elle venait d'entendre, l'infirmière se hâtait de dissoudre un cachet dans un verre.

Dans le couloir où baguenaudaient des ombres appuyées sur des cannes – qu'elle bouscula sans façons en passant –, Faustine sifflotait l'air de *You are the sunshine of my life*. Lumineuse de son forfait, les yeux luisants de joie sensuelle, et enfin épurée de son fiel, elle était prête à fomenter d'autres noirceurs requinquantes. Son téléphone sonna. Faustine répondit aussitôt d'une voix claire et allègre, comme si elle venait de participer à une bonne blague, une sorte d'aimable bizutage :

— Allô ? Tiens, Dizzy ! Quel vent t'amène, mon lapin ?

— Pourquoi me donnes-tu du *mon lapin* ?

— Parce que pour écrire au-dessus de lui-même, un écrivain cavale toujours derrière un lapin. L'art d'éditer, c'est l'art d'agiter le lapin, tu ne le savais pas, mon lapin ?

— Aurais-tu, par hasard, un instant disponible cette semaine ? demanda Dizzy.

— Gratuitement ?

— Pardon ?

— Quel scalp me donneras-tu en échange ?

III

Le huitième art

1

Une brume de soleil éclairait les jardins givrés. Au loin, la crise sociale était dans Paris ; âpre et grise. Elle bruissait dans l'indistinct. Avilissant les hommes, asséchant les espoirs. Montmartre, en son balcon, recueillait toute sa rumeur étouffée. Là-bas, on s'endurcissait ; ici, sur la butte enneigée, on respirait au-dessus des fatalités et des magouilles. Comme s'il avait fallu sauver une part de ciel dans l'agonie de l'époque. Le satin des cristaux se dispersait en scintillations qui fléchissaient et renaissaient sans cesse. Une brise soyeuse se mêlait d'envelopper tout d'un halo de songe.

Au rez-de-chaussée du Château des Brouillards, on apercevait par les fenêtres des tourbillons de futures mariées qui s'essayaient au bonheur factice. Ces Cendrillon modernes virevoltaient dans le décor mirobolant du magasin de Fanfan. Un chatoiement de fleurs, de tenues échancrées et de poitrines magnifiées. Leurs rires résonnaient sous les voûtes aux volumes merveilleux. Les salons d'enfilade s'élevaient à près de sept mètres. Grisées, ces clientes ondoyaient dans des robes folles, très Cabarus, avec une légèreté d'esquisse. Le mensonge de leurs noces à venir les étourdissait d'étoffes et de voiles. À l'intérieur, il neigeait sans répit : des averses de pétales de roses de

Ronsard. Toutes ces filles n'étaient pas distraites mais guéries d'un excès de songes qui soudain s'assouvissait. Une robe de mariée réussie, c'est peut-être cela : l'illusion d'une guérison.

Au premier étage, Fanfan ouvrit son grand congélateur. Elle découvrit alors des provisions dont l'abondance – et surtout la nature monomaniaque – la frappa : quinze poulets fermiers étaient rangés dans la glace, accompagnés d'autant de sachets de frites surgelées. Sur chaque volatile prêt à cuire, la main d'Alexandre avait écrit au marker le nom d'un jour de la semaine.

— Pourquoi ça ? demanda Fanfan interloquée.

— Je souhaite intégrer la haute sensualité à la vie de tous les jours, du lundi au dimanche, répondit Alexandre en posant ses valises. Pour cela, il faut bien jouer un peu avec nos habitudes ! Ou plutôt *de* nos habitudes.

Sur les traits d'Alexandre, qui s'animaient derrière la vitre givrée, les décorations de Noël de la rue se reflétaient. On eût dit que cet ange casqué de boucles, et viril par d'autres aspects, évoluait dans un conte serti de lucioles.

— Jouer un peu… reprit Fanfan. En se tapant du poulet-frites tous les soirs ?

— *En essayant une recette différente chaque jour.* À tour de rôle. Cette recherche amusante sera une sorte de dialogue entre nous et nos chères habitudes, plus qu'une manière de se nourrir ! s'exclama-t-il le sourire au visage.

— Tu déconnes, là ?

— Ensuite, nous passerons de la sensualité à la volupté inattendue, inopinée… L'érotisme nous offrira ce que l'amour nous a procuré jusqu'ici. *En essayant là encore une recette différente chaque nuit.*

— Tu plaisantes toujours ?

— Sur l'importance de l'érotisme ? et du jeu ? Non.

— Donc on va s'enfiler tous les soirs un bon vieux poulet-frites des familles !

— Chère Madame Blatte… commença-t-il. Placer l'érotisme au cœur de la vie passe par la recherche de contraintes… à dominer. C'est l'astreinte qui pousse au renouvellement ! Ma recette de ce soir, pour rajeunir un plat aussi traditionnel, sera donc… un poulet au chocolat.

— Au chocolat ! répéta Fanfan avec un franc dégoût.

— Oui, Madame Blatte.

— Arrête ! lâcha Fanfan.

— Avant que notre sensualité puisse se vanter d'être sacrilège, il faudra risquer nos appétits… vers des directions improbables !

Alexandre était, en cet instant, affolant de séduction. Mi-faune mi-enfant dans ses regards profonds. La bouche sèche, violemment heureuse, Fanfan le regardait de tout son corps. Elle lui aurait consenti les plus vexatoires obéissances.

— Alexandre, tu as quelque chose d'un peu irréel, de pas corporel, comme si tu étais incarné autrement. Tu ne joues pas, tu as l'air d'être un jeu. Tu n'es pas amoureux comme tout le monde, tu essayes d'être l'amour. Ta gaieté n'est pas celle d'un homme joyeux : tu es la joie. Pourquoi ne vis-tu pas plus simplement ? *Comme tout le monde.*

— Parce que les gens abdiquent, répliqua-t-il avec l'orgueil de ses rêves. Et puis, je n'ai pas le temps de faire comme tout le monde…

— Comment vivaient tes parents ?

— Dans une infidélité passionnée, constante et follement conjugale. Chacun portait deux montres. La deuxième était identique et arrêtée. Elle indiquait *l'heure et la date de leur rencontre*, celle de leur amour. Fixé pour toujours.

— Je vois…

— Poulet au chocolat ce soir ?

— Maïs… qu'est-ce que tu as aux pieds ? s'étonna Fanfan.

— Désormais, je ne porterai plus que des pantoufles, même en ville. *Une paire différente chaque jour !* Tu veux t'y mettre, toi aussi ?

— Non, sans façon… répliqua-t-elle ébaubie par ce charmeur d'homme qui manipulait sans crainte les symboles les plus répulsifs.

Le téléphone d'Alexandre sonna ; c'était encore Georgia. Son charmant minois, très écossais, s'afficha sur l'écran du téléphone. Il s'empressa de raccrocher. Fine mouche, Fanfan demanda :

— C'était qui la rousse ?

— Une femme à qui je dois beaucoup.

— Ah… fit-elle en frissonnant de jalousie contenue et en retenant bien ce visage.

— J'oubliais, je t'ai acheté un petit cadeau, un film : *La Règle du jeu*. L'histoire d'une bande d'énergumènes assez libres, assez intelligents pour jouer et se jouer du sérieux de la vie…

Tandis qu'Alexandre lui tendait l'œuvre de Jean Renoir, Fanfan fixa ses belles mains : un concentré de masculinité et de santé. Ses doigts semblaient valoriser instantanément ce qu'ils touchaient. Cet homme, c'était un enivrement, une bouffée d'enthousiasme qui accroissait la valeur des choses.

Mais Fanfan se contint. Raidie, les tempes moites, elle pensa : comment brider toujours cet élan-là ? Cet appétit très précis qui la cueillait malgré elle ? Quelle idée foldingue avait-elle eue de se livrer à ces *travaux pratiques conjugaux* ! Son désir, déjà, la menaçait. Mais n'y avait-il entre eux que de la faim physique ? Au contact d'Alexandre, Fanfan se trouvait de nouveau gagnée par le goût, et la nécessité, du grand ; et de l'impossible qui n'en est que l'autre nom.

Depuis qu'elle savait qu'il s'était déplacé pendant quinze ans à Rome le 18 juin, sans en rien dire à quiconque, son cœur ne refroidissait plus. Jamais Fanfan n'avait vu preuve d'affection plus touchante ni plus constante. Ne se débattait-elle pas déjà contre l'envie puérile de lui apporter toute sa force, sa vie même, pour la vie, de donner à Alexandre, et sans frein, tout ce qu'elle avait de beau, de sincère et de pur ? Cette pensée rose, à la fois fastueuse et un brin ridicule, l'affligea ; mais elle ne put l'étouffer complètement.

Aussi s'appliqua-t-elle à s'en distraire. En s'ensevelissant pour le reste de la journée dans son travail de couturière et en se répétant que la passion sans frein l'avait suffisamment bernée. Et puis, était-il raisonnable d'exposer ses deux filles à un éventuel fiasco familial supplémentaire ? Si Fanfan n'avait pas été mère, les choses auraient bien été différentes. Mais elle ne pouvait plus s'avancer avec sa légèreté d'antan. Sans compter qu'Alexandre avait des jumeaux. Pourraient-ils seulement s'entendre avec

Milou et Clara ? Ses fils, Pascal et Jean, auraient-ils la volonté de s'ouvrir à une tribu de filles ?

Toutes ces questions la taraudaient.

Comme celle du poulet-frites : fallait-il vraiment avaler de la volaille chaque soir pour foncer vers le grand bonheur ?

2

Le soir même, Fanfan rentra chez elle et demeura stupéfaite.

Son appartement se trouvait criblé de post-it; des dizaines de petits mots jaunes et collants sur lesquels Alexandre avait noté des noms communs. Chacun désignait autre chose que son support. Il avait ainsi rebaptisé tous les objets – ou presque – du domicile de Fanfan; en reprenant à sa manière l'idée curieuse qu'elle avait eue d'écrire directement sur le mobilier. Les suggestions verbales d'Alexandre, ainsi libellées, visaient à susciter une vie domestique plus récréative. Fasciné par le pouvoir exorbitant des mots, qu'il regardait comme des personnes influentes, il pensait que la façon de nommer une chose en définit l'usage et peut susciter, ou du moins encourager, certaines inconduites.

Sur le capot de son robuste aspirateur, Fanfan aperçut un post-it qui proposait de substituer à son nom habituel l'expression *juste avant*. Un autre flottait sur la machine à laver; il y était écrit *du temps pour nous*. Des pantoufles portaient le nom évocateur de *nuisette* (ou *bistouquette* pour les hommes). Fanfan ouvrit la porte de sa chambre. Le lit était désigné comme *la grande roue mexicaine* (ou *cunnilingus*, au choix), la douche comme *la levrette inattendue* et la baignoire comme *la missionnaire si je veux*.

— Où veux-tu en venir exactement ? demanda Fanfan à Alexandre.

L'auteur de cette forêt de post-it venait d'apparaître par une porte dérobée en trompe-l'œil.

— Jouons sur les mots ! proposa Alexandre tout sourire. Je ne vois rien de plus simple – et de meilleur marché – pour nous aider à vivre dans un contexte rénové, différent, propice à l'invention amoureuse... ou érotique. Qu'en dis-tu ?

— Ce n'est pas un peu... tiré par les cheveux ? soupira Fanfan en contemplant la flopée de petits mots jaunes qui lui faisait face.

— Si on remplace le verbe *se réveiller* par *rêver*, ça déclenche tout de même une autre existence ! Ou *aimer* par *étonner*...

— À force, on ne comprendra plus rien... On va surtout s'emmêler les pinceaux !

— Alors choisissons quelques mots à intervertir, pour hiérarchiser les priorités, proposa Alexandre en commençant à ramasser ses post-it.

— Ça ne serait pas du luxe ! s'exclama Fanfan en indiquant l'étourdissante masse de mots qui flottaient autour d'eux. Parce que là c'est un petit peu le bordel...

Effectivement, tous deux semblaient engloutis dans une sorte de vacarme lexical, un épais maquis de vocabulaire. Un taillis jaune quelque peu asphyxiant.

— Faisons un petit hold-up sur le sens de deux ou trois mots clefs. *Étonner*, par exemple, à la place d'*aimer*, ça t'irait ? suggéra Alexandre en cueillant un post-it collé sur une bougie en forme de cœur.

— Oui.

— Tu es donc prête à te laisser étonner chaque matin ? à accepter que je *t'étonne* à la folie ?

— Heu… peut-être, fit Fanfan subitement inquiète. Et pour *habitude*, qu'est-ce que tu suggères ?

— *Opportunité.* Nous aurons chaque jour l'*opportunité* de manger un poulet-frites… inédit ! Cette *opportunité* sera valide pendant quinze jours.

— Et pour *réfléchir* ? demanda-t-elle en saisissant un stylo et un post-it vierge.

— *Rire*, bien sûr ! As-tu remarqué que lorsqu'on éclate de rire un afflux de sang monte à la tête, et que ça aide à voir les choses différemment ? Sous un jour moins effrayant.

Fanfan opina du bonnet, écrivit aussitôt *rire* sur son post-it et le déposa sur le front du vieux buste de Descartes qui lui servait de support à chapeaux. Mais son geste fut sans doute un peu trop brusque. La sculpture vacilla sur son socle. Fanfan la rattrapa in extremis et, dans le même mouvement, la jeta à Alexandre qui permit au philosophe d'échapper à un destin de puzzle. Ils partirent alors dans une spirale de fou rire. Fanfan colla le post-it *rire* sur son propre front.

Mais elle cessa net de pouffer quand elle aperçut – une fois de plus ! – la frimousse de cette Georgia *à qui il devait tant*, qui s'afficha sur son téléphone portable. La sonnerie insistait. La rousse ne désarmait pas. Que lui voulait-elle donc ? Fanfan se demanda pourquoi Alexandre avait pris la peine d'affecter une photographie aussi valorisante au numéro de téléphone de cette fille ; mais elle feignit de ne s'inquiéter de rien.

Il raccrocha machinalement.

Alexandre espérait faire basculer leur couple dans un univers ménager plus inventif ; exaltant donc. Écrivain par tous ses nerfs, très renseigné par d'innombrables études linguistiques, il croyait aux effets perturbants – et bénéfiques – des mots décalés. Mais, tout à son délire, Alexandre ne prêtait-il pas au langage plus de pouvoir qu'il n'en eut jamais ? se demanda Fanfan, saturée de perplexité. Elle ne parvenait pas à oublier le visage, très joli, de la rousse.

Après avoir ri ensemble – et donc *réfléchi* autrement à leur mode de vie – tout en dégustant un honnête poulet au chocolat, Fanfan se doucha dans la *levrette inattendue*, non sans en éprouver un certain trouble, tout en laissant à Alexandre l'usage de la *missionnaire si je veux* ; une baignoire ancienne qui trônait au milieu de la seconde salle de bains. À la place de pyjamas, ils enfilèrent tous deux un *pas ce soir* en coton de bonne coupe (les post-it attestaient ce changement de vocable) ; puis ils s'allongèrent côte à côte dans leur *grande roue mexicaine* (ou *cunnilingus,* rappela Alexandre en relisant le papier jaune collé sur la tête de lit) ; mais ils s'interdirent expressément de se toucher. La température, entre eux, n'était pas au plus tiède. Comment se purger de toute idée coquine en manipulant de tels termes ?

— Tu gardes ton *pas ce soir* ? demanda Fanfan en éteignant sa lampe de chevet.

— Oui.

— Et on va dormir comme ça, côte à côte dans mon *cunnilingus* ? rit-elle.

— Non, nous pourrions nous toucher par mégarde.

Alexandre se releva aussitôt, fila prendre la table à repasser (rebaptisée par un post-it *épée entre nous*) et la coinça soigneusement entre eux, dans le lit, en jugeant opportun de se justifier :

— Le désir ne fonctionne que de manière paradoxale, n'est-ce pas ? Rendons-lui la tâche difficile !

Alexandre éteignit tout de suite la lumière.

Un silence électrique s'ensuivit, chargé d'apnée et d'attente, où flottait une étrange concupiscence. Fanfan n'était pas femme à différer sa délectation charnelle. Le souvenir de leurs ébats dans le double studio restait vif en elle. Leurs orgasmes tonitruants avaient eu le bon goût de jaillir avec une belle synchronicité. Transpercée d'envie, elle risqua une main empressée vers Alexandre. L'insensé la lui renvoya aussitôt par-dessus la planche à repasser. Avec effroi et muflerie, il s'écria même :

— Ah non ! Tant que tu n'as pas changé d'avis sur le quotidien, tu n'auras rien de moi. Rien !

Au même instant, le téléphone d'Alexandre sonna. La frimousse de Georgia s'afficha de nouveau. Sans s'expliquer, Fanfan le saisit. On la sentait sur ses ergots. Elle ouvrit la fenêtre et, d'un geste vif, balança l'appareil dans le jardin !

3

Au lever, le lendemain matin, une surprise attendait Fanfan.

Alexandre s'était mis en devoir de l'*étonner*.

En levant une paupière, Fanfan aperçut un gros paquet-cadeau dont le papier était constellé des mots SEX BOMB. Preste, comme toujours, elle l'ouvrit et y trouva… une petite paire de mules colorées, pleines de gaieté. Fanfan soupira ; elle s'attendait à plus attentatoire à sa tranquillité (bien qu'elle sût que *mule* signifiait désormais *nuisette* en voile provocateur). Mais c'était mal juger son prolixe partenaire : ces paisibles – et très récurrentes ! – pantoufles ne constituaient qu'un hors-d'œuvre.

Dans le salon attenant, vêtu tout de blanc et chaussé de charentaises nouvelles (une paire de *bistouquettes* écarlates), Alexandre avait tiré les rideaux. Les volets étaient bien clos. Notre guérillero de la vie domestique maniait rageusement l'aspirateur.

— Qu'est-ce que tu fais, à cette heure-là ? demanda-t-elle en ouvrant la porte.

— Comme tu le vois, je passe le *juste avant*.

— Avant quoi ?

Le faune tapa dans ses mains. Aussitôt les lumières s'éteignirent.

Une musique de bal monta, un suspense de violons dont les notes arrivaient allègres et envoûtantes. Surgirent alors des portes dérobées des bras vivants, gantés de blanc, qui éclataient dans l'obscurité totale et semblaient flotter dans le vide. Alexandre avait installé une lumière noire puissante qui propageait ses effets sur les surfaces claires. Ces longs gants, devenus luminescents, avaient été enfilés par trois vendeuses black du magasin Cabarus. Gainées de combinaisons noires, elles étaient imperceptibles. Leurs bras blancs apportèrent à Fanfan, comme par magie, une robe de mariée phosphorescente dans laquelle elle se coula en riant ; tout en enfilant des escarpins de vair qu'on lui passa aux pieds. La valse, *leur valse d'antan* recyclée dans le film *Fanfan*, éclata enfin : Alexandre – dont l'habit blanc brillait autant que la robe volumineuse – l'entraîna dans une succession de tourbillons en lui chuchotant :

— Nous valserons tous les matins…

— Ça te semble possible ?

— Non, mais qu'est-ce que ça peut faire puisque c'est nécessaire…

Les vêtements blancs tournoyaient dans le noir ; image mobile d'une noce placée hors du temps, incorruptible par les ans. Leurs visages de quarantenaires demeuraient invisibles. Dizzy eût flairé dans cette dinguerie – enlisée dans le sentimentalisme – une forme achevée de l'enfer ou de la niaiserie ; eux s'en délectaient. Et ils n'avaient pas tort. Quand on est heureux, on a toujours raison.

Quelques mesures de violons plus tard, les six bras allumèrent de concert des chandeliers à bougies ; formant autour d'eux un éphémère cercle de feu.

Fanfan et Alexandre purent ainsi converser tout en se voyant. Ils dansaient. Elle avait l'esprit d'être belle ; Alexandre celui d'être charmant d'inattendu. Tous deux respiraient cet air de jeunesse qui va avec le bonheur impromptu.

— Madame de Fanfan, lança-t-il sur un ton grandiloquent de film de cape et d'épée, si vous n'y voyez pas d'inconvénient, je vous propose que le but de notre amour soit désormais *la Création*.

— Laquelle, monsieur de Pantoufle ? s'amusa-t-elle.

— Celle qui monte au cœur. Un quotidien sans renouvellement serait un scandale, convenez-en, alors… souffrez que je vous impose une nouvelle règle du jeu.

— À quelle règle subtile songez-vous, monseigneur ?

— Celui de nous deux, madame, qui se donnera le ridicule de n'être pas inventif chaque jour à la maison aura un gage.

— Lequel, je vous prie ?

— Le moins surprenant de nous deux, dans les petites choses de la vie ménagère, devra pisser et déféquer hors de cette maison.

— Où donc ?

— Au café d'en face, madame. Notre intérêt direct sera ainsi de ne jamais décourager ! Comme la remontée de pisse est récurrente, belle marquise, notre vigilance sera constante…

— Le perdant ne pourrait-il pas plutôt offrir à l'autre des edelweiss ? un frais bouquet ?

— Madame, j'y consens.

— Mille grâces, monseigneur. Au passage, je vous félicite pour la beauté de vos *bistouquettes*…

Les yeux brillants et tendres, Alexandre lui murmura :

— Madame de Fanfan, je vous *étonne*. Oui, je vous *étonne*…. L'irrémédiable entre nous n'aura pas le dernier mot. Mais cela ne sera guère facile de vivre de surprises, je vous en avertis, et d'éperonner chaque jour nos audaces. Vous le savez, le neuf suscite toujours la colère des habitudes.

— Monseigneur, miaula-t-elle, la vie elle-même n'est-elle pas notre plus longue habitude ?

Ils valsaient ; lui dans ses charentaises, elle dans ses chaussons de vair.

Affamé de poésie burlesque, Alexandre n'imaginait pas que la vie domestique pût désormais rejeter leur passion dans la prose. De toutes ses fibres, il exécrait les inattentions conjugales qui sont autant de vieillesses quotidiennes. Curieusement, la chaleur des idéologies grégaires, qui régalent la foule des déçus du réel, avait toujours laissé froid cet exalté. Les processionnaires de grandes causes tapageuses, ce n'était pas non plus sa tasse de thé. Il préférait de loin l'activisme amoureux. Chacun son militantisme.

Gardant son cap, Alexandre voulut cependant revenir sur leur accord : tant que le bouquet d'edelweiss ne serait pas livré, la clause dite du *chiotte-d'en-face* resterait en vigueur.

Alexandre frappa dans ses mains. La lumière se ralluma d'un coup. Les vendeuses black s'éclipsèrent aussitôt avec les chandeliers.

— Les plombs ont encore sauté !

Feignant de ne rien voir en pleine clarté, Alexandre toucha le visage de Fanfan et le palpa pour l'identifier ; puis il se déplaça à tâtons comme s'ils avaient

été tous deux prisonniers d'un noir profond. Alors
qu'ils voyaient parfaitement. En lui surabondait
l'esprit de jeu.

— C'est pénible, maugréa Alexandre, je ne sais pas
où sont les allumettes… Dès que les plombs sautent,
c'est à chaque fois la même chose.

Ahurie, Fanfan partit à rire; en s'efforçant d'imi-
ter sa gaucherie aveugle. Alexandre ne se contentait
pas d'aimer; il jouait à aimer, en s'enivrant d'impro-
visations adolescentes. Avec la claire conscience de
trouver dans son effervescence une maturité légère.
S'amuser d'amour, n'est-ce pas la grâce atteinte? Soudain, la mort qui nous est promise ne l'effrayait plus.
Fanfan lui emboîta le pas, butant volontairement
contre ses meubles et trébuchant soi-disant dans les
tapis de haute laine. Tendus d'envie réciproque, ils se
tenaient par la main dans une illusoire obscurité; et
l'essentiel était bien là. Leur intimité jouée les laissait
réellement frissonnants.

À quatre pattes devant la cheminée, Alexandre fit
semblant de trouver un briquet qu'il alluma; tout
en frappant de l'autre main un canapé. Les lumières
du salon s'éteignirent toutes. À la lueur rayonnante
d'une flamme de bougie, qu'il venait d'enflammer,
Alexandre tendit alors à Fanfan un luxueux paquet.

— Qu'est-ce que c'est? sourit-elle.

— Un homme et une femme qui ne vivent pas dans
le même temps ne seront jamais tout à fait ensemble.

Fanfan ouvrit la jolie boîte et découvrit avec grand
étonnement deux montres; une grosse et une autre,
plus petite, pour femme.

— Ces deux montres sont arrêtées à la date et à
l'heure de notre mariage.

Fanfan vit que la date indiquée était bien le 18 juin ; date de leur mariage raté quinze ans auparavant. Mais aussi date de leur rendez-vous *lorsqu'ils seraient prêts*.

— Je porterai la mienne au bras gauche. Porte celle-là à ton bras droit en gauchère, lui ordonna-t-il. Tu vivras ainsi à *notre heure* !

— Comme tes parents barjos ?

— En évitant les mêmes tromperies, précisa-t-il sur le ton de l'évidence.

— Tu es givré, complètement allumé. Et charmant… lâcha-t-elle avec une avidité soudaine qui la surprit elle-même.

— À quelle heure nous retrouvons-nous ce soir ? demanda-t-il en esquivant la remarque appuyée de Fanfan.

Elle le décela et en éprouva une certaine angoisse. Fanfan s'étonna de sa dépendance nouvelle. Mais la conduite d'Alexandre était fixée : tant que Fanfan aurait dans l'esprit des idées inquiètes sur le couple, il ne lui céderait plus. Obstiné, ce baiseur invétéré était résolu à la défendre contre elle-même, à épouser coûte que coûte son lent retour vers la pleine confiance. Parfois, il faut se montrer cinglé pour deux.

— Tard, répondit-elle. Aujourd'hui, j'ai un mariage de cinoche à régler…

— Si le nôtre survient un jour, ça ne sera pas du cinoche !

Amusée et troublée aussi par cette référence à l'amour de ses parents, Fanfan enfila sa montre fixe à son poignet droit. Son bras gauche vivait à l'heure de la société ; l'autre, à celle de leur étrange passion. Mutine, elle lança :

— Devine qui vient faire des essayages tout à l'heure. Moi !

— Toi ?

— Celle que tu as prise pour moi.

— Sophie Marceau ? lança-t-il avec stupeur.

— Au magasin, à l'atelier. Sophie m'a demandé de faire sa robe pour un tournage. Un film qu'elle réalise elle-même.

— Tu la revois ?

— Je n'ai pas le droit de choisir mes amies ?

— Fais ce que tu veux, mais…

Alexandre leva un doigt et lui rappela, avec un désarçonnant lyrisme, la nouvelle règle du jeu :

— Ce matin, je me suis montré plus inventif que toi. Alors si ce soir à dix-neuf heures tu n'as pas d'edelweiss, tu iras pisser en face. Au café !

Sur cette mise en garde, Alexandre souffla la bougie.

4

Dizzy était navré, creusé de culpabilité.

Il lui répugnait de comploter contre Alexandre et d'écorner leur amitié expansive. Mais avait-il le choix ? Il fallait que son auteur échoue. Pour des raisons pratiques ; mais plus encore pour des motifs artistiques. L'éditeur pensait que l'excès de bonheur ne peut que rouiller les ressorts d'un roman. Pas question de laisser Alexandre saboter son petit talent.

Aux aguets, écœuré d'avance par le sale rôle qu'il s'apprêtait à jouer, Dizzy songea que le métier d'éditeur n'était pas une fonction raisonnable. Ni conçue pour les frileux. En enfilant cette chasuble, il ne s'attendait pas à devoir trinquer un jour avec Lucifer.

Consterné, il attendait Faustine au bar de l'hôtel Raphaël.

Quand elle entra, sa beauté lui fit l'effet d'un répulsif. Très tentant. Quel roulis dans les hanches ! Ce soleil noir jouissait ce matin-là d'un petit supplément d'éclat. Distribuant ses sourires polis au personnel, elle mimait la gentillesse à la perfection.

Elle vit que Dizzy s'apprêtait à lui faire bon accueil ; et cela la froissa. Faustine n'aimait pas les détracteurs inconstants et les adversaires infidèles, ces détestations bénignes sur lesquelles on ne pouvait pas compter.

Se conduire en gentleman, c'était la provoquer ; elle ne respectait que les brutes opiniâtres, et distinguées si possible.

— Bonjour, lui lança Dizzy avec une mine avenante. Tu es rayonnante. À quoi doit-on attribuer ce teint ?

— À la mort de maman, voyons… cette gourde a enfin rendu l'âme hier soir. Agonie brève mais atroce.

Dizzy resta interdit. L'éditeur vénérait sa mère autant que son vieux Littré. Évoquer la disparition de sa génitrice avec une pareille désinvolture lui paraissait au-delà du sacrilège.

Inondée d'allégresse, Faustine ajouta :

— Maman avait horreur de la chaleur : je la ferai incinérer. Puis ses cendres iront rejoindre celles de papa… On ne sait pas ce qui l'a prise, la pauvre chérie : depuis trois jours, elle avait cessé de parler, de s'alimenter.

— Toutes mes condoléances.

— Dizzy, toi et moi savons que le frais cynisme peut être une gâterie. Et que les parents – même jeunes – sont généralement des sources d'emmerdements. Qu'est-ce qui nous vaut cette jolie rencontre ?

— Puisque la destruction d'un cœur est un art tout d'exécution…

— D'exécution capitale ! rectifia Faustine pétillante.

— Je me demandais si Fanfan…

— … et Alexandre.

— Nous y voilà. Comment pourrait-on…

— … les disjoindre d'abord puis les fâcher ? avança Faustine.

— Oui, soupira l'éditeur.

— Ce serait insuffisant, dit-elle avec gourmandise. Il faudrait aussi balafrer leurs souvenirs… Les aider *fraternellement* à revisiter leur passé sous un autre jour ! Mais… comment une âme pure comme toi peut-elle venir réclamer mon aide ? À moi que tu tiens pour une athlète du pire !

— Un écrivain sans souffrance, c'est un demi-talent.

— Juste.

— Le roman d'Alexandre ne trouvera son vrai relief que si…

— … j'interviens sans flancher. Soit ! Je comprends les nécessités de l'art. Mais pourquoi le ferais-je ?

— Parce que ses idées offusquent ton pessimisme. Alexandre pue l'innocence et l'autosatisfaction, l'ineffable bonheur qu'il a d'être lui. Sa bonne humeur incessante t'insulte.

Faustine eut un sourire d'acquiescement. D'une voix douce, elle murmura :

— Rassure-toi, l'affaire est bien *avancée*.

— Avancée ? s'étonna Dizzy.

— La mère des chiards de ton Alexandre, Laure ex de Chantebise, m'a confié récemment un petit détail de sa biographie de *muezzin de la fidélité*. Détail pas du tout en ligne avec son image ! En sondant sa messagerie en douce, la pauvre fille a découvert que, pendant toutes les années où ils ont été à nouveau ensemble, Alexandre ne se tapait jamais moins de deux call-girls par jour. Avec une certaine ouverture d'esprit : des Ukrainiennes, des Indiennes glamoureuses mais aussi des Blacks endiablées, dont elle m'a transmis la liste exhaustive. C'est fou ce qu'une épouse abandonnée depuis un bail peut conserver comme

ressentiments intacts ! Il a suffi que j'apprenne à cette
cruche qu'Alexandre s'était rendu le 18 juin au *drive-
in* d'Ostie lors de chacune de leurs années communes
pour que sa petite langue de vierge se délie. D'un
coup, le fond de cuve est remonté ! Par ailleurs, l'ex de
Fanfan, le délicat Tony, m'a révélé que le Château des
Brouillards est en réalité sa propriété, via une société-
écran luxembourgeoise. À ma demande, ce gentil garçon semble tout disposé à en chasser nos tourtereaux.
Très nerveux, il a perdu son sang-froid dès que je lui ai
soufflé qu'Alexandre dort désormais dans son ancien
lit ! Les gens sont d'une sensibilité…

— Qu'est-ce qui te retient d'agir… tout de suite ?
demanda Dizzy.

— Mon sens de l'esthétique.

— Tu comptes faire les choses artistement ?

— Aux foucades un peu brouillonnes, ta vieille
amie préfère les *crises systémiques* de forte magnitude,
ces petits moments délicieux où deux êtres innocents
perdent à la fois travail, logement et affection. Grâce
à ce jaloux de Tony, ils seront à la rue. Grâce à cette
dinde de Laure, ils risquent de perdre tout crédit professionnel. Je vois d'ici la une de *Voici* : « L'icône du
mariage se tape un fana de putes qui nous livre en
exclusivité son homélie sur la fidélité. » Mais pour ce
qui est de torpiller leur touchante passion… je sèche
encore.

— Allons, allons…

— Fanfan pourrait se convaincre que dans ses bras
son cher Alexandre s'assagira… Je la vois d'ici se persuader que le malheureux fréquentait les putes parce
que Laure était incompétente. Je cherche encore
l'arme atomique, la goutte de curare… murmura
Faustine le sourire aux lèvres.

— … l'information qu'un éditeur pourrait détenir ? suggéra Dizzy. Un éditeur, c'est un peu un confesseur, n'est-ce pas ?

— Voyez-vous ça ! Décidément, ton élection à l'Académie t'a bien changé… en bien, naturellement. Félicitations !

— On s'amarre comme on peut à la vie. Mais naturellement, je ne pourrais trahir le secret d'un auteur sans y laisser ma dignité. Cependant… l'éthique de mon métier…

— … de ton proxénétisme, coupa-t-elle.

— L'éthique de mon métier s'oppose-t-elle à ce que je tousse ? fit observer Dizzy avec malice.

— À ce que tu tousses ?

— Oui. Hum… Hum… toussa l'éditeur. Ce mouvement de gorge m'est-il interdit si, par extraordinaire, en formulant des hypothèses à voix haute tu venais à t'approcher de la vérité ?

— L'honneur serait sauf, de toute évidence.

Émoustillée par le petit jeu que Dizzy lui proposait obliquement, Faustine se mit alors à énoncer une série d'irrégularités morales – ou pénales – dont Alexandre aurait pu se rendre coupable en douce. L'éditeur toussait avec mollesse ou… de plus en plus fort, à mesure que la journaliste brûlait. Et quand le fin lettré toussa franchement, Faustine s'écria :

— Donc ce coquin d'Alexandre est un partouzard – aux goûts très composites – qui vadrouille chaque soir sur le Net sous le nom d'*Adam*… l'homme qui les contient tous !

— Je ne te le fais pas dire, conclut Dizzy avec précaution. C'est fou comme je me suis enrhumé dernièrement. Hum… Hum…

Dans l'œil allumé de Faustine, le renard argenté lut qu'elle tenait sa fameuse *crise systémique*. Son coup de maître ! La hyène se dressa d'un bond et enfila son manteau de fourrure ; un assemblage d'une bonne trentaine de peaux de chiots.

— Peut-on compter sur une action rapide ? s'enquit Dizzy.

— Oh, mais te voilà pressé ! Vilain garçon !

— Réponds.

— Tout dépendra de la rapidité de mon chauve à réunir les preuves… Dans ces affaires-là, il faut se hâter d'être lent ! Ensuite, nous irons barboter dans la diffamation… et jubiler en différé à vingt-deux heures !

Faustine disparut en sifflotant *Jésus que ma joie demeure*.

Excité autant qu'effrayé par l'indignité de sa propre conduite – qui le laissait étrangement satisfait –, Dizzy appela aussitôt Darius :

— Allô ? Elle a mordu à l'hameçon. Cette salope m'a cru ! J'ai joué l'ordure avec talent… Un talent qui m'a d'ailleurs troublé… comme si la fourberie était ma langue maternelle.

Le petit producteur – livré à sa bouderie chronique – se trouvait sur la terrasse de sa villa romaine qui donnait sur la via Appia. Un décor fantasque, rempli de tableaux représentant des grands singes de toutes les époques. Cette demeure patricienne – conçue pour la pavane – était depuis toujours l'un des hauts lieux de l'internationale du goût cinématographique, hanté par des fanfarons de génie et des pitres immortels. Une collection de mirobolants plus ou moins habités par une métaphysique du désordre. Darius répondit à Dizzy en clignant les yeux :

— Pff… Comment pouvez-vous être certain que cet *Adam* fera suffisamment de grabuge sur le Net pour se faire repérer ?

— Mais c'est simple… *Adam*, c'est moi ! Mon sosie numérique !

5

Fanfan passa sa journée chez *Cabarus* à organiser les menus détails d'une cérémonie qui devait avoir lieu dans le prochain film joué et réalisé par son amie Sophie Marceau. Elle y incarnait une sourde de naissance qui épousait un accidenté des deux tympans.

Ce mariage muet, Fanfan en avait fait son affaire.

Raffolant des partis pris, elle avait eu l'idée de déployer lors de cette célébration religieuse – follement cinématographique – une grammaire strictement visuelle. Rien ne serait dit, tout serait vu. L'invisible éclaterait.

Tandis que Marceau – occupée à se couler dans son prochain rôle – laissait virevolter ses mains bavardes dans l'atelier de Fanfan, cette dernière surveillait ses propres poignets. Tous deux se trouvaient équipés de montres désaccordées. Sur le gauche, Fanfan était en phase avec la comédienne qui avait été elle autrefois. Sur le droit, elle était bien à l'heure d'Alexandre. À l'heure de son ambition si particulière ; qui, petit à petit, infusait en elle.

Fanfan s'obligeait à se concentrer sur son travail, à retoucher la robe dans laquelle sa chère Sophie s'ébrouait déjà ; sans avoir le courage de lui confier qu'Alexandre avait resurgi dans sa vie. Que lui dire exactement d'ailleurs ? À la vérité, Fanfan avait du mal à s'avouer qu'elle vivait désormais dans l'émoi. Des liens tramés s'étaient créés entre elle et Alexandre, à nouveau. À la veille de ses quarante ans, elle ne se voyait plus s'en passer. Face à ce dément du couple, Fanfan respirait mieux. Même si, fort lucidement, Fanfan redoutait encore de recomposer une famille avec lui. Mais après un tel déballage de loufoqueries, comment revenir à un homme plus *normal* (*scandaleux*, selon leur nouvelle terminologie) ?

À chaque fois qu'une objection venait à l'esprit de Fanfan – pour reprocher à Alexandre le côté fabriqué de ses chemins de traverse –, elle se rappelait qu'elle ne voulait pas finir dans la peau d'une Madame Blatte. Avec cet irrégulier pour qui c'était Noël chaque matin (sauf peut-être le 25 décembre), le risque d'aigreur s'éloignait au galop.

Guilleret, il était retourné dans son meublé – situé en face de chez Fanfan – pour trousser son *Dictionnaire des confusions amoureuses.* Mais avant de chauffer son style pour l'écrire d'une traite, Alexandre ne put s'empêcher de rectifier son *Quinze ans après* en l'allégeant de tout émoi vengeur. À la hache. Question d'hygiène. Le déboisement fut rapide. De bagarreur, le texte devint tendre ; comme s'il avait eu de nouveau accès à sa douceur. À cette part secrète de lui que, quinze ans auparavant, Fanfan avait dégelée. Alexandre redevenait attentif au calme des choses. Le tintamarre de la vie, soudain, l'intéressait moins que sa subtilité. Se colleter avec la lenteur le passionnait enfin. Même si ce coup de frein restait celui d'un chauffard. Au point mort, Alexandre restait à fond.

Par la fenêtre, à travers la grosse neige qui tombait de nouveau, il apercevait de temps à autre ses deux Fanfan qui évoluaient au milieu du magasin : l'authentique et l'imaginaire, la vraie Fanfan et Sophie Marceau. Curieuse rencontre de deux rêves, l'un de chair, l'autre de pellicule. Un instant, elles se dédoublèrent et il en vit quatre ; puis elles redevinrent deux. Physiquement, laquelle préférait-il ? Marceau – qu'il voyait déambuler en culotte dans l'atelier de Fanfan – flirtait avec la perfection. Ses jambes s'étaient encore allongées. Quel éclat au naturel ! Mais la véritable Fanfan contenait cette part de sublime qui emporte le cœur. En elle, il y avait une immensité secrète, quelque chose de la Monica Vitti qui, adolescent, l'avait crocheté.

Alexandre frémissait à chaque fois que Fanfan consultait la montre de son bras droit. Heureux, il regardait alors celle de son poignet opposé. Tous deux vivaient dans le même temps : celui d'un 18 juin rêvé. Il se laissait alors porter par l'étrange sensation de rejoindre l'amour de ses parents ; cette passion folle qui avait traversé le feu de la tromperie et survécu à la mort de son père. C'est simple, la joie.

Sophie Marceau s'éclipsa, avec sa costumière.

Amoureux, Alexandre se servit de ses jumelles de théâtre pour s'attacher à la silhouette de sa Fanfan qu'il accompagna tout au long de sa journée. Si quelque occultation la lui cachait, il la ressaisissait à la sortie, s'amusait de la rejoindre. Le grossissement révélait ses expressions changeantes, la gaieté inquiète qui la gagnait parfois. Quand il la détaillait, et dans ces moments-là seulement, son existence prenait de la valeur. L'intervalle qui les séparait ne le gênait pas. Cramponné à ses jumelles, l'écrivain souriait. Il savait jouir sans forcément posséder. De ce Château des Brouillards, Alexandre devenait l'hôte secret.

Lorsque Fanfan – toujours au travail – s'en aperçut, elle s'inquiéta d'abord de l'insistance d'Alexandre ; elle n'était plus seule. Cette poursuite la surveillait, comme une sorte de conscience extérieure. Il n'y avait plus de solitude possible. D'abord agacée, elle tira peu à peu une forme de jouissance de ce partage à distance. Elle buvait un verre d'eau. Il faisait de même. Fanfan dessinait. Il écrivait. Elle riait ; il souriait. Alexandre et Fanfan se mirent alors à vivre dans un surprenant synchronisme.

À l'heure où un ralentissement universel saisit Paris, la couturière sortit enfin de son magasin. Alexandre la suivit du regard. Elle marchait, légère, dans l'harmonie complète de son élégance. Le vent s'amollissait. Les odeurs mêmes se reposaient. L'horizon urbain se crêtait d'une frange rousse. Une buée impalpable engourdissait les lointains. Fanfan regagna vite son domicile tandis que des tournis de moineaux encombraient le ciel. Leurs piailleries emplumées subsistaient comme un dernier son dans la ville.

Fanfan entra chez elle avec l'idée d'y improviser… un poulet-frites non encore répertorié. En dansant sur un rock espiègle. La manie d'Alexandre de vivre sur des tempos allègres était en train de lui passer dans le sang. Ivre de tam-tam, le cul en fête, elle tenta une recette ignorée des ouvrages de cuisine souffleurs de bonnes idées ; à l'alcool de noix de coco pour l'exotisme et au gingembre pour l'ardeur des sens. Avec un zeste de cactus pour le tonus et l'élévation morale (on sait que certaines variétés de cactus possèdent des propriétés stupéfiantes proches de celles du peyotl mexicain). Un poème gastrique ! Quant aux frites – qu'elle taillerait en forme de dés à jouer sertis de grains en poivre rouge –, elle désirait les lui servir dans des cornets de papier glacé, arraché à un magazine coquin. C'était bête, c'était intelligent.

Fanfan se ficha du persil dans les narines, se coiffa d'une vieille passoire et, sur un solo de guitare électrique, enfourna sa volaille. Surprise qu'une tâche ménagère exécutée en rythme, avec des poireaux sous le bras, pût prendre à ce point une autre couleur. Celle du bonheur. Le vrai, celui qui ne coûte rien. La pétaudière de la crise, les emmerdes, ses peurs, soudain, elle s'en fichait bien. Légère, Fanfan songea alors à son dernier mariage de guingois qui, longtemps, n'avait tenu que par l'étai mutuel que se donnaient ses faiblesses et ses renoncements. Ce souvenir atterrant la fit rire. Décidément, les hésitants et les exigus n'étaient plus de sa famille. Alexandre la contaminait.

Tout en cuisinant, elle téléphona à sa grand-mère pour lui dire combien elle s'étonnait que cet exercice imposé – le poulet-frites chaque soir – stimulât autant sa créativité.

À l'autre bout du fil, Maud grogna un peu, flaira dans l'idée d'Alexandre une entourloupe pour mieux circonvenir sa petite-fille ; mais elle concéda :

— Ce filou est tout de même très attentif à toi… oui, très attentif. Ça on ne peut pas le lui retirer.

Elles raccrochèrent.

Alexandre sonna. Il apparut… équipé d'un bonnet de nuit et sanglé dans une robe de chambre mitée de vieux garçon. Aux pieds, Alexandre portait une paire inédite de charentaises écarlates. Ainsi fagoté, l'amoureux-né tenait un sac en papier sous un bras.

— Qu'est-ce que tu fous fringué comme ça ? s'esclaffa Fanfan.

— Je rentre chez nous pour partager avec toi une soirée incroyablement domestique ! lança-t-il avec gaieté.

— Domestique…

— Mes *bistouquettes* te plaisent ? demanda-t-il en montrant ses pantoufles bariolées.

— Irrésistibles…

— Aurais-tu l'obligeance de fermer les yeux ?

Amusée, elle s'exécuta. Fanfan sentit alors qu'il lui faisait passer un vêtement par-dessus sa robe de mariée *de ville* et qu'il lui mettait aux pieds de nouvelles chaussures, légèrement trop grandes et sans talons. Ses escarpins glissèrent sur le tapis de laine.

— Tu peux rouvrir les yeux.

Fanfan entrouvrit ses paupières et constata qu'il lui avait enfilé – par-dessus sa tenue blanche et soyeuse – une robe de chambre de mémère surannée et des *nuisettes* aux pieds (des mules écarlates). Jamais elle n'avait eu l'air à ce point d'une épouse professionnelle. Ils étaient assortis.

Satisfait, Alexandre frappa dans ses mains. La valse – *leur* valse d'autrefois – monta à nouveau et des ventilateurs, habilement dissimulés derrière le tulle des rideaux, s'allumèrent. Alexandre prit vigoureusement Fanfan dans ses bras et, sur une envolée de violons sucrés, l'entraîna à danser en robe de chambre.

— Je t'*étonne*, je t'*étonne*, murmura-t-il.

Hélas, Alexandre exécuta son geste avec moins de grâce et d'arrondi que Vincent Perez lorsqu'il fait tournoyer Sophie Marceau à la cinquante-troisième minute du film *Fanfan*. On fait ce qu'on peut. Il lui expliqua alors – tout en valsant, très à l'aise dans leurs pantoufles – que le tutoiement entre eux ne servirait

plus qu'en présence de tiers. Dorénavant, dans l'intimité, il la traiterait comme une inconnue complète,
une invitée de marque méritant les égards les plus
attentifs. Le voussoiement serait donc indispensable.
Cette règle – signe d'une distance chaque soir renouvelée – ne souffrirait aucune infraction. Les familiarités, le laisser-aller et le relâchement verbal pouvaient
convenir en société, pas lors de leurs moments de pri-
vauté. Pour Alexandre, le domicile d'un couple était
une scène.

De l'autre côté de l'allée des Brouillards, à sa fenêtre,
Faustine fixait avec répugnance le couple virevoltant ;
tout en ouvrant une enveloppe qui contenait un DVD
expédié par Darius. Que faisaient-ils à danser dans
d'aussi ignobles tenues la veille de l'anniversaire de
Fanfan ? Des volutes de valse parvenaient jusqu'à elle.
L'œil navré et la lippe dédaigneuse, elle adressa des
paroles sèches à son époux superlativement docile
qui, au coin du feu, relisait un petit volume d'aphorismes faciles :

— Robert, tu savais que je t'avais trompé le jour
même de notre mariage ? Avec un minet ridicule,
ramassé dans une galerie d'art moderne.

— Non, répondit-il stoïquement.

— J'ai eu l'impression de faire de la petite monnaie
sur un trop gros billet.

Se tournant vers lui, Faustine ajouta :

— Depuis que nous nous connaissons, rien de ce
que tu as pu me dire ne m'a jamais intéressée.

— Rien ? fit son mari en soulevant une paupière.

— Rien, répéta Faustine en souriant. Et ce qui est
encore plus incroyable, c'est que si je meurs demain,

c'est toi, un cancrelat bien élevé doté d'un QI de bigorneau, qui hériteras de ma fortune… La vie est une plaisanterie, n'est-ce pas ?

— Une plaisanterie, en effet… convint la serpillière.

— Tu sais ce qu'il y a de plus écœurant qu'une femme mariée ? lança Faustine en voyant à nouveau Fanfan valser, par la fenêtre.

— Non.

— Une femme qui en a l'air.

— Pourquoi détestes-tu tout le monde, à ce point ?

— Je ne déteste pas, j'aime détester.

— Pourquoi ?

— Pour m'agrandir, pour voyager.

Faustine ajouta avec une troublante sincérité :

— L'amour n'est nécessaire qu'aux imaginations courtes.

Dans le Château des Brouillards, la valse toucha à sa fin.

— Avez-vous songé à vous procurer des edelweiss ? demanda Alexandre.

— Mais naturellement, répondit Fanfan en lui offrant un bouquet d'edelweiss qu'elle avait peint avec soin sur des pétales de roses blanches.

Alexandre accepta ce chiqué, détailla les corolles avec étonnement et lui chuchota :

— Fanfan, vous échapperez ce soir aux chiottes d'en face…

— Vous êtes trop bon.

Le (faux) bouquet d'edelweiss bien en main, Alexandre se tourna alors vers le disjoncteur de l'appartement de Fanfan, saisit une fourchette isolée par un torchon et grilla l'installation électrique.

— Et voilà le travail ! s'exclama-t-il joyeux.

— Alexandre… auriez-vous pété les plombs ?

— Fanfan, dit-il dans l'obscurité, chaque journée doit avoir son grain de sable. Avez-vous remarqué que notre mémoire ne retient que les instants où une difficulté permet d'échapper au prévisible ? Dès lors, pourquoi se simplifier les choses ?

— Tu es vraiment barré !

— On dit « *Vous* êtes vraiment barré », reprit Alexandre en craquant une allumette. Ce soir, nous vivrons donc à la bougie… pour nous fabriquer des souvenirs.

— Et pour les frites ?

— Faisons bouillir l'huile sur un feu, dans la cheminée. Quant à ce téléphone portable – que j'ai dû récupérer dans la neige par votre faute ! – je le laisse ici, dans ce panier avec mes clefs. Interdiction d'y toucher en votre présence. Ce serait vous manquer de respect.

— Je suis supposée faire pareil ?

— Ce serait une manière de me montrer que je suis constamment pour vous l'urgence de l'urgence. Mais libre à vous de m'envoyer le message inverse, un peu vulgaire, en continuant à vous servir de votre téléphone alors que je suis ici non pas avec vous mais pour vous.

Fanfan saisit son téléphone et, à la lueur d'une bougie, déposa l'appareil dans la corbeille près de celui d'Alexandre ; à l'instant même où ce dernier vibra en affichant à nouveau le – trop joli – visage de Georgia. Le regard de Fanfan prit alors une inquiétude fugitive ; mais elle se contint et invita Alexandre à l'aider pour achever les préparatifs du dîner.

— Nous dînerons à l'envers, si vous n'y voyez pas d'inconvénient, précisa-t-il.

— À l'envers ?

— Café, dessert, poulet-frites puis l'entrée en dernier. Afin de bien prendre l'habitude, dès le premier soir, d'inverser nos habitudes.

Devant un feu de bois improvisé, ils dînèrent à contre-sens et aux chandelles alors que le reste de Montmartre était fort bien éclairé. Chaque incommodité rehaussa le goût de cette étrange soirée. Faire des frites au feu de bois, quel sport ! Le poulet au gingembre, au cactus et à la noix de coco eut pour eux le parfum d'une expérience qui déroutait leur esprit. La conversation roula sur les insatisfactions acides de la mère de Fanfan. Madame Blatte, considéra Alexandre, s'enfermait dans d'insolubles aigreurs qu'elle suscitait elle-même. Au dire de Fanfan, cette râleuse attendait de ses longues années de psychothérapie de connaître enfin une union *où l'on est soi-même sans faire de concessions*, au prétexte que pour entrer correctement en relation avec sa moitié il faut d'abord être *soi totalement*. Encouragée par son thérapeute, un âne de compétition, elle exigeait donc une vie idéale inaccessible et se détournait avec entrain d'un réel à sa portée. Elle s'acharnait à prolonger les faits et gestes classiques des débuts de la passion : déclarations sirupeuses, flirtouiller à qui mieux-mieux, espérer une nuitée dans quelque nid insolite, etc. Bien entendu, elle restait sur sa faim !

— Merde ! s'exclama soudain Alexandre.

— Quoi ?

— Tout à l'heure, en allant aux toilettes – auxquelles vous avez droit ce soir – j'ai fait couler un bain…

Sur ces mots, il bondit, s'éclipsa et revint quelques instants plus tard totalement paniqué :

— Le robinet s'est coincé, bloqué à l'envers. Je me suis trompé de sens. Il y a de l'eau partout. Une piscine ! Où est l'arrivée d'eau, le robinet général ?

— Dans la cuisine, peut-être. Je ne sais plus... bredouilla-t-elle.

— Ou sur le palier, j'ai vu une trappe.

— Tu crois ?

— *Vous* croyez ! corrigea-t-il.

Ils foncèrent dans la cage d'escalier. Machinalement, Alexandre claqua la porte derrière eux.

— Qu'est-ce que tu viens de faire ? grommela Fanfan.

— Quoi ? Et le vouvoiement ?

— La porte ! hurla-t-elle. Mes clefs sont à l'intérieur. Où est la trappe d'eau ?

Alexandre indiqua une petite trappe qui abritait... le compteur à gaz.

— C'est une plaisanterie ? s'énerva Fanfan.

— Quoi ?

— Mon appartement est en train de se remplir d'eau et nous sommes à la porte sans les clefs.

— Effectivement, c'est désolant, Madame Blatte. Vous n'avez pas un autre trousseau, quelque part ? au magasin ?

— Non.

— Votre femme de ménage, peut-être ?

— Elle est en vacances. Et si la flotte dégringole en dessous, dans mon magasin, toutes mes collections vont être inondées. Toutes ! Les originaux.

— Ennuyeux, en effet. Désagréable même...

— Avoue que tu l'as fait exprès.

— Oui.

— Avec tes théories de merde… lâcha-t-elle exaspérée.

— Je voulais nous bricoler des souvenirs. Peut-être faudrait-il appeler quelqu'un à notre secours, un serrurier ?

Fanfan fouilla aussitôt ses poches, en vain.

— Et naturellement, nos téléphones dorment côte à côte dans une petite corbeille de l'autre côté de cette porte… comme c'est mignon ! Bordel, réagis, fais quelque chose !

Accoutrés de leurs robes de chambre râpées, ils se précipitèrent à l'extérieur dans la neige qui tenait malgré l'avancée du printemps. Alexandre se souvint qu'ils avaient laissé une fenêtre de la cuisine ouverte. Peut-être, en grimpant aux arbres du jardin, pourraient-ils y accéder ?

Le Château des Brouillards était dominé par un chêne planté sous Voltaire, à la ramure compliquée, avec d'étonnantes largeurs de torse, traversée par les nervosités d'un écureuil qui sautillait dans les aisselles de l'arbre enneigé. Arbre triomphal, invaincu par les siècles, ce ténor immense permettait d'accéder non à l'étage de Fanfan mais peut-être, en sautant avec quelque péril, au câble chargé de décorations de Noël éclairées qui y menait. Au pied du chêne, une échelle de bambou, arachnéenne, conduisait au premier fourché. Ils l'escaladèrent sans tarder.

Obsédée par ses collections menacées, Fanfan sauta sans hésiter dans le vide pour s'accrocher au fil d'acier qui traversait l'allée. Elle parvint in extremis à se rétablir et à se hisser sur le câble en position de funambule.

Derrière sa fenêtre, alitée dans le noir alors qu'elle visionnait sur son téléviseur le fameux *Disamore* d'Antonioni – Darius lui en avait fait porter une copie –, Faustine ne perdait pas une bribe de ce spectacle. Que diable ces deux tourtereaux faisaient-ils à jouer les acrobates en robe de chambre – et en mules – à une heure pareille ? Soudain, le câble lumineux céda. Il n'avait pas été tendu pour pareil exercice répété. Les vestiges de la Saint-Sylvestre s'éteignirent d'un coup. Faustine vit Fanfan crier et chuter de six mètres dans l'épaisse couche de poudreuse. Enchantée, Faustine sourit. Son *amie* au corps si délié avait-elle eu le bon goût de se rompre la colonne vertébrale ? Finirait-elle ses jours recroquevillée et amère dans une chaise roulante ?

Hélas, Fanfan se releva sans peine en époussetant la neige qui avait amorti sa dégringolade ; tandis qu'Alexandre éclatait de rire.

— Qu'est-ce qu'il y a de drôle ? s'agaça Fanfan.

— J'ai menti.

— Quoi ?

— Ta… heu, votre baignoire n'a jamais débordé. Je plaisantais.

— Pardon ?

— Je voulais pimenter nos souvenirs. Ce problème n'existe pas.

— Et tu m'as laissée risquer ma vie pour atteindre cette fenêtre ?!

— Qui a dit que la vie domestique ne pouvait pas tourner au roman d'aventure ? Avec trois fois rien… un peu de bluff.

À son tour, Fanfan *péta les plombs* : elle sauta sur Alexandre et le boxa sans retenue. Un passant âgé – et

bien emmitouflé – eut l'étonnement de voir deux oli-
brius en tenue d'intérieur, bleus de froid, qui se bagar-
raient dans la neige. Il salua Fanfan et Alexandre d'un
discret bonsoir et, le pas rapide, s'évanouit au fond
d'une nappe de brouillard.

— Bon… fit Fanfan en reprenant son souffle.
Qu'est-ce qu'on fait ? On dort chez toi ?

— Mes clefs sont avec nos téléphones… dans la
petite corbeille.

— Bien entendu…

— Peut-être pourrions-nous demander l'hospita-
lité à Faustine d'Ar Men ?

— À Faustine ! Nous deux ? Ah non, ça non. Et puis
Faustine, j'en suis revenue… Compliquée, la dame.

— Alors cherchons un hôtel ! suggéra Alexandre
en exhibant sa carte de crédit et en l'entraînant dans
un pas de claquettes très gai, comme s'il avait été un
quadrille à lui tout seul.

C'est ainsi qu'ils atterrirent, à bout de fatigue, tran-
sis et fagotés en vieux époux, à la réception de l'hôtel
Amore, en bas de Montmartre, à deux pas de la rue
des Martyrs. L'établissement, très prisé par les couples
désireux de fêter honorablement leur anniversaire de
mariage – ou une Saint-Valentin égrillarde –, offrait une
étonnante variété de chambres décorées par de préten-
dus artistes contemporains. L'anodin y voisinait avec le
plus audacieux. Chaque chambre incitait à l'érotisme
surchauffé en affichant une ambiance ad hoc ou un
cousinage avec une œuvre d'art de haute tenue (film
suggestif, tableau fameux saturé de sensualité, etc.).

La réceptionniste, une donzelle sculptée, se montra
très surprise de recevoir ces clients chaussés de charentaises et de mules.

— Mes *bistouquettes* et sa *nuisette* vous plaisent ? demanda Alexandre.

Gênée, Fanfan regarda au plafond.

Les yeux écarquillés – comme s'ils eussent formé un couple pervers en grande tenue – la fille leur proposa l'unique suite encore disponible, la *Dernier Tango à Paris*. La chambre dédiée à Delacroix – intitulée *L'Entrée au harem* – venait d'être prise. Tandis que la sauterelle leur réclamait une carte de crédit avec un zeste d'accent balte, Alexandre put constater qu'un piercing lui ornait la langue ; détail qui trahissait sa maîtrise de certaines délicatesses érotiques. Fanfan, un peu étonnée, toussa en rajustant sa robe de chambre.

Droits dans leurs pantoufles, ils se rendirent dans une vaste suite, au quatrième étage, qui les stupéfia. La *Dernier Tango à Paris* annonçait la couleur dès l'entrée : pour y pénétrer, on devait passer à travers des rideaux de tulle sur lesquels était projetée l'incontournable scène où Marlon Brando – avec un goût d'insolence et de vie – conjure la mort en sodomisant Maria Schneider ; avec le secours d'une célèbre tablette de beurre.

Ils écartèrent cet écran translucide et pénétrèrent dans une chambre qui reconstituait avec minutie le décor du film de Bertolucci ; ainsi que l'ineffable lumière de Vittorio Storaro. On y retrouvait les mêmes tons chauds empruntés à l'œuvre picturale de Francis Bacon. On entrait donc dans un décor authentique qui était lui-même, à l'origine, un vrai tableau.

— Cela vous ira-t-il ? demanda la poupée aux traits fatigués.

— Parfait, parfait…

— Merci, ajouta Fanfan.

La réceptionniste s'éclipsa avec un sourire de cir-constance.

Alexandre se tourna vers l'écran de tulle. Le film continuait d'y être projeté en sens inverse. Ils venaient d'entrer à l'intérieur de l'un des longs métrages les plus électrisants de l'histoire du cinéma. La musique de Gato Barbieri les enveloppait, couvrant les essouf-flements de Maria Schneider. Fanfan toucha le plan-cher, étonnamment mou; c'était un vaste lit déguisé en parquet de chêne. Un trompe-l'œil comme seuls les décorateurs de cinéma – ces experts du mentir vrai – savent en bricoler.

— Et voilà où mène la vie domestique! chuchota Alexandre. Une vie domestique déréglée dans les règles de l'art…

— Nous voilà surtout dans un film qui insulte le mariage, ironisa Fanfan.

— Une certaine idée du mariage!

— Pas tout à fait la tienne, j'en conviens…

— Qu'en dis-tu?

Fanfan contempla le film; comme s'ils s'étaient trouvés *à l'intérieur de l'image*. Elle détailla l'action érotique où se purgeaient d'exquis fantasmes. Se lais-sant bercer par la mélodie, elle finit par jeter un coup d'œil à une plaque de beurre bien réel:

— Pourquoi pas?

— Pas question! fit Alexandre en renouant sa robe de chambre. Avec moi, c'est la bague et monsieur le maire ou rien.

Ils se couchèrent sur le parquet du *Dernier Tango à Paris* sans se toucher.

Dans l'hôtel, ils furent bien les seuls.

6

Le générique incendiaire de l'émission *A ne pas lire & A ne pas voir* fit irruption sur l'écran d'une télévision. Quel déboulé ! Une allumette craquée commençait par mettre le feu à un exemplaire de *La Princesse de Clèves*. Suivait un pêle-mêle d'archives montrant des livres flambés par des nazis hilares, un vrac d'autodafés. Cette ronde de réminiscences malodorantes – justifiées par Faustine afin de *mettre en garde* notre époque contre les débords fâcheux de l'anti-intellectualisme – allait en s'accélérant quand, brusquement, l'écran se fissura sous les coups d'un pic à glace.

Le visage réjoui de Faustine d'Ar Men apparut plein cadre, dans la gloire de sa beauté étudiée.

Elle avait l'œil trop bleu. Déguisée en une Sharon Stone carnassière, les cheveux tirés en arrière, Faustine était sanglée dans un trench blanc. Les jambes nues, adossée à un fauteuil de cuir, elle paradait au milieu d'un décor bleu et noir qui évoquait irrésistiblement la scène de l'interrogatoire de Catherine Tramell dans *Basic Instinct*. Cigarette en main et poitrine bombée, Faustine fixa la caméra de manière aguicheuse. D'une voix rauque, elle se mit à jacter dans un langage d'jeune grotesque ; assez putassier pour racoler

les foules que les émissions culturelles révulsent ordi-
nairement. Faustine était soudain de la lumière pétrie
de vulgarité :

— Ciao les bambinos ! Ce soir, ça va déchirer. Je
suis venue vous dire du bien d'un gonz assez poilant
que je tenais pour un nullard abonné depuis vingt ans
aux listes de best-sellers !

C'était signe que l'émission allait faire rendre gorge
à un auteur.

Quand Faustine décidait de *dire du bien*, elle s'y prenait toujours de manière à flamber la carrière de celui
ou celle qu'elle prétendait soutenir ou lancer. N'est-il
pas plus *amusant* d'exécuter à coups de compliments
acides ? Et de flatter avec haine, en usant d'un langage
cool qu'elle méprisait du haut de sa culture ? Ah, les
petits plaisirs du dégommage grand public... Dans le
sadisme furibond, Faustine avait fait faire à la critique
française un saut qualitatif sans précédent !

Comme chaque soir à vingt-deux heures, elle ôta
son manteau avec l'art d'une strip-teaseuse de bonne
maison. Les reins très cambrés, Faustine apparut
épaules et bras nus, moulée dans un col roulé blanc
identique à celui que porte Sharon Stone dans le film
de Paul Verhoeven. La voir, c'était sentir qu'elle devait
être entièrement nue sous ses vêtements.

Affectant une innocence factice, Faustine effectua
alors – selon son habitude – un croisé de jambes qui
alluma une tension sexuelle inégalable. Puis elle articula le nom de sa victime du jour : *Alexandre*. Fidèle
à son prédécesseur canaille (Sainte-Beuve, osons
citer ce prince de la philippique), Faustine mélan-
gea gaillardement vie privée et création, mœurs et
littérature. Sans hésiter, elle révéla au grand public

la double vie interlope d'Alexandre sur l'Internet
– sous le pseudo d'*Adam* – en se réjouissant que son
très estimable confrère Voici ait eu *le courage journalistique* de publier ce matin-là des photos de l'écrivain
néo-romantique.

Cet hebdomadaire glorieux avait en effet surpris
Alexandre au cours d'une partie fine et très collective
sur une plage de l'île Maurice – impliquant une starlette montante de la télévision ; partouze *tropicale et
honteuse* que Faustine déclarait réprouver. En pronon-
çant ces mots, la chroniqueuse forma avec ses lèvres
une moue réprobatrice qu'elle accompagna aussitôt
d'un nouveau croisement de jambes.

Une bonne part du succès de la chronique culturelle de Faustine tenait à l'érotisme bouillant qu'elle
savait y mettre. Et à la question fondamentale qu'elle
logeait chaque soir dans la tête des téléspectateurs :
Faustine d'Ar Men portait-elle sous sa jupe blanche
une culotte succincte, un string ou rien du tout ?

Se réfugiant ensuite, avec habileté, derrière les
salutaires révélations sur l'homosexualité difficile
de François Mauriac et sur le passé un peu nazi de
Günter Grass, la bombe télévisuelle se félicita que *la
clef* de la personnalité trop angélique d'Alexandre fût
enfin mise au jour par la grâce de *Voici*.

— Un imposteur, un supermenteur, fera toujours
un écrivain plus intéressant qu'un imbécile lisse,
expliqua-t-elle. Le pape des filles nunuches ne peut
nous faire flasher que s'il croupit la nuit dans les
cloaques du vice. *Adam*, traquant des vierges sur la
toile, enrichit le personnage propret d'Alexandre. Le
tordu en lui féconde le niais. Cette complexité même
nous le rend désormais hypersympa ! On ne pourra

plus lire son *Fanfan* sans l'imaginer partouzant à donf avec un dégoût pour lui-même qui, moi, me fait kiffer. Mais cette info de ouf ne serait rien si l'on n'avait appris récemment que la véritable Fanfan – son ex, la meuf qui avait inspiré son livre cucul et son film – a soudain reparu. Eh oui ! Dans sa vie et sous sa couette. Quinze ans après leur idylle géante de pureté. Si ce n'est pas mignon… Or il se trouve que Fanfan, couturière maxidouée, est aussi l'impératrice des robes de mariée qui arrachent grave, la magicienne des noces parisiennes. Quel symbole ! La reine de la bague au doigt se tape un partouzeur notoire ! Quel roman de ouf, n'est-ce pas ? Si Alexandre – que vous me permettrez d'appeler par son prénom – n'est sans doute pas le genre de mecton à inventer une intrigue pareille, le destin l'a fait. Et nous l'en remercions… Ciao les bambinos !

Un dernier battement de jambes pour l'audimat.

Le générique de fin, aussi incinérateur que celui du début, déboula sur l'écran ; escorté par sa musique infernale.

Épuisée par sa prestation fielleuse, Faustine souffla :

— Et voilà… c'est en boîte.

Sur le plateau, son assistant blasé indiqua à la régie que cet enregistrement serait diffusé *samedi prochain* ; à la condition expresse que la chroniqueuse en confirme elle-même la date.

Faustine siffla son chauve. Docile, le blême Balthazar se faufila en biais jusqu'à elle :

— Chéri, lui chuchota-t-elle, *Voici* boucle mercredi pour sortir samedi matin. Tu as donc jusqu'à mercredi pour fabriquer une photo de ce niais d'Alexandre partouzant sur une plage publique de l'île Maurice. Publique j'ai bien dit, pour que le droit à l'image ne s'exerce pas. Sur le cliché, tu rajouteras une starlette du petit écran. À poil et les quatre fers en l'air sur lui. Celle que tu voudras. La plus tarte mais bien lochée. Pour que *Voici* s'excite et raque.

— Comment la leur vend-on ?

— Pas directement, idiot. Ils se méfieraient.

— Par qui passe-t-on ?

— Trouve un paparazzi qui nous doit un service. Un type crédible qui sache les appâter.

L'aristocrate livide eut un grognement. Le tic qu'il avait dans la joue gauche frissonna. Balthazar montra les dents ; jusqu'aux gencives. C'était signe qu'il était au maximum de la satisfaction. À quoi tient le bonheur…

Faustine le pria sèchement de lui apporter le courrier du jour : un brouet de délations en tous genres que son émission était parvenue à centraliser. Ce jour-là, un académicien fort honorable lui révélait de sa belle écriture bleue, sous le sceau du secret et en affectant des remords contrits, les émoluments exacts – et *scandaleusement exorbitants* – d'un vieil adversaire qui l'avait éreinté dans *Le Monde des livres* trente-cinq ans plus tôt. Autre enveloppe : un écrivain aigre – normal donc –, ulcéreux chronique, dévoilait anonymement comment un concurrent lui avait soufflé un prix littéraire *qui devait lui revenir*. Mais il y avait là surtout l'immense flot de braves citoyens qui avaient surpris tel ou telle auteur(e) se conduisant de manière *honteuse*, entendez en contradiction avec ses idées affichées. Philippe Sollers – fornicateur réputé de la Rive Gauche, et grand militant de la chose – avait été vu roulant une pelle à son épouse légitime en province (on s'en scandalisait à Loudun). Un philosophe gauchiste incorruptible avait eu la mesquinerie de payer fort mal sa femme de ménage (un redresseur de torts alsacien s'en offusquait à Mulhouse). Un metteur en scène estimable, vigoureux donneur de leçons civiques sur les plateaux de télévision, s'était permis de construire un garage au fond de son jardin sans solliciter d'autorisation administrative (dénonçait avec hystérie une secrétaire de mairie revêche, du côté d'Orléans). La France immuable, prompte à la délation et envieuse, trouvait en Faustine d'Ar Men une oreille si attentive…

En lisant ces lettres – anonymes pour la plupart et puantes de bonne conscience –, comme à son habitude Faustine se mit à siffloter *Jésus que ma joie demeure*. Rien n'élevait plus son âme que de passer ainsi au tamis toutes les noirceurs tricolores.

7

En s'éveillant à l'hôtel Amore, Fanfan songea avec agacement qu'elle ne disposait d'aucun linge propre. Dans l'imbroglio de leur soirée, elle n'avait pas même emporté un peu de maquillage pour se rafraîchir le teint. Ces petits détails – qui font hélas le déplaisir des fugues improvisées – l'accablaient soudain. Porter des *nuisettes* aux pieds et une robe de chambre molle ne la faisait plus rire. Chiffonnée, Fanfan s'apprêtait à grogner avec des airs de Madame Blatte.

Elle tira Alexandre de son sommeil. D'une voix précise, elle le rappela aux soucis de la vie matérielle :

— Il faudrait appeler un serrurier pour la porte de chez moi. Tu as un numéro ?

En guise de réponse, Alexandre sourit – sans ouvrir les yeux – et lui tendit… les clefs du Château des Brouillards. En sortant la veille au soir, juste avant de claquer la porte, il les avait discrètement récupérées ; avec un art très sûr de la prestidigitation.

Fanfan resta muette, soufflée qu'Alexandre eût à ce point-là tout manigancé. Jusqu'à sa carte de crédit qu'il avait – fort opportunément ! – conservée sur lui pour les tirer d'affaire. Sans cette chambre d'hôtel inespérée, où auraient-ils dormi dans Paris grelottant ?

Alexandre ouvrit les paupières et lui souhaita :

— Bon anniversaire, Fanfan ! Vous avez quarante ans aujourd'hui.

— J'avais oublié… dans ce méli-mélo.

— Jetez donc un œil par la fenêtre.

Fanfan ouvrit alors la fenêtre et vit, serrés dans la petite cour déneigée de l'hôtel, un bon paquet de ses amis qui se mirent à chanter. La vie, soudain, n'était plus que jeu. Derrière chaque surprise surgissait encore le coup de théâtre. Cette chambre de l'hôtel Amore avait donc été réservée subrepticement ; et son choix – la *Dernier Tango à Paris* ! – avait sans doute un sens qui lui échappait encore.

Deux étages plus bas, il y avait là Maud tremblotante, Madame Blatte horripilée, Angelica – la fille de Darius aux traits tirés – et tant d'autres. Des bretteuses de la presse féminine, d'honnêtes spécialistes de la rosserie rigolote. Une copine d'enfance si incroyablement laide qu'elle n'avait jamais eu besoin de préservatifs. Sans oublier Faustine – toujours prompte à s'insinuer, même en disgrâce – qui conversait avec Sophie Marceau. Ces deux-là rayonnaient dans leurs atours. *Happy birthday to you, happy birthday to you !* bêlait-on. Autour d'un brunch d'anniversaire – très joliment préparé sur des buffets colorés – on s'égosillait avec toute la ferveur de l'amitié.

On frappa. Alexandre ouvrit.

La femme de chambre de l'hôtel leur déposa des vêtements propres ainsi qu'un petit nécessaire cosmétique pour se refaire une beauté. Fanfan s'avança, toucha sa robe fraîche et ne put s'empêcher de rire un peu. Mais soudain sa physionomie se voila. Avec peine, elle articula des paroles qui lui coûtèrent en de telles circonstances, des mots sortis du fond de la passion qu'elle éprouvait pour lui :

— Alexandre, tout ça est charmant... magique même. Mais vivre ce n'est pas fabriquer des souvenirs.

Elle le fixa et répéta :

— Vivre, ce n'est pas fabriquer des souvenirs.

Muet, Alexandre resta désemparé. Fils d'une lignée mirobolante qui avait toujours vécu ainsi, en complicité avec l'excès, il n'avait – jusqu'à cet instant – jamais pris conscience qu'il fût possible, réellement possible, d'exister autrement. Toujours, il s'était figuré qu'un présent acceptable devait être *digne d'être raconté* ; et comporter sa part de vertiges ou de désastres majeurs. Comme si le simple exercice de la vie, telle qu'elle s'improvise en ses méandres, avait nécessairement été une faute de goût, une manière honteuse de pactiser avec la petitesse. Cet idiot ne voyait pas la beauté des destins mineurs. Barde de l'essoufflement, il tenait le jusqu'au-boutisme pour un minimum.

Fanfan poursuivit :

— Tu dis vouloir jouer tous les jours, mais c'est tous les jours que tu confonds les mots anglais *game* et *play*. Le second est spontané, le premier – *game* – suppose des règles strictes ; celles que tu n'arrêtes pas de m'imposer. Arrête avec tes *games* ! Il y a quinze ans, c'est déjà comme ça que tu nous as envoyés dans le décor.

— *To play*... reprit-il en comprenant fort bien ce qu'elle lui assenait, alors que dans la cour de l'hôtel on recommençait à chanter pour hâter la venue de Fanfan.

— *To play*… sans calcul. En es-tu seulement capable ? lança-t-elle en lui rendant sa deuxième montre, celle qui indiquait l'heure et la date de leur mariage éventuel.

Troublé, Alexandre ne répondit pas.

Fanfan lui répéta qu'elle ne voulait plus souffrir de sa confusion entre les songes et la mise en scène du réel. Ras le bol d'inspirer des livres et des films qui, au fond, dévitalisaient leur existence en la vampirisant sans vergogne. C'était pour cela qu'elle avait exigé que *Quinze ans après* ne fût jamais publié. Fatiguée de tout ce cirque qui menait au néant et au ridicule dédain des vies calmes, Fanfan ajouta :

— Pourquoi vis-tu comme ça, en dehors des clous ? À bout de souffle ? En m'essoufflant ?

Tremblant, Alexandre sortit de sa robe de chambre son téléphone portable – qu'il avait donc emporté la veille ! –, appuya sur une touche et le tendit à Fanfan :

— Écoute ce message.

— Qui est-ce ?

— La rousse dont tu te méfies : Georgia. Son français est sommaire mais elle est assez claire.

Intriguée, et craignant d'être à nouveau l'objet d'un *game* prémédité, Fanfan porta le téléphone à son oreille. Sur la terrasse, la meute de ses amis commençait le remue-ménage allègre d'une bringue d'anniversaire. Musique latine, claquements de mains, rires en tornades, rien ne manqua pour accompagner ce qu'elle entendit de la bouche de la neurologue d'Alexandre : ses troubles de la vision (des dédoublements très occasionnels) avaient mis sur la piste d'un anévrisme grave dont la rupture pouvait interrompre sa destinée à tout instant. Alexandre entretenait, logée quelque part dans son crâne, une bombe à retardement organique. Elle exploserait dans cinq minutes, dans sept ans, quinze ans. Nul ne le savait. Exaspérée, Georgia reprochait à Alexandre de ne pas l'avoir rappelée pour ajuster et prolonger son traitement. Soudain, ce n'était plus un jeu.

Sidérée, Fanfan tendit ses traits. Sa respiration devint courte.

Alexandre lui sourit et déclara avec une vraie joie :

— Quelle chance j'ai ! Cet anévrisme, c'est toute ma liberté. Moi au moins, je sais que nos jours sont comptés. Alors que les Terriens font comme s'ils avaient le temps.

— De la chance… balbutia Fanfan.

— Mon anévrisme m'a purgé de toute prudence. Les feux, je sais qu'il faut les brûler. L'impossible, je n'ai plus le temps d'y croire. Le bonheur, c'est maintenant ou après moi.

Alexandre ne pouvait plus se permettre d'en douter. Depuis qu'il disposait de moins d'avenir, le présent avait plus de prix. Radieux, il ajouta :

— Je vais partir pour Rome. Je t'attendrai à Ostie quand tu sais, et là où tu sais.

— Où tu es venu pendant quinze ans le 18 juin à la première séance du *drive-in*.

— Tu le savais ? frémit-il.

— Je l'ai su récemment, par Dizzy.

— Le 18, ça fera quinze ans…

— Que tu m'as demandé ma main en même temps que Mastroianni et Sophia Loren dans *Mariage à l'italienne*, se souvint Fanfan.

— Ne viens que pour me dire oui.

Sur la terrasse de l'hôtel Amore, la fiesta s'annonçait chaleureuse et déhanchée. La musique latino-américaine déversait ses tempos. Par la fenêtre encore ouverte, Fanfan jeta un œil sur la bande qui scandait son nom. Quand elle regarda en direction d'Alexandre, il lui offrit un dernier sourire énigmatique et sauta par l'autre fenêtre, côté rue. Leur dernier tango à Paris s'achevait ainsi, avec brutalité.

Sur le lit, Alexandre avait laissé les deux montres arrêtées.

Avait-il décidé de renoncer définitivement à leur 18 juin ?

Fanfan se vida de son sang. Les sons de la fête ne lui parvenaient plus. Assommée, elle s'approcha de la fenêtre avec des yeux d'oiseau apeuré, en titubant, prête à voir le cadavre d'Alexandre en étoile, en bas, sur le bitume. Quatre étages, ça ne pardonnait pas.

Elle se pencha et vit Alexandre en train de sourire sur l'échafaudage, à l'étage du dessous. Avec lui, la folie semblait un état de nature. Il venait de lui jouer un nouveau tour, un *game* bien dans ses façons.

— Tu vois que tu ne peux pas te passer de moi, hein ?

Suffoquée, Fanfan n'eut pas le temps d'enrager. Alexandre lui lança un tonitruant :

— Au 18 ! Et que la fête commence !

Risque-tout, il attrapa une corde accrochée à une poulie et se lança dans le vide pour atteindre le trottoir. La poulie ralentit assez sa chute pour qu'il ne se brisât pas les os. Le péril chronique qui revivifiait son existence lui avait ôté toute prudence. Ravi, il disparut à l'angle de la rue des Martyrs.

8

Sur une table du bar de l'hôtel Raphaël, la main de Dizzy saisit un œuf pour le retourner dans son coquetier : côté petit bout. Satisfait, il s'apprêtait à le décalotter d'un coup sec de sa cuiller quand son téléphone vibra. Agacé, il lut le nom de Darius sur le petit écran et répondit :

— Quoi encore, gros-boutier ?

Darius était attablé sur la terrasse de sa villa romaine, face à une pute très jambée. Ses gambettes affûtées avaient dû lui permettre de faire du chemin à travers l'Europe. La chair à plaisir d'importation, c'était la marotte du grand petit producteur qui ne pratiquait que les créatures immenses, des girafes à crinière ; avant d'aller à la messe, histoire de retremper son chapelet dans une eau fraîchement bénite. Derrière lui, ses portraits de singes – dont celui, terrible, du couple de gorilles mariés – créaient une atmosphère qui transpirait la déréliction. Tout en flattant son chihuahua, il répondit avec inquiétude :

— Alexandre vient de m'appeler ! Il rapplique chez moi.

— Et alors ?

— À Roma !

— Que voulez-vous que ça me fasse ?

— Il a donné rendez-vous à Fanfan le 18, à Ostie, au *drive-in* ! Pour qu'elle l'épouse. Vous deviez tout régler avec votre amie Faustine ! Nous n'aurons jamais ce foutu roman. Ni le film. Fanfan rappliquera le 18 juin !

— Elle ne répondra pas à cet appel, vous verrez, répondit calmement Dizzy. Tout est *under control*. Samedi matin, *Voici* publiera une photo explicite révélant la double vie poisseuse d'Alexandre. Et à vingt-deux heures, Faustine donnera le coup de grâce sur la deux. L'émission est déjà enregistrée ! Je doute que Fanfan soit encore partante après ce doublé…

— Elle sort d'où, cette photo ?

— Du petit atelier personnel de Faustine. Et elle sera remise, si tout va bien, aujourd'hui à midi chez *Voici*. Dernier délai pour la composition. Calmez-vous. Comme la vie est affreuse, je ne vois vraiment pas ce qui pourrait contrarier une aussi jolie fin !

Irrité par ce dérangement, Dizzy raccrocha. D'un coup sec, il put enfin ouvrir son œuf à la coque ; par le petit bout.

9

Détendue dans son boudoir, Faustine remercia Balthazar de Cayenne. Englué de sueur, la lippe aigre, il venait de lui livrer une très grande enveloppe. Elle le gratifia d'une petite gifle affectueuse. Mais le chauve ne manifesta aucune émotion : sa passion dominante était de n'en éprouver aucune. Claudiquant, il s'en alla de ce repaire coquin qui multipliait leurs reflets sur les murs, le plafond et le sol en miroirs. Dans la cheminée, un feu de bois vivait. Les flammes se répétaient dans tout le petit salon.

Posée sur un guéridon qui avait jadis appartenu au fringant amant de Feydeau (oui oui, un micheton insolent), une télévision était allumée. Les nouvelles du jour réjouirent Faustine : une colère âpre se dégorgeait des universités françaises. Devant les amphithéâtres occupés, on avait perdu le sens de la plaisanterie. On pouvait espérer des blessés et peut-être un mort dans la fleur de l'âge. Mais il y avait mieux encore. Une marée noire endeuillait l'actualité, en Bretagne. Des eaux festonnées de bave sombre provoquaient l'invasion silencieuse d'un pétrole sinueux qui colmatait chaque détail de la côte. Au mieux, la nature ne s'en remettrait pas avant un quart de siècle. Il ne manquait plus que cela. Une bénédiction, comme il n'en arrive que trop rarement !

Enchantée, Faustine d'Ar Men soupira d'aise.

Elle monta même de trois degrés le thermostat de son chauffage, en ouvrant largement sa fenêtre ; rien que pour aggraver l'effet de serre. Et faire chier les ours blancs.

Alors qu'il partait, Balthazar repassa la tête par la porte et susurra :

— Madame… j'attends tout de même votre feu vert avant de livrer le cliché chez *Voici*. Prenez votre temps. Cette fois, faisons bien les choses…

— Rappelle-moi aussi de confirmer la diffusion de ma chronique de samedi. Sur Alexandre, sinon ils passeront mon coup de gueule contre ce farceur de Clint Eastwood.

L'artiste des basses œuvres eut un grognement et disparut.

Excitée, Faustine sortit de l'enveloppe une grande photographie. Elle scruta aussitôt les détails du tirage à l'aide d'une loupe efficace qu'elle se logea dans l'œil, comme un monocle. L'image présentait Alexandre très dénudé sur une plage de l'île Maurice, en nombreuse compagnie, avachi sur une starlette de la télévision godiche tout aussi active et dévêtue que lui. Ce travail de faussaire – qui restait malgré tout décent, pour en assurer la publication – l'enchanta. Faustine flairait que les experts auprès du Tribunal de Paris auraient le plus grand mal à apporter la moindre preuve de cette excellente – et rafraîchissante – falsification. Cette fois, elle n'avait pas agi dans la précipitation, comme lorsqu'elle avait ouvert par mégarde le mauvais fichier sur son ordinateur, en présence de Fanfan. Prudente tout de même, Faustine brûla ce montage compromettant dans l'âtre, en fragmentant bien le papier calciné. Puis elle saisit son téléphone. À l'instant où elle allait composer le numéro de son chauve pour le féliciter et lui enjoindre de faire porter la photo mensongère à *Voici*, on sonna à la porte.

Elle n'attendait pourtant personne.

Contrariée, Faustine raccrocha et cria :

— Entrez ! La porte est ouverte !

Sur le seuil apparut alors un revenant : ce cher écrivain suisse – jeune et coquet, quoique usé – dont elle avait arrêté net la carrière cinématographique et fracassé le projet de mariage avec Angelica Ponti. Une péripétie, pour elle. Le Genevois sexy, jadis pétri de candeur, n'avait pas l'air très en forme ni pétri d'humour. Un paquet de nerfs. La fatalité pesait sur ses épaules. On sentait ce chat écorché fêlé à cœur. Avait-il bu plus que de mesure ?

Le Suisse resta d'abord muet, volontairement, comme s'il avait souhaité donner à Faustine une leçon de silence.

— Tiens ! s'exclama-t-elle les yeux étonnés. Mon gigolo préféré… qui baise si mal !

— Vous n'aviez pas le droit, finit par lâcher le jeune homme à vif.

— De te causer du tort en riant ? Pourquoi diable ? À chacun ses petits plaisirs, minauda-t-elle.

— Donc vous ne niez pas.

— Ta chute ? Non, je la revendique ! lança la journaliste qui ne faisait jamais dans la demi-teinte.

— Pourquoi ?

— Le plaisir, je te dis. Le mien !

— Vous n'aviez pas le droit de briser Angelica, précisa-t-il en sortant un revolver.

Faustine avisa le pistolet automatique qui la visait et partit à rire, avec le dernier des mépris, celui que l'on attrape dans les cimes sociales :

— Voyez-vous ça ! On est venu me faire les gros yeux pour m'effrayer... Comme c'est mignon ! Radiguet mal rasé avec un pistolet à bouchon... pour me faire des petits trous ! Des petits trous ! Rien que des petits trous ! chantonna-t-elle sur l'air fameux de Serge Gainsbourg.

— Je ne suis pas venu pour plaisanter.

— Mais moi non plus : je ne plaisante pas, je m'amuse ! lança-t-elle bravache tandis que l'auteur laminé continuait à la menacer.

— Vous n'avez jamais aimé ?

— J'ai toujours lutté contre la monogamie, avec un certain succès, lâcha-t-elle en souriant. Les hommes sont pour moi des nouvelles. Jamais des romans fleuves. Tu en sais quelque chose...

— Ce qui est affreux, c'est que votre visage ment : il a l'air frais...

— Des metteurs en scène l'ont déjà voulu, mon visage, pour jouer Jeanne d'Arc notamment : je ne leur ai concédé que mon cul... dans un porno chic où j'excitais un lévrier libertin.

— Comment pouvez-vous assumer sans remords les saloperies que vous faites ? Comme ça...

— J'aime les défis, figure-toi : corriger le bien, atténuer la générosité, mettre la honte aux gens trop heureux. Allez, baisse ton pistolet, tu vas te blesser, bébé.

Cherchant à se donner une contenance et à marquer sa détermination, l'écrivaillon alcoolisé se mit alors à tirer en tous sens sur les images de Faustine qui se répercutaient dans les miroirs. À chaque impact, les reflets se fendaient ou explosaient. Sur le sol, au plafond, dans les murs. Plus le Genevois ferraillait en déchargeant sa tragique impuissance, plus elle riait à gorge renversée, d'un rire scélérat qui avait quelque chose d'un hennissement. Comme si tout cela n'avait été qu'un jeu, une scène burlesque. Mais Faustine y mit fin brusquement :

— Suffit ! Petite larve, il en faut un peu plus pour m'effrayer. Apprends également, pour te divertir, que je m'apprête à faire subir – sans flancher ! – le même sort à un autre couple. Comme toi, ces innocents perdront leur réputation parisienne, lui un domicile et tous deux leur grand amour ! Rigolo, non ?

Faustine projetait ses mots comme pour les enfoncer dans le front de son interlocuteur. Très ébranlé, le gringalet bredouilla :

— Vous n'avez pas le droit…

— Je t'emmerde, belle gueule. L'amour n'est pas une vocation mais, au mieux, un concours de circonstances. Allez ouste, sors maintenant, tu m'ennuies… Et j'ai à faire. À moins que… tu es si nul que tu pourrais bien m'exciter, vois-tu… Que dirais-tu d'une petite galipette ? À la bonne franquette… vite fait ! Mais mieux fait, en t'appliquant par-derrière. Parce que la dernière fois…

Faustine s'approcha de lui en remontant sa jupe. Elle était réellement décidée à se donner la pathétique distraction de se faire prendre par son ex-victime. Sans hésiter, cette dingue altière se pencha et se mit à sucer le canon chaud du revolver braqué vers elle. En pointue du vice. Avec des lenteurs majestueuses à faire bander un vieux singe. Vivre, pour elle, c'était ça : se désencombrer de toute pudeur.

— Vous n'êtes pas très sympathique… articula l'ex-fiancé d'Angelica.

— C'est assez juste, concéda Faustine.

— Monstre.

— Taquin, va…

Faustine recommença à sucer l'arme. Submergé par l'émotion, songeant à Angelica désespérée et au couple qui le serait bientôt, l'écrivain appuya alors sur la détente. Orgasme de l'homicide vengeur. Éperdu d'effroi, il tira trois fois.

Le crâne de Faustine d'Ar Men éclata sur les glaces du boudoir.

Avec elle, ses brigandages parisiens s'arrêtaient net.

Faustine n'eut pas même le temps de comprendre que l'irréparable existe bien. Pas une seconde, elle n'avait imaginé que la vie pût être autre chose qu'un jeu désinvolte et risible. Allez décrypter l'âme humaine…

10

De l'autre côté de l'allée, au deuxième étage du Château des Brouillards, Fanfan était en débat avec Maud.

— Alexandre peut disparaître d'un instant à l'autre.

— Mais moi aussi je vais mourir bientôt ! lui rétorqua sa grand-mère. Comme ce vieux couple qui sent le linceul et qui s'est marié à la maison de retraite. Ça n'est pas un argument.

— Tu l'épouserais, toi ?

— Qu'est-ce qu'on vient d'entendre ? fit remarquer la vieille dame. Des pétards ? Des coups de feu ?

— Ça venait d'en face, de chez…

Fanfan aperçut alors, par la fenêtre, l'ex-fiancé d'Angelica qui s'enfuyait de chez Faustine. L'écrivain, éphémère gloire d'une rentrée littéraire et demie, courait comme un égaré dans l'allée enneigée. Perplexe, Fanfan prit aussitôt son téléphone et appela sa voisine, sous l'œil interrogatif et anxieux de Maud.

Robert, son mari, lui répondit aussitôt sur un ton glacé :

— Faustine vient d'être assassinée…

— Faustine ? reprit Fanfan sans souffle.

— Oui, par l'ex d'Angelica Ponti. Si ce n'est pas malheureux ! murmura le con brillant en feignant la désolation.

— Je viens de le voir sortir, confirma Fanfan.

Robert raccrocha dans le boudoir ensanglanté.

La cervelle, dispersée à tous vents, souillait les miroirs éclatés. Un régal. Au loin, on entendait déjà les sirènes de la police. L'œil rieur, le flegmatique Robert laissa alors filtrer sur ses lèvres pincées un petit air soulagé : il était veuf. Treize ans qu'il avalait non des couleuvres mais des meutes de vipères et des pelotes d'épingles, d'un estomac égal. L'usine à malheur – leur union – était soudainement mise en liquidation. Il rit franchement. La serpillière avait été assez finaude pour jouer les empotés magnifiques. Sous le docile perçait le calculateur, sous le terne l'opiniâtre. Il allait toucher un pactole, le salaire mérité d'années d'avanies publiques et privées : l'intégralité de l'héritage florissant de Faustine d'Ar Men. Des bijoux par brassées, des liasses d'actions polyglottes, la forteresse bretonne qui commande les coups de vent de la pointe du Raz, une flopée de rentes helvétiques. Tout lui revenait. Faustine l'avait rabaissé au rang de mari ; le destin l'élevait à celui de très beau parti. Parfois, la vie est un roman heureusement noir. Béat face aux restes éparpillés du sale esprit de Faustine, il ne put réprimer un *yes* de satisfaction.

Mais un regret le tenailla : sa rude épouse décapitée n'avait pas eu le temps de cracher le noyau de sa méchanceté. Faustine était un singulier mélange de férocité pétulante, de finesse, de cynisme méticuleux et de sensibilité de haute volée. Parmi tous les éléments que cet époux possédait sur elle, quelque chose

manquait, sans qu'il pût dire quoi, un élément dont
il avait toujours ignoré jusqu'à la nature, mais dont
il avait attendu d'une minute à l'autre la révélation.
Chaque jour, Robert avait espéré surprendre un acte,
un mot qui lui eût expliqué la vraie nature de Faustine,
la racine de son fond sauvage. Trop tard, le fauve était
parti – sauvagement étêté – avec son énigme.

— Mamie, murmura Fanfan sur l'autre rive de
l'allée des Brouillards, Faustine vient d'être assassinée. Flinguée.

— Quand je te disais que tout est précaire…

— Vous étiez amies ?

— Je le croyais. Mais… non. Trop de mauvaises
habitudes.

Il y eut un silence. Maud murmura :

— Va, ma petite fille, vis et ose. Avec des couilles !

— Comment peux-tu être sûre que j'aime
Alexandre ?

— Refuser d'aimer, ma chérie, c'est déjà aimer.

— Je croyais que tu détestais Alexandre.

— C'est la peur que je déteste par-dessus tout.

11

À Ostie, le 18 juin, lors de la première séance du *drive-in* établi sur la plage, Alexandre passa en voiture devant l'affiche de *Disamore* de Michelangelo Antonioni. N'y étaient imprimés que des patronymes de gens capables de démentir la banalité du réel. Le scénario était signé de Suso Cecchi d'Amico, la musique de Nino Rota. Au-dessus du titre éclataient, en lettres excessives, les noms solaires d'Alain Delon et de Monica Vitti. Une phrase définitive, extraite d'une critique du *Corriere della Serra*, résumait cette production déjà culte : « *l'impossibilitá di amare ha generato il suo capolavoro* » (« l'impossibilité d'aimer a suscité son chef-d'œuvre »).

Après avoir payé sa place, Alexandre gara sa voiture de location non loin de la cabine de projection. Autour de lui des couples commençaient à se peloter hardiment dans l'habitacle des véhicules ou dans les décapotables. Ça ne traînait pas. Les désirs du soir fermentaient ; comme toujours dans ce *drive-in* où, rituellement, la jeunesse romaine vient s'ébattre en se gavant de *love stories* transalpines. Tragiques ou sucrées mais toujours d'excellente facture. Généralement en noir et blanc ; ce qui était le cas de *Disamore*.

Alexandre furetait du regard aux alentours.

Fanfan viendrait-elle ?

En attendant le début de la séance, il ouvrit un journal français qui rendait compte de l'actualité romanesque. Les titres en berne des dernières parutions l'irritèrent : *Une femme en trop, Déficit de beauté, Le temps qu'il nous aura fallu pour échouer, Autopsie d'une paternité ratée, Tableau de la fin d'un monde, Crépuscule nantais*. Saint Cliché, priez pour nous ! Tous ces scrutateurs des relations bancales et boitillantes, peintes sans complaisance *of course*, l'ennuyaient. Célébrer les nuls, les espoirs castrés et le gris excédait ses capacités ; même s'il fallait bien qu'une littérature rende justice aux carences du réel. Si encore ces écrivains-là avaient été ce que Dizzy appelait *des champions du pire* ! Même pas... tout juste des amateurs de mélasse, des touristes du néant.

Un vrac de questions se bouscula dans l'esprit d'Alexandre : pourquoi tant de plumitifs – talentueux parfois – croyaient-ils que le désir n'est jamais aussi pimenté que quand l'amour en est exclu ? Pourquoi tant de conformisme chez ces professionnels de la déception, campés sur leurs aigreurs ? Fallait-il en passer par là pour attiser le commerce ? En Europe, le malheur semblait être devenu une vieille habitude littéraire ; notre dernier gâtisme.

La projection commença.

Alexandre songea : en amour, je n'aime pas les incroyants ; je préfère encore les adeptes de la masturbation qui, eux au moins, se conduisent en adversaires loyaux.

Fanfan oserait-elle venir ?

Dehors une brume marine montait, assez opaque pour marquer avec netteté le faisceau du projecteur ancien. De temps à autre, quelques amortisseurs commençaient à couiner, sous l'effet des ruades sexuelles cadencées, suivies de sprints qui arrachaient des râles latins.

Sur l'écran immense, les premières images de Michelangelo Antonioni claquèrent : des à-plats ombreux, presque noirs, juxtaposés à de vastes espaces envoûtés de soleil. Les acteurs se tenaient en bord de cadre. Ils torréfiaient au pied d'un volcan. Les profondeurs vivaient. On apercevait des décors homériques : les îles Éoliennes entre lesquelles régataient des bateaux agiles. Le vent travaillait. Soudain, la frontière entre le réel et la fiction se brouilla. Un vieux gréement illuminé, de fort tonnage, passa derrière le gigantesque écran du *drive-in*, adossé à la brume, mêlant fugacement voiles filmées et voiles de toile qui filaient sur la mer véritable. L'idée du départ flottait sur cette confusion d'images.

L'action emmena ensuite Delon et Monica Vitti – fulgurants de beauté – dans un profond studio de photographe des années soixante, à Rome. Alexandre alluma sa radio pour capter le son diffusé sur la bande FM ; mais bien qu'il parlât fort convenablement cette langue, les dialogues – en italien – ne retenaient pas son attention : tous suintaient la défaite des idéaux, l'amertume infaillible.

Fanfan serait-elle au rendez-vous ?

Alexandre l'espérait, autant par amour que pour enlever au tragique le mot de la fin. Antonioni, ce grand seigneur de la désillusion, devait mordre la poussière. Plus que jamais, Alexandre pensait qu'un peu de fidélité pèse, et que beaucoup exalte.

N'y tenant plus, il monta sur le toit de son Alfa Romeo en *bistouquettes* (une paire nouvelle). Pour mieux repérer Fanfan ; si elle était là. La projection lui arrivait en pleine figure. Delon jeune, en archange du drame, semblait parler sur son visage de quarantenaire. Au milieu de l'écran géant, l'ombre chinoise d'Alexandre empiétait une bonne partie de l'image en noir et blanc. Les spectateurs commencèrent à siffler, à baisser leur vitre pour l'invectiver. Mais Alexandre continuait à scruter la marée de carrosseries. Où était-elle ?

Dans ce film ressuscité, Monica Vitti campait une mannequine désemparée, aux prises avec un photographe à la fois carnassier et revenu de tout. Elle déclarait au personnage de Delon, grand brasseur de chair qui séduisait aussi les âmes :

— Tu me dirais que tu m'aimes, je te croirais.

— Pourquoi pas... répondait le prédateur en la dédaignant.

— Va-t'en, sinon je vais te demander de me le dire !

Alors, avec une absence totale d'émotion, Delon rit de cette fille, lui assenant qu'il ne pouvait photographier correctement que les modèles qui le laissaient souverainement indifférent. Les blondes ordinaires. Elle, par exemple. La Vitti – électrisante de sensualité – perdit d'abord pied, riposta avec mollesse ; puis la colère monta vite entre eux. L'amour a ses vandales ; le personnage de Delon en était un. Comme s'il avait obtenu son brevet de cynisme en fréquentant Barbey d'Aurevilly. Acide, il balança une réplique coupante : *Il ne faut pas désespérer des amants maladroits. Avec un peu d'obstination, on peut en faire des maris.* Delon se fit alors dérober son appareil photo par la Vitti résolue à s'enfuir du studio. S'ensuivit une bataille quasi chorégraphiée où le couple se poursuivait dans un dédale de tirages immenses de photographies d'amants de tous les continents surpris en pleines scènes de ménage qui séchaient sur des fils tendus. Les images mobiles se mêlaient aux clichés fixes de ces couples noirs, blancs et jaunes se déchirant. Avec une violence croissante. La poétique brutale et hachée de Michelangelo Antonioni n'était pas de sang bourgeois. Les sentiments qu'il filmait étaient poisseux comme du Céline, néoréalistes comme du Rossellini et aventureux comme du Malaparte.

Les oreilles pleines de cris et d'injures péninsulaires, Alexandre aperçut soudain – dans un coin de l'écran – l'ombre portée de Fanfan. Infidèle à ses peurs, elle était venue l'épouser sans filet. L'ombre chinoise d'Alexandre était énorme, celle de Fanfan minuscule. Il se trouvait à proximité de la cabine de projection ; elle en était éloignée. Autour d'eux, les couples en voiture perdaient patience. Ils avaient payé leur ticket. Dans les autos garées, décapotables et autres, on voulait voir *Disamore* sans que l'image d'Antonioni fût amputée par ces ombres importunes.

Une sorte d'enthousiasme romanesque saisit alors Alexandre.

Affolé de désir, au milieu de l'hystérie qui gagnait Monica Vitti et le jeune Delon (qui, ayant récupéré son appareil, la photographiait avec gloutonnerie dès qu'elle l'injuriait), l'écrivain sauta sur une voiture voisine, puis sur une autre pour rejoindre Fanfan. Elle ôta ses talons aiguilles et, chaussures en main, s'élança à son tour en courant sur le damier des véhicules. En bas de l'écran, à mesure qu'ils se rapprochaient l'un de l'autre, la grande ombre d'Alexandre rapetissait tandis que celle de Fanfan grandissait. L'un et l'autre couraient vers une proportion commune. À chaque bond, ils semblaient marcher sur des couples enlacés derrière les pare-brise, déjà occupés à se consommer avec goinfrerie.

Tapi dans sa propre voiture, Darius – venu en douce – sortit sa petite caméra et filma la scène à travers son pare-brise, en tamponnant son front ruisselant. Homme de cinéma avant tout, il voulait fixer ces superpositions éloquentes et inespérées ; les sauver de la fuite des jours. Dans l'écouteur de son téléphone portable, déposé sur le tableau de bord, on entendait la voix sautillante de Dizzy qui s'égosillait. L'éditeur voulait savoir ce qui se passait. Mais Darius, captivé par ce qu'il voyait dans l'œilleton de sa caméra, ne lui répondait pas.

Enfin, au plus fort de la querelle entre Delon et Monica Vitti, les deux ombres chinoises eurent la même taille sur l'écran du *drive-in*. Elles s'enlacèrent dans leur propre fiction, réunissant en un faisceau leurs désirs tendus vers un même songe, comme pour contredire le film d'Antonioni. Dans un baiser, fouettés par la musique de Nino Rota, Fanfan et Alexandre partirent pour un monde inconnu. Comme si leur foudroiement ne devait jamais s'arrêter. Le jeu du mariage pouvait advenir. La confiance était là, totale. Fanfan avait des battements de cœur qui roulaient dans ses tempes. Elle sentit bien que l'amour c'est ce qui nous arrive quand on cesse d'avoir peur.

— Je t'aimerai toujours… lâcha-t-elle un peu sottement.

— Commence d'abord par m'aimer tous les jours… reprit-il.

Les Italiens, changeant brusquement de registre, se mirent alors à applaudir leurs ombres amoureuses, à siffler avec admiration. Tandis que dans le grand film pessimiste qui filait en toile de fond, les deux personnages en noir et blanc en venaient aux mains tout en se flanquant des avoinées verbales. Les ombres d'Alexandre et Fanfan, elles, s'embrassaient obstinément. Cherchaient-ils à démentir ce que criaient les images d'Antonioni, si acharné à démystifier les sentiments durables ? Entre les hommes et les femmes, avait envie de crier Alexandre, tout n'était pas qu'impulsion érotique, fureur libidinale ou divertissement sensuel sur fond d'angoisse ! Le personnage magnifié par Delon, sauvage et dur, dupait l'assistance ; il fallait lui ôter le monopole de l'éloquence. Et occulter son discours de desperado du sexe. Les ombres de Fanfan et Alexandre s'immisçaient au cœur de ce cinéma génial qu'il vomissait de toutes ses tripes, pour mieux s'y opposer de l'intérieur. Le public le flaira sans doute ; car c'était bien leur baiser et non le chef-d'œuvre sombre qu'il applaudissait.

À bout de souffle, Monica Vitti s'écria :

— La passion, ce n'est pas ça !

— Si, comme dit l'autre, *l'amour c'est l'infini à la portée…*

— *Des caniches !* répliqua Delon sarcastique en prenant un dernier cliché de la Vitti défaite.

Puis, goguenard, il partit à rire.

Le visage des comédiens se superposait désormais avec netteté sur ceux de Fanfan et d'Alexandre. Ulcéré, l'écrivain refusa d'être l'écran de chair d'une telle vision de la passion et surtout du désir. Coloré d'émotion, Alexandre s'insurgea contre ce flot de noir et blanc. Il attrapa une chaussure de Fanfan et lança le talon aiguille à toute force en direction de l'ampoule de la cabine de projection.

L'écran, chargé d'obscurité étincelante, devint noir.

Le film se termina pour que tout commence.

12

Non, le film se poursuivit : celui que Darius Ponti avait pris maladroitement avec sa petite caméra personnelle. On y voyait Fanfan et Alexandre illuminés par les phares des spectateurs irrités qui redémarraient leur voiture pour déguerpir. Certains vitupéraient, exigeaient d'être remboursés. D'autres continuaient à applaudir le couple.

Debout sur une vieille Fiat, Alexandre et Fanfan riaient d'avoir réussi à éteindre l'ironie sèche du maître italien. Elle flottait dans l'ivresse de leur confiance retrouvée. Tous deux rayonnaient d'avoir, ce soir-là, repoussé la folle croyance en l'impossibilité d'aimer. D'avoir dit non à cette illusion morbide inventée par des incompétents. Le mystère de l'amour était bien celui de son éternité ; pas celui de sa fragilité. Sous eux, dans l'habitacle de la Fiat, on aperçut fugitivement les jambes nues d'une fille et le dos d'un homme qui n'avaient pas pris le temps d'écouter attentivement le propos de *Disamore*. Les mains de la fille s'appuyèrent sur une vitre latérale embuée. Elles se crispèrent de plaisir.

L'image s'affola brièvement.

La lumière revint dans la petite salle de projection privée de Darius Ponti, à Paris. Dizzy était assis près de lui. On les voyait de dos, abattus. La mort de Faustine avait déjoué leurs plans mirobolants. Dizzy était cependant en conflit avec lui-même. Si l'éditeur en lui était déconfit, l'ami sincère d'Alexandre n'était pas mécontent. Le lévrier argenté restait toqué de leur amitié.

— Voilà le film que nous n'aurons jamais… soupira le producteur en caressant son chihuahua crispé sur son épaule.

— Quel roman ça aurait fait ! déplora l'académicien.

— Vous croyez qu'Alexandre finira par publier son *Quinze ans après* ?

— Je crains que ces deux-là ne soient assez bêtes pour choisir la vie réelle contre la fiction.

— J'en ai connu d'autres qui préféraient l'ivresse à l'alcool, ajouta Darius.

— Ces gens-là sont une malédiction pour notre chiffre d'affaires ! conclut l'éditeur.

Puis Dizzy se souvint que c'était jeudi. Il devait se rendre Quai Conti pour la séance hebdomadaire du dictionnaire ; cet atelier de l'Académie où se polissent les définitions d'une langue follement aimée qui cherche son avenir. Depuis soixante-quinze ans, les quarante podagres entêtés, retirés des précipitations médiatiques, en étaient à la lettre *r*. Fébrile, Dizzy se leva d'un bond. Ce toxico de littérature se pourléchait par avance en songeant qu'il contribuerait peut-être, ce jour-là, à définir le mot *regret*.

Le premier jour de sa vie partagée avec Fanfan, Alexandre s'éveilla avec panique aux aurores. La gorge étrécie, dans une semi-obscurité, il prit conscience que l'heure de se payer de mots et d'idéalisme déclamatoire était passée. Il allait lui falloir prouver par des actes mirifiques que l'enchantement au quotidien était possible, que la séduction pouvait être un sport domestique et que l'érotisme flambard était à sa portée *tous les jours*. Jusqu'alors, Alexandre avait asséné ses idées sur l'amour pour mieux s'en persuader. Désormais, ses initiatives devraient le convaincre.

En ce premier matin commun qu'il désirait hors du commun, Alexandre se demanda comment s'y prendre pour offrir à Fanfan un parfum ; en logeant dans son attention assez de romanesque étourdissant pour qu'elle s'en souvînt toute sa vie. Chaque instant, aussi banal fût-il, ne devait-il pas être vécu comme si c'était le dernier ? À court d'idées, et l'esprit embué, il pensa alors à allumer son ordinateur et débula sur un forum dédié à la difficulté d'aimer. Alexandre fit part de son souci, évoqua son espoir de glisser dans son présent une part de merveilleux, quémanda de l'aide.

Des réponses inventives égayèrent bientôt son écran, dans un foisonnement inattendu. Le Net n'était pas qu'un égout où se déverse le pire ; la Toile était aussi la piste de danse des lubies les plus pétillantes. L'humour numérisé le disputait à la bonne humeur culottée. Tout à coup, une idée expédiée d'un autre fuseau horaire l'enthousiasma. Un surnommé *Jolicœur*, noctambule perché dans un gratte-ciel new-yorkais, suggéra en quelques lignes à Alexandre de se rendre devant une parfumerie avec Fanfan, de lui déclarer qu'il était indigne d'elle de lui offrir un parfum acheté et plus élégant de le lui voler, afin d'attacher à cet acte une dose de risque. Puis, continuait ce *Jolicœur* aux accents téméraires, il lui suffirait de foncer dans la boutique, de voler le flacon favori de Fanfan et d'en ressortir promptement en l'entraînant sur le boulevard ; afin qu'elle ressentît pleinement, le cœur battant, la dinguerie de son coup d'audace. Enfin viendrait l'instant de l'offrande chevaleresque, auréolée des périls encourus pour ses yeux. Inutile, précisait l'internaute, de jamais avouer à Fanfan qu'Alexandre devait, la veille de son forfait, payer le parfum jusqu'au dernier cent et mettre les vendeuses de la parfumerie dans la confidence. Le panache n'exclut pas les bonnes manières…

Alexandre sourit et comprit en un instant tout le parti qu'un amoureux ambitieux pouvait tirer de la Toile. Personne n'est en mesure, chaque jour, d'être étincelant en amour ; mais en s'y mettant tous ensemble, le pari pouvait être relevé. Le rêve de hisser, à l'année longue, sa passion sur les cimes du romanesque devenait accessible.

Tandis que Fanfan sommeillait encore, il eut alors l'idée bizarre d'ouvrir un site espiègle où ceux qui partagent son rêve domestique pourraient unir leurs forces d'invention et participer de concert au plus grand des jeux : celui de se reséduire et de s'étonner chaque soir. En y mettant cette touche de désinvolture et d'imprudence qui autorise les plus belles croisières sensuelles. La Toile regorgeait d'opportunités pour les infidèles ; lui rallierait les fidèles prêts à toutes les cabrioles afin d'enrayer l'usure du désir. Tous ceux qui ont le cerveau sentimental et qui, toqués d'érotisme durable, aspirent à convertir le quotidien en une fête galante.

Spontanément, en la voyant soupirer dans leurs draps, Alexandre désira appeler ce site Fanfan2.fr[1] ; avec un 2 parce qu'à deux tous les romans sont envisageables. Et parce que Fanfan 1 – le roman comme le film qu'il en avait tiré – avait été consacré au culte des prémices et des préludes étirés. Quelle erreur ! En amour, le meilleur commence après avoir monté l'escalier. L'excentricité moderne ne reste-t-elle pas d'en aimer une seule tous les jours ?

---

1. *Le site fonctionne peut-être. Qui sait ? Parfois, la fiction se glisse dans nos vies trop sages. Si vous êtes prudent, inapte au badinage et ivre de routine, ne vous rendez surtout pas sur www.fanfan2.fr !*

Du même auteur :

Aux Éditions Grasset

1+1+1…, *essai.*
Le Roman des Jardin, *roman*; Le Livre de Poche
  nº 30772.
Chaque femme est un roman

Aux Éditions Gallimard

Bille en tête, *roman* (prix du Premier Roman 1986);
  Folio nº 1919.
Le Zèbre, *roman* (prix Femina 1988); Folio nº 2185.
Le Petit Sauvage, *roman*; Folio nº 2652.
L'Île des gauchers, *roman*; Folio nº 2912.
Le Zubial; Folio nº 3206.
Autobiographie d'un amour, *roman*; Folio nº 3523.
Mademoiselle Liberté, *roman*; Folio nº 3886.
Les Coloriés, *roman*; Folio nº 4214.

Aux Éditions Flammarion

Fanfan, *roman*; Folio nº 2376.

Composition réalisée par ASIATYPE

Achevé d'imprimer en septembre 2010, en France sur Presse Offset par
Maury-Imprimeur - 45330 Malesherbes
Nº d'imprimeur : 157851
Dépôt légal 1ʳᵉ publication : octobre 2010
Librairie Générale Française - 31, rue de Fleurus - 75278 Paris Cedex 06

31/5672/6